세상
참!

규운당 한시집

청어 도서출판

세상 참!

규운당 한시집

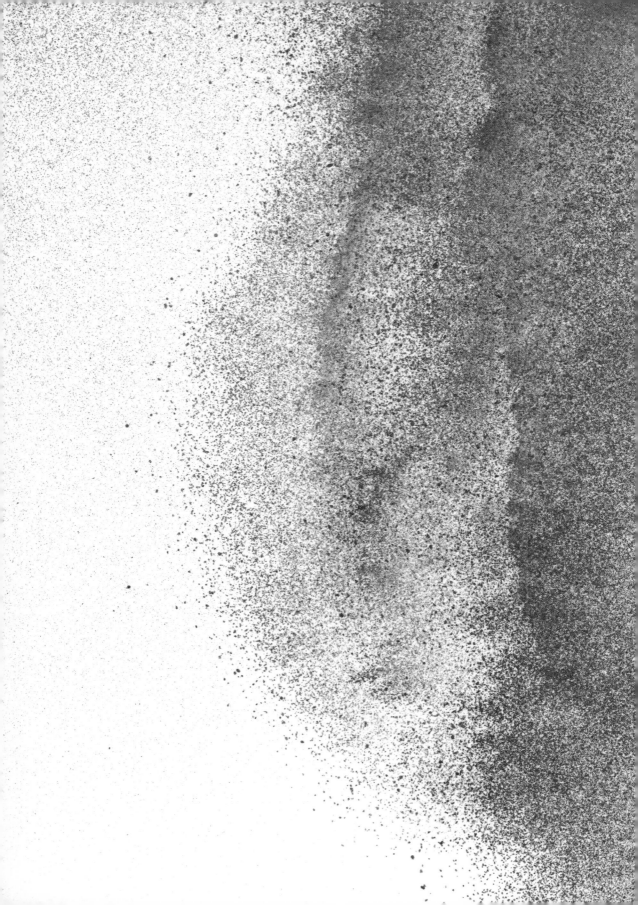

머리말

한자는 글자 하나하나가 뜻을 지니고 있다. 때론 시나 문장에서 글자들이 결합하여 의미를 부여하는 단어나 관용어구가 되기에 붙여 써야 하나, 한글 세대들이 가지고 있는 한자는 어렵다는 생각과 빽빽하게 붙어 있으면 시각적으로 거부감을 줄까 봐 작자 임의로 한 글자씩 띄우고 행간도 벌려놓아 보기 쉽게 하고 독음만 옆에 붙여 써 놓았다.

차례

3 부유

4   가족

5　벗

6 불가

7 부고

8 순천

9　사동파

1

세상 참!

懇盻　　　　　　　간부(아! 금강산)

金 剛 山 再 開　　금강산재개
夢 裏 遇 蓬 萊　　몽리우봉래
苟 樂 歌 楓 嶽　　구락가풍악
常 皆 骨 記 偎　　상개골기외

금강산을 다시 개방한다는데
그토록 그리던 녹음 우거진 봉래와
곱게 물든 풍악을 기꺼이 노래할 수 있게 된다면
속속들이 기억하고 사랑하리라

韻(운): 開. 萊. 偎. (平. 正格)

註)
懇盻: 간절히 바라다. 盻는 바라다. 희망하다.
金剛山: 금강산.
再開: 다시 열리다. 다시 개방하다.
夢裏遇: 꿈속에서나 만나고자 했던.
夢裏: 꿈속.
遇: 만나다.
蓬萊: 蓬萊山(봉래산). 여름의 金剛山(금강산). 중국의 전설에 나오는 三神山(삼신산) 중의 하나인 우리의 금강산.
苟樂: 참으로 즐거이. 곧 기꺼이.
歌楓嶽: 풍악산을 노래하다. 楓嶽(풍악)은 楓嶽山(풍악산)으로 단풍이 아름답게 물든 가을의 金剛山(금강산).

常: 늘. 언제나.
皆骨: 皆骨山(개골산). 낙엽이 지고 단단한 뼈처럼 위용을 드러낸 겨울 금강산의 이름. 금강의 모든 뼈(골짜기)를 내 머릿속 깊이 새기듯.
記: 기억하다. 기록하다.
偎: 사랑하다.

* *

안개가 잔뜩 낀 오후, 산책하러 버스를 타고 원효사 정류장에 내리는데, 잘생긴 서양의 젊은 남녀도 같이 내린다. 절 주변이나 둘러보다 가겠지 하는 생각이었다. 찬찬한 걸음으로 늦재(晩峙: 만치) 삼거리에 도착하니, 다른 데 구경하다 오는지 빠른 걸음으로 뒤쫓아온 그들이 갈림길에서 망설인다. 도움이라도 줄 요량으로 어디서 왔느냐고 물어보니, 저 멀리 저머니(독일)에서 왔다고 한다.

삼거리에 있는 안내 지도를 가리키며 중봉을 올랐다 증심사로 내려간다는데, 바닥이 미끈한 운동화를 신고서 오른다니 위험할 것 같다. 아무리 빠르다 한들 족히 2시간 이상은 소요되는 코스인데다, 구름이 짙고 낮게 깔려 앞을 분간하기 어렵고 안개비마저 내리기에, 형편없는 영어로 "노우, 중봉 이스 하이 앤드 롱 타임, 슈즈 슬라이딩"이라며 손으로 신발을 가리켰다. 그리곤 너덜겅 길을 안내하고 조금을 같이 걸었다.

바람 재(風峙)를 향하는 도중에 "이스트 앤드 웨스트 저머니 원 컨츄리" 하며 엄지척을 하고 "사우스 앤드 노스 코리아 호프 원"이라고 말했더니 빙그레 웃는다. 독일 젊은이들이지만 내 짧은 영어 단어를 알아듣고, 말뜻을 이해하는 듯하니 고맙고 예쁘기까지 하다.

최근의 남북정상회담이 열렸던 것을 알고 우리들의 염원까지 이해하고 있을까?

그들을 보내고 한참을 바람 재에 앉아 금강산을 생각하려니, 어제 저녁 9시쯤 뉴스 속보로 북한의 "리선권" 조국평화통일위원장의 강경한 메시지가, 낮고 짙게 드리운 구름처럼 북쪽을 향한 내 마음의 시야마저 어둡게 한다. 혹 이러다 잔뜩 벼르고 있는, 금강산 구경을 영영 하지 못하게 되지 않을까 하는 걱정이다.

엊그제 TV뉴스에, "볼턴"이라는 재수 없게 생긴 놈(者)이, 내 생각이나 북한의 입장에서 봐도 당치않을 발언을 하기에, 쟤가 지금 판을 깨면서 내 꿈마저 사라져 버리게 하는 것 아니냐며 쌍욕을 하기도 했었다. 지금까지와는 달리 파격과 전향적인 자세의 변화를 보여준 북한에게 최소한의 예의와 자존심을 세워주며 유도하면, 저들은 시대의 변화에 따라 동족인 우리를 향해 먼저 공격하지는 않을 것이라는 생각을, 판문점에서의 김정은 위원장의 모습을 보면서 해보았다. 그래서 한미 연합 군사훈련도 축소 시키면서 평화 분위기를 조성해간다면, 틀림없이 빠르게 평화가 찾아올 것이라고 믿고 있었기 때문에, 앞섰던 마음만큼이나 짙게 드리운 구름이 더욱 답답하게 느껴졌는지도 모른다.

정확한 햇수는 기억하고 있지 않지만 10여 년 전쯤 김정일 위원장이 살아 있을 때, 군인들의 모습이 훤히 내다보이는 실내에서 차를 마시고 있는데, 김정일 위원장이 문을 열고 들어오면서 "최 선생! 우리 애들 훈련하는 것 보셨지요? 내가 가서 더 훈련을 시켜야 하니 다과나 드시면서 구경하시기 바랍니다." 하고 뒤돌아서 가는데 굉장한 위압감을 느낄 정도로 주위가 살벌했다. 나는 위축된 채로 아무런 얘기도 하지 못하고 보고만 있었다.

여기까지가 짧게 끝나버린 꿈이었기에, 그 꿈마저 새삼 아쉽기만 하다. 대접해주는 모양으로 봐서는 부탁을 하면 들어줄 것 같았으니, 금강산을 가보고 싶다고 왜 말을 하지 못하였을까? 무엇 때문에 그러한 꿈을 꾸게 되었는지는 차치하고, 생생하게 꾸었던 꿈이라 지나고 나니 아쉬움이 남는다.

만약 꿈속에서라도 금강산을 가보았더라면, 殘像(잔상)이 實景(실경)처럼 머릿속에 그려질 것이므로, 지금이라도 감히 읊어 보련만, 두고두고 여한이 될지도 모르는, 슬프게 꾸어지려는 꿈속의 꿈으로 남게 될까 봐 두렵다.

오늘, 38년 전 잔인했던 역사의 중심에 휩싸였던 遊魂(유혼)과 靈魂(영혼)이 눈물을 소소(蕭蕭)히 흩뿌리던 날.

빛고을이 어둠에 묻혔다.

2018년 5월 18일

| 戀慕金剛山 | 연모 금강산 |

承 前 灰 韻 詠	승전회운영
亞 細 亞 佳 才	아세아가재
善 美 聞 歌 曲	선미문가곡
垂 垂 萬 歲 擡	수수만세개

非 喬 松 蘀 是	비교송탁시
不 踏 我 心 摁	부답아심시
信 宿 囕 書 感	신숙암서감
交 叉 老 鈍 哀	교차노둔애

굳이 "회"자 운을 이어서 읊고자 함은
아시아문화전당에서 문인들의 시 낭송과
"김선미"님의 노래
금강산이 가슴에 아려서다

인생은 낙엽같이 짧은데
보고픈 마음이 울컥하기에
어렵게 소회를 적다 보니
서글픔이 계절과 교차한다

韻(운): 才. 擡. 摁. 哀. (五言 律. 平. 正格)

註)

戀慕金剛山: 금강산을 연모(보고파)하다.

承前: 앞에 글의 뒤를 받아서 계속하는 것. 계속. 앞에 것의 운을 이음. 곧 금년 5월 18일 썼던 "懇肰(간부)" "아! 금강산"이라는 글의 뒤를 이음.

灰韻: "灰"字韻("회"자운). "아! 금강산"이라는 글은 "灰"자운을 사용하였음.

詠: 읊다.

亞細亞: 아시아의 한자표기임. 11월 8일 국립 아시아문화전당에서, 아시아권 시인과 소설가들이 모여 시낭송 페스티벌을 개최하였음.

佳才: 佳人才子(가인재자: 재주 있는 남자와 아름다운 여자를 아울러 이르는 말. 才子佳人과 같은 말). 여기서는 재주 있는 남녀 문인들.

善美: 사람 이름. 시 낭송 페스티벌 개막 전 "그리운 금강산"을 부른 소프라노 "김선미"씨를 가리킴. 한자 이름을 모르나 일반적인 익히 통용된다 싶은 이름으로 씀. 또는 善美는 좋고 아름다운. 善은 좋다는 뜻도 있음.

聞: 듣다. 聞은 평성으로, "耳受聲感心(이수성감심)"으로 "소리를 귀로 듣고 마음으로 느낀다."는 뜻. 곧 그날 저녁 "그리운 금강산"을 듣고 감동함.

歌曲: "그리운 금강산" 노래.

垂垂: 아름답게 드리워짐. 노래 가사는 후렴구에서 "數數萬年(수수만년) 아름다운 산"으로 셀 수 없이 오랜 세월을 의미하는 말이나, 數數(수수)가 측성이고 作者(작자: 지은이)의 상상 속에 금강산이 아름답게 드리워져 있다는 뜻을 나타내기 위해 垂垂(수수)를 씀.

萬歲: 오랫동안. 數數萬年(수수만년)의 年이나, 年(연)이 평성으로 "평측법"에 맞추기 위해 같은 뜻인 歲(세)로 바꿈.

撞: 닿다, 찌르다의 뜻으로 가슴이 아리다, 금강산은 아름답게 오래도록 존재하는데 반(反)하여, 짧은 인생과 그리움에 대한 감정.

非喬松: 짧은 생명. 非(비)는 아니다. 喬松: 王子喬(왕자교: 천년을 살았다는 신선)와 赤松(적송: 천년을 산다함)으로 오랫동안 장수함을 일컫는 말.

蘀: 잎이 떨어지다 또는 잎이 마르다. 곧 인생이 얼마 남지 않고 병들어 감을 비유함.

是: ~이다. 이것, 옳다의 뜻도 있음.

不踏: 밟지 못하다. 곧 가보지 못함.

我心: 내 마음.

摁: 움직이다, 動(동)의 뜻.

信宿: 이틀 밤을 잔 뒤. 信(신)은 이틀 밤의 뜻.

囕書: 끙끙대며 글을 쓰다. 囕(암)은 끙끙대다.

感: 느낌. 소회.

交叉: 교차하다. 서로 엇갈리거나 마주침. 잎은 떨어지고 몸은 점점 늙어감.

老鈍: 늙어서 言行(언행)이 둔함. 아둔한데다 늙어서 글마저 더딤.

哀: 슬픔. 금강산을 보지 못함과 인생의 늦가을에 대한 소회.

＊＊

며칠 전, 눈과 귀가 거짓말을 하였다며 늙음(집중력과 기억력이 없어짐)을 서글퍼하다가, 점점 더 어두워지는 눈이 볼 수 없을지도 모르는 세상의 풍경 가운데, 언젠가는 꼭 가서 볼 수 있겠지, 라는 기대와 오매불망하는 "금강산"을 한 번이라도 보게 된다면, 조금이라도 자세히 보고 생생하게 기억해두기 위해선 빛을 잃어서는 안 되겠기에, 어떻게든 늦춰보려고 병원에 다니고 있다. 다른 곳은 몰라도 금강산만큼은 그 아름다운 풍경을 온전하게 눈에 담아두고 싶어서이다.

세상사의 일도 그렇지만 내게 주어진 제약이 나보다 더 나쁜 몇몇의 쓰레기만도 못한 인간들에 의해 좌우되었고, 된다는 것을 생각하면 매우 짜증스럽고 화가 난다. 늙었으니 이제는 마음을 다잡아야겠지라며 무던한 노력으로 잊으려 하거나 모른 척도 해보지만, 불쑥불쑥 치밀어 오르는 감정을 간혹 주체할 수 없을 때가 있다. 그러면 굳이 삭히려 하지 않고 외진 산길을 걸으며 씨부렁거린다. 참으면 오히려 몸에 좋지 않을 것 같고 사는 동안만이라도 내키는 대로 맡겨두고 싶어 그렇다. 이런 모습을 혹 지인들이 보거나 알게 되면 아직도 수양이 덜 되었다 할까 봐, 아는 이들을 피하고 만나려 하지 않는 이유이기도 하다.

이틀 전, 국립아시아문화전당에서 열리는 문학페스티벌(시낭송)을 부러 찾은 것은, 문학을 좋아해서가 아니라 사람을 피하다 보니 활동량이 급격하게 줄어들고, 그로 인해 건강도 문제지만 때때로 엄습하는 외로움에다 말하는 방법과 말조차 잃어버리지 않을까 하는 두려움이 있어서다. 저마다 먹고살기 바쁜 세상에서, 무섭고 어지러우며 복잡하기 까지한 세상을 등지려는 자를, 누가 얼마나 찾을까 싶기도 하지만, 찾는다 하더라도 서로가 부담이 되어서는 아니 되겠기에, 전화번호를 바꿔버린 뒤로는 통화는 물론 종일 말 한마디 않고 지낼 때가 많기 때문이다.

지금은 눈이 나쁘다는 핑계라도 댈 수 있지만, 사실은 젊어서부터 책을 멀리하였었기에, 난해한 현대시에 대해 이해와 독해력이 떨어지다 보니, 미처 접하지 못했던 다른 나라 문인들의 글과 육성을 직접 보고 듣는 것 외에 다른 생각은 없었다. 우리나라 시인의 글도 어려워 다 이해를 못하는데, 설령 그들의 글을 이해하려고 노력한다 할지라도 역부족(力不足者欲進而不能 역부족자욕진이불능: 능력이 부족한 자는 이해하려고 하나 이해할 수 없음)이니, 단순히 사람 구경하기 위한 목적이었다고 함이 맞을 것이다. 모르는 사람들은 만나도 대화만 아니 하면 부담이 없으니, 먼발치서 보는 것도 좋을 것 같아서다.

그래서일까? 본 행사인 시 낭송보다는, 성악가인 "김선미"님이 부른 "그리운 금강산"에 꽂히고 말았다. 오프닝 공연 곡이 내 간절함의 목표와 맞아떨어졌으니 무얼 더 말하겠는가. 낭송하러 나온 시인과 소설가들의 겉모습 외에, 그들이 전하고자 하는 얘기나 다른 내용은 머리와 가슴속에 들어오질 못했다.

영국 출신의 "프리야 바실"이, 친구인 "문학으로부터 온 편지"를 읽으면서 "모든 사람이 묻고 탐구할 권리가 있는 그 질문들이 존재하는 곳"이라며, 자기의 친구인 "문학"의 존재에 대해 소개한다. 사람을 알려면 그 친구를 보라는 말처럼, 오늘 편지를 읽는 "프리야 바실"이라는 작가를 알기 위해, 그 "문학"이라는 친구를 알아야 할 텐데, 앞서 고백했듯이 虛送蚤歲 老年得病(허송조세 노년득병: 젊은 시절을 허송하고 늘그막엔 병듦)이라, 심해의 어느 바닥에 묻혀있거나, 우주의 어느 광활한 은하계의 한쪽에 자리하고 있을지도 모를 "프리야 바실"의 친구를 찾으려다, 자칫 그 속에서 허우적대다 숨이 막히거나, 우주의 迷兒(미아)가 될지도 모른다는 憂慮(우려)와 물어보러 찾으러 떠나기엔 너무 늦었기에, 관심을 안 가지려고 애초부터 밀어내고 있었는지도 모른다.

그리고 몽골의 "담딘수렌 우리앙카이"가 낭송한 詩(시) "自愧(자괴)"에서,

스스로를 부끄러워하며 꿈꾸고 싶지 않은 수없이 많은 기억들을 태운다.
(중략)
다시 다시
알려지지 않는 보이지 않는 나를 창조하기 위해서

라고 한 것처럼, 나도 지워버리고 싶은 이승의 것들과 그것들을 단단히 저장하고 있는 파일마저 분쇄하고 태워서 공중에 훨훨 날려 보내야 한다.

모르는, 듣거나 보지 못했던 "나"가 되기 위해.

2018년 11월 10일

天心　　　　　天심

京 鄕 各 地 會 萌 黎　　경향각지회맹려
大 怒 欹 危 檢 察 詆　　대노의위검찰저
汝 等 覬 滔 滔 不 泝　　여등균도도불소
譸 天 奉 命 卽 今 頤　　주천봉명즉금제

전국에서 모여든 백성들이
기울어 위태한 검찰에 대노하여 꾸짖으니
너희들은 세상을 크게 보고 도도히 흐르는 물결을
거스르지 말며
조금이라도 하늘을 속이려 하지 말고 그 자리에서
머리를 숙이라

韻(운): 黎. 詆. 頤 (平. 正格)

註)
京鄕各地: 서울과 지방의 각지.
會: 모이다.
萌黎: 백성. 萌은 싹, 黎는 무리.
大怒: 크게 성내다.
欹危: 기울어져 위태함. 衡平(형평)을 잃음.
檢察: 검찰, 곧 검찰의 권한, 또는 권력.
詆: 꾸짖다.
汝等: 너희들.

覩: 크게 보다.

滔滔: 큰 물결이 흘러가는 모양. 시대의 흐름. 곧 국민들의 뜻.

不沂: 거스르지 말라. 沂는 거스르다. 不은 금지사.

謾天: 하늘을 속이다. 謾는 속이다. 天은 하늘 같은 국민.

奉命: 명령을 받들다.

卽今: 곧 이제. 그 자리에서 곧.

頤: 머리를 숙이다. 곧 반성하라는 뜻.

＊＊

조국 가족에 대한 검찰의 부당한 수사를 규탄하기 위해 상경하여 참석한 서초동 집회 후기.

2019년 9월 30일

在明明德　　　　재명명덕

卑 王 天 下 嗃　　비왕천하향
所 以 蜃 搖 擰　　소이신요녕
顝 世 成 檮 昧　　골세성도매
終 然 奴 婢 坑　　종연노비갱

仍 存 慷 慨 政　　잉존강개정
被 迫 恁 麼 牲　　피박임마생
噍 呵 抗 牽 下　　초가유견하
恭 天 命 在 明　　공천명재명

대통령으로 하여금 천하에 덕을 밝히려는 까닭은
이무기가 나라를 어지럽게 만들고
골 때리는 세상에 사람들은 바보가 되게 하여
결국엔 노비로 쓰려 함이니

나라를 혼란에 빠트린 자들을 그대로 두고
핍박을 당하고 나서 짐승들을 어찌하기보다는
잘못을 꾸짖고 들춰서 끌어내려
재명에 있는 하늘의 뜻을 받들라

韻(운): 擰. 坑. 牲. 明. (平. 五言 律. 正格)

註)

在明明德: ①사리를 올바르게 인식하고 분별할 수 있는 인간의 본성을 분명하게 밝히는 것. ②인간은 타고난 순수한 정신의 결정체인 본연지성(本然之性)과 우리 몸을 구성하고 있는 육체에서 우러나오는 기질지성(氣質之性)을 동시에 갖추고 있는데, 순수한 정신에서 말하는 본연지성 즉 천리(天理)는 미세한 반면에, 우리의 행위, 즉 육체에서 말하는 사욕인 기질지성은 거칠고 강하다. 그러므로 자칫하면 천리의 밝은 덕이 거친 사리사욕의 구름 떼에 가려지고 조종당한다. 이런 연유로 사람들 특히 배우는 이들은, 항상 이를 경계하고 경계하여 천리를 보존하고 길러서 이 천리가 인욕을 지배하도록 이끌어 가야 한다.(②는 인터넷에서 인용함)

俾王: 왕(대통령)으로 하여금.

天下朙: 천하를 밝게 하다. 朙은 밝다.

所以: 까닭.

蜃: 이무기. 용이 되지 못한 큰 구렁이.

搖擰: 흔들어 어지럽게 하다. 搖는 흔들다. 擰(녕)은 어지럽다, 어수선하다의 뜻.

顝世: 골 때리는 세상. 顝은 서로 부딪치다. 세상을 편 가르기 하여 서로 치고받게 하다.

成: 되다. 여기선 되게 하다.

檮昧: 바보. 어리석다. 무지의 뜻도 있음.

終然: 끝내 그러하다. 결국엔 그러하다.

奴婢坑: 노비로 전락시키다. 노비로 만들다. 坑은 빠지다.

仍存: 이전 물건을 그대로 둠. 곧 나쁜 정치인을 그대로 두고의 뜻.

慷慨政: 정치가 의롭지 못한 것을 보고 의기가 북받쳐 원통해 하고 슬퍼하거나 또는 개탄하다. 政은 정치.

被迫: 곤란을 당하다. 被는 당하다. 입다. 迫은 핍박하다. 곤란하다.

恁麼: 어찌할 것인가 생각하다. 恁은 생각하다. 麼는 어찌.

牲: 짐승. 짐승 같은 자들.

譙呵: 잘못을 꾸짖다.

抗牽下: 잘못을 들춰내서 아래로 끌어내리다. 抗는 절구 확 긁어내다. 牽은 끌다, 당기다.

恭: 받들다. 공순하다의 뜻도 있음.

天命: 하늘이 명하다. 또는 부리다. 命은 시키다. 부리다.

在明: 밝히는 데 있다. 또는 밝게 하는 데 있다.

＊＊

어제, 성남에서 연설 도중 눈물을 흘리는 이재명 후보를 보고 울컥해진 내가 도저히 가만히 있을 수 없어서 몇 자 적었다. 저번에 "도올" 선생님이 하신 말씀을 들은 것도 있고 해서다.

쓰라리고 고달팠던 어릴 적 과거를 회상하며 정치에 대한 진정을 토로하면서 흘리는 눈물에, 무엇을 덧붙일 수 있을까?

문재인이 후보 시절 말해 놓고 실현하지 못했던 공정과 정의를 이재명이 다시 언급한다. 말로만 끝나버린 정치하는 자들의 헛공약들이 어찌 이뿐이랴? 그로 인해 그나마 남아있던 기대가 혐오로 바뀌어서 더 이상 쳐다보고 싶지 않았으나, 그래도 젊은이들의 세상은 최소한만이라도 바르게 정립이 되어야겠기에 대선에 대한 관심을 버릴 수 없다.

그러다 마음을 움직이는 그 눈물을 보았다. 어쩌면 마지막이 될지도 모르지만, 이번만은 꼭 지킬 것 같다는 아니 지켜야 한다는 강한 믿음과 주문으로.

제발!

2022년 1월 25일

杜鵑　　　　　　　두견

青 巖 山 杜 鵑　　　청암산두견
發 杪 有 厓 姸　　　발초유애연
切 取 花 煎 想　　　절취화전상
無 枔 招 慄 連　　　무심소율련

청암산의 진달래꽃이
물가 언덕 가지 끝에 어여쁘게 피었기에
끊어다가 화전을 부치면 어떨까 생각하는데
애처로이 매달려 흔들리고 있다

韻(운): 鵑. 姸. 連. (平. 五言絶句. 正格)

註)

青巖山: 청암산.

杜鵑: 진달래. 일명 嬋娟榴(선연류)라고도 함.

發: 피다.

杪: 나무 끝.

有厓: 물가에 있다. 厓는 山邊水畔으로 邊은 가(결), 모퉁이. 厓는 涯(水畔)와
같은 뜻. 곧 수변로 주변을 말함.

姸: 곱다. 선연(鮮姸: 산뜻하고 아름답다)의 뜻.

切取: 끊어 가지다.

花煎: 화전. 찹쌀가루를 반죽하여 진달래 꽃잎을 붙여지진 떡. 국화나 개나
리꽃도 쓰인다 함.

想: 생각하다. 어떨까 하고 생각하다.

無柎: 잎이 없다. 곧 잎이 없이 외로이 가지 끝에 피어 있음. 벗이나 이웃이 없다는 의미. 진달래는 꽃이 먼저 피고, 잎은 꽃이 졌거나 지려고 할 때 돋아남. 柎은 나뭇잎.

招: 나뭇가지 흔들리다.

慄: 처량(凄涼)하다. 떨다, 겁이 나 쪼그리다의 뜻도 있음.

連: 붙어(매달려) 있다. 잇다. 연하다.

2021년 3월 30일

杜鵑 2   두견 2

靑 巖 山 杜 鵑   청암산두견
隔 葉 徙 涓 然   격엽사연연
起 忱 躇 傾 耳   기심다경이
諗 何 晝 夜 傳   섬하주야전

청암산의 소쩍새가
숲속을 옮겨 다니며 훌쩍훌쩍 울어댄다
측은한 마음에 가는 길 멈추고 귀 기울여 듣다가
넌 무슨 사연으로 그처럼 우는가 하고 물어본다

30

韻(운): 鵑. 然. 傳. (平. 五言 正格)

註)
靑巖山: 청암산.
杜鵑: 두견새, 소쩍새.
隔葉: 숲. 隔은 막다. 葉은 잎사귀. 곧 녹음이 우거진 숲.
徙: 옮겨다니다.
涓然: 훌쩍훌쩍 우는 모양.
起忱: 측은함을 일으키다. 처량한 소리에 마음 아파하다.
躇: 가다가 서다. 難進而立(난진이립)의 뜻으로 나아가기 어려워 멈춰서다.
傾耳: 귀를 기울이다.
諗: 묻다. 물어보다. 問(문, 측성)의 뜻.
何~傳: 무엇을 전하고자. 무슨 사연으로.
晝夜: 밤낮으로.

**

杜鵑(두견)

삭풍과 비바람을 견뎌 꽃망울 터트렸는데
잎과 조화를 이루거나 열매를 맺어보지 못한 채
때론 지지고 볶여 뭇 사람들의 입에 들거나 밟혀
황혼의 빛 속으로 조금씩 옅어져 갔다

꽃 피웠던 짧은 봄이 못내 아쉬웠을까
오뉴월 새가 되어 이곳저곳 옮겨 다니며
잊지 않았노라 잊지 않겠노라 하는
밤이면 더 구슬퍼지는 저 울음 흘리는 눈물이
돌아오는 봄 산언덕을 곱게 장식하리니

쓸데없는 짓인지 모르나 어리석은 백성(愚民)이 최근 흘러가고 있는 나라의 정치 상황을 생각해본다. 힘들고 어렵게 찾아 피운 민주주의가 국민으로부터 위임받은 자들이, 본인의 이익과 영달을 위해 어설프게 시늉만 내는 정치를 하거나 탈을 쓴 위정자들 때문에 위태롭다고 느낀 것은 나만의 생각일까?
역겹고 신물 난다고 모두가 외면하고 방임하고 있는 사이, 알면서도 볼 수 없는 바람에 떨기도 하고, 가냘프면서도 슬픈 목소리로 외진 숲에서 두견은 홀로 울고 있다.

註)
진달래도 두견이라 칭하고, 예로부터 소쩍새도 두견이라 하였다. 물론 조류학적으로 엄밀하게 따지면 두견과의 새라고 한다. 두견이 올빼미과의 소쩍새와는 다르다고 하나, 선인들의 문학작품 속에서 두견 하면 소쩍새로 통용되어 왔었다.

2021년 5월 20일

秋霜   추상

電 光 石 火 若 人 時   전광석화약인시
靑 糸 成 霜 瞬 渝 移   청사성상순투이
倒 施 庶 民 痛 爾 中   도시서민통이중
下 偲 戒 懼 毋 欺 辭   하시계구무기사

짧고 짧은 인생
백발로 변하는 건 순간이건만
거꾸러지고 버려진 서민은 그 속에서도 아파하니
이보시게 어렵게들 알고 속이지 말라

韻(운): 時. 移. 辭. (平. 變格)

註)
秋霜: 至嚴秋霜(지엄추상)을 말함. 서릿발과 같이 매섭고 엄한 꾸중.
電光石火: 매우 짧은 시간.
若: 같다.
人時: 사람들은 가끔. 時는 가끔(往往 왕왕).
靑糸: 검은 머리. 糸는 絲(사: 실)의 뜻. 絲가 평성이라 糸로 씀.
成霜: 서리가 되다. 백발이 되다. 成은 되다.
瞬: 눈 깜짝할 순간(瞬息間: 순식간).
渝移: 변하여 옮겨감. 변하여 가는 것. 渝를 "유"로 읽기도 하는데 뜻은 변하
다, 더럽다.
倒: 거꾸러지다.
施: 측성으로 버리다(捨 사)의 뜻. 곧 버려지다. "베풀다"로 쓰일 때는 평성.

庶民: 서민들. 倒施庶民(도시서민)은 거꾸러지고 넘어지는 서민. "도시에 사는 서민"을 생각함(都市庶民).

痛: 고통스럽다. 아프다.

爾中: 그(其 기) 가운데. 爾는 그. 다른 뜻들도 있음.

下: 아래. 아랫사람(下人).

偲: 간절히 책망함. 살피고 힘쓰다는 뜻도 있음. 곧 나무라고 타이름.

戒懼: 戒愼恐懼(계신공구) 의 준말, 삼가고 두려워 함.

毋: 금지사, ~하지 말라.

欺: 속이다.

辭: 말씀.

* *

어제 JTBC 방송에서 히든 싱어를 보았는데 김광석 편이었다. 죽은 줄은 알고 있었지만 33살의 짧은 나이로 생을 마감한 줄은 몰랐다. 이름자(金光石?)에서 전광석화(電光石火)란 어휘가 떠올라 몇 자 적어보았다.

어찌 보면 짧고 짧은 것이 인생이다. 그 짧은 인생 가운데서 고통으로 아파하는 민초(民草)들이 있어서 기도하는 심정으로 아랫것들을 나무라고 싶었다. 미천한 놈에게 아랫것들이 있을 리 만무하건만, 입만 열면 국민을 상전으로 모시겠노라 해놓고 돌변하는 가증스러운 정치인들을 두고 하는 말이다.

내년에는 많은 사람이 안녕했으면 하는 간절함이 절실해서인지 몰라도 가슴이 쓰리다.

좋은 痕迹(흔적)을 남겨도 후인들이 기억할까 말까 하고, 하늘로부터 심판을 僅免(근면: 겨우 면할 수 있음) 할 수 있을 텐데, 하물며 악업(惡業)을 지어서 지엄한 꾸중(至嚴秋霜 :지엄추상)을 어떻게 감내할까 싶다.

서민끼리 술 한 잔으로 쓰린 가슴 달래며.

2013년 12월 30일

思農(秋雨)　　　　사농(추우)

秋 霖 病 穗 落 農 洵	추림병수락농순
政 法 營 營 汲 汲 侁	정법영영급급신
度 外 民 均 規 矩 曲	도외민균규구곡
崔 澄 顧 禍 逆 流 溱	최의고화역류진

가을장마에 과일과 곡식이 병들면 농민은
눈물이 나는데
정법자 들이 너도나도 명예와 이익만 추구하며
백성을 마음에 두지 않고 규구가 굽어 적용되면
쌓인 눈과 서리는 화가 되어 미치리라

34

韻(운): 洵. 侁. 溱. (平. 正格)

註)
秋霖: 가을장마. 어두운 현실.
病穗: 벼(농작물)에 병이 들다. 곧 병이 들어 농사를 망치면. 穗는 벼이삭 또
는 농작물 그리고 자식들.
落農洵: 농민은 소리 없이 눈물을 흘리고.
洵: 소리 없이 눈물짓다.
政法: 정치와 법률. 곧 정치하는 者와 법을 다루는 者.
營營汲汲: 명예나 이익을 얻기 위하여 애씀.
侁: 떼를 지어 감. 곧 너도 나도 따라서 그리함.
度外: 마음에 두지 않음.

民: 백성. 곧 度外民은 백성들은 나 몰라라 함.

均: 고르다. 누구에게나 고르게 적용해야 한다는 뜻.

規矩: 컴퍼스와 굽은 자. 법 따위를 말함.

曲: 굽다. 법 따위가 적용이 일정하지 않음.

崔澄: 눈과 서리가 쌓인 모양으로 불만이 몹시 쌓여 뭉친 것을 표현.

顧: 도리어의 뜻. 돌아보다 의 뜻도 있음.

禍: 화.

逆流: 거꾸로 흐르다.

溱: 이르다(至) 의 뜻. 곧 逆流溱은 화가 거꾸로 미친다는 뜻.

＊ ＊

뉴스에서 국지적으로 많은 비가 내렸다고 하는데 이곳 역시 종일토록 비가 내린다.

저녁을 먹으면서 이제 한 달 정도만 있으면 햅쌀밥을 먹을 수 있겠다는 생각을 하다가, 만약 가을장마가 든다면 일 년 농사는 수확을 못 하고 망치겠지 라는 생각이 문득 든다.

그리고 사람 농사를 짓는 데 있어서 정치와 법률이, 입법과 행위에서 歪曲(왜곡)되고, 왜곡하는 자들만의 리그(league)가 이루어져 사회의 미래를 담보하지 못하게 된다면, 어두운 현실에서 갈수록 피폐해진 서민들이 삶에서만큼은 인내를 감수한다고 하더라도 기회마저 박탈된 자식들로 인해 자식 농사마저 망치게 된다면, 그 분노는?

밥숟갈 뜨다 말고 쓸데없는 생각으로 지랄하고 있다.

2015년 9월 5일

倒世五濁   도세오탁

孔 孟 丘 軻 教 不 摛   공맹구가교불리
雖 知 貫 性 聖 賢 集   수지관성성현귀
侹 侗 未 學 猶 彊 狡   공동미학유강교
漢 攫 錢 權 又 獥 佪   한획전권우궐이

공맹의 가르침은 세상에 필요 없는가?
인간의 본성을 꿰뚫어 본 성현의 말을 돌이켜본들
사람들은 배우려 않고 오히려 강하고 교활해지며
돈과 권력을 가진 천박한 자들과 도둑놈들이
많아짐은 왜?

韻(운): 摛. 集. 佪. (仄. 正格)

註)
倒世: 세상이 뒤집어지다. 말세로 향함.
五濁: 세상의 다섯 가지 더러움. 衆生濁(중생탁), 煩惱濁(번뇌탁), 劫濁(겁탁), 見濁(견탁), 命濁(명탁).
孔孟丘軻: 공자와 맹자. 丘는 공자 이름. 軻는 맹자 이름. 평측을 맞추기 위한 배열.
教: 가르침
不摛: 피지 못하다. 摛는 피다(發)의 뜻. 펴다, 베풀다의 뜻도 있음.
雖知貫性: 비록 인간의 본성을 꿰뚫어 본 것을 알고 있지만. 雖는 비록 ~일지라도. 貫性은 본성을 꿰뚫어 보다.

聖賢集: 성현의 가르침을 돌아본다. 集는 돌아보다. 顧(고), 睠(권)과 같음.

侄侗: 무지한 사람. 또는 바보.

未學: 아직 배우지 못하다. 배우려 하지 아니함.

猶彊狡: 오히려 강하고 교활하다. 彊은 강하다 사납다. 狡는 교활(狡猾)하다.

漢攫錢權: 천한 것들이 돈과 권력을 얻다. 漢은 천한 것들. 攫은 얻다.

又獗: 또 도둑이 일어나다.

伽: 많다.

* *

14일 밤, MBC의 스트레이트를 보고 나서의 기록.

소위 배웠다고 하는 자들의 엉터리 권력과 돈을 좇아가는 것을 어찌할꼬!

2018년 10월 16일

思忠壯公　　　　　사충장공

紫 薇 自 古 谷 攸 渦	자미자고곡유와
豈 未 千 年 淥 泌 湋	기미천년록필와
比 昔 青 山 尤 密 鬱	비석청산우밀울
齎 咨 義 氣 不 生 俄	재자의기불생아

자미 탄의 물은 원효계곡을 굽이쳐 흐르는데
어찌 천년도 안 되어 물이 더럽혀졌는가?
산은 옛 보다 푸르고 울창하건만
아! 충장공 당신 같은 이가 왜 그리울까?

韻(운): 渦. 湋. 俄. (平. 正格)

註)
思忠壯公: 충장공을 생각함.
紫薇: 環碧堂(환벽당) 곁을 흐르는 紫薇灘(자미탄)을 말함. 무등산 원효계곡에서 발원함.
自古: 예로부터.
谷: 골짜기.
攸: ~한 바, 所의 뜻.
渦: 돌아 흐르다.
豈: 어찌.
未: 아직 ~ 못하다.
千年: 천년.
淥: 물이 맑다.

泌淺: 물줄기도 작아지고 더럽다. 泌은 물 좁게 흐르다. 淺는 더럽다. 흐려지다.

比昔: 옛날에 비해서.

靑山: 푸른 산, 곧 무등산.

尤: 더욱.

密鬱: 빽빽하고 울창하다. 숲도 우거지고 사람도 많아졌다.

齎咨: 탄식하다. 아! 탄식하는 소리.

義氣: 정의의 마음에서 일어난 기개. 義(義: 자기의 不善을 부끄러워하고 惡을 미워함)의 理(이치)를 소중하게 여기고 발현하려는 마음. 위기에 처한 국가를 구하려는 마음.

不生: 생겨나지 않는다.

俄: 헌걸차다. 장한 기운.

＊＊

漸入佳境(점입가경)이라는 말이 있다. 본래는 山水(산수)의 경치가 깊이 들어갈수록 아름다워지거나 文章(문장)의 표현이나 내용이 흥미가 더 한다는 뜻도 있지만, 누군가가 하는 짓이 시간이 지날수록 꼴불견일 때, 곧 남이 보기에 민망할 때도 쓰이는 比喩的(비유적)인 말이다.

지난 토요일, 그러니까 13일 환벽당에서의 훈장 대역에 이어서, 선조 때 義兵將(의병장)이었던 忠壯公 金德齡(충장공 김덕령) 장군의 추모제를 20일(토요일) 취가정에서 재현(관광객을 위한 행사)할 터이니, 참석해서 역할을 맡아달라고 하는데, 몇 년 전 醉歌亭(취가정)의 관리인에게서 받았던 고약한 인상(비가 와서 마루까지 들치기에 취가정의 방 안에 들어가서 책을 보고 있었는데 다짜고짜 쫓아내려 해서 시비가 붙음) 때문에, 취가정에서의 추모제 재현엔 참석을 안 할 거라고 극구 사양하며, 대신 필요하면 忠壯公(충장공)을 기리는 詩(시) 한 수는 써보겠노라 불쑥 말을 했었다. 그리고서 한참 있다가 생각을 해 보니 아차 싶었으나, 覆水難水(복수난수: 엎어진 물은 주워 담기 어렵다)라, 체면상 신의는 지켜야 한다는 부담으로 부랴부랴 컴퓨터로 취가정의 유래에 대해서 찾아보기 시작하니, 블로그에 억울한 죽음을 호소하고자, 권필에게 現夢(현몽)하여 술에 취한 채 읊었다는 醉詩歌(취시가)에 대한 자세한 설명과 함께, 의병장의 넋을 위로하고자 지었다는 "權韠(권필)"의 시를 소개했다.

이 시는 7언 절구로 "歌(가)"字(자) 韻(운)을 사용하였기에 次韻(차운: 남이 지은 시의 운자[韻字]를 따서 시를 짓는 것)하여 짓기로 마음먹었으나, 경솔했다는 자책으로 쉬이 冒頭(모두)가 잡히지 않아 며칠을 끙끙댔다. 지금 생각해보면, 훈장 대역을 하면서 주제 파악을 못하고 부채에다 글 써주는 꼴값 하며, 거기다 한술 더 떠 감히 의병장 추모에 붙이는 글을 써보겠노라는 말을 하다니, 혹여 아는 이가 보고선 같잖은 글로 꼴값 떨고 있다거나 꼴불견이라고 하면서 漸入佳境(점입가경)이라 할 것이지만, 변명의 여지 없이 그 꼬락서니다.

아! 안타깝다. 파노라마처럼 펼쳐졌을 활약상을 後世(후세)의 역사에서 다 보여주지 못하고 끝나버린 悲運(비운)이. 시대를 잘못 만나 억울한 죽임을 당하였으되, 醉詩歌此曲無人知(취시가차곡무인지: 취하여 시 한 수 읊으니, 이 노래를 알아주는 사람이 없을지라도) 我心只願長劍報明君(아심지원장검보명군: 내 마음은 다만 긴 칼로써 명군에게 보답함이라)이라고 읊어서, 愚君(우군: 어리석은 임금)을 明君(명군: 현명한 임금)이라 하였으니, 後人이 보기엔 여간 딱한 노릇이 아닐 수 없음과 장한 義氣(의기)가 중도에 적이 아닌 간사한 무리들에 꺾이어 활짝 펴 보이지 못하였기 때문이다.

충장공! 누구나 부귀와 명성을 얻기 위하여 교묘한 처세로 몸을 사리는데, 당신은 국토가 왜적들에게 짓밟히고, 이 나라 백성과 강산이 유린당하는 것을 차마 눈 뜨고 볼 수 없기에, 奮然(분연)히 일어서서 목숨을 초개처럼 버릴 각오로 의병장이 되었으리라. 그리고 어리석은 군주더러 明君(명군)이 되라는 당부를 꿈속에서 하였음이라.

허나 昨今(작금)에도 장군의 義氣(의기)가 필요함이니, 근세에 이르러, 왜적들에게 짓밟혔던 36년의 역사에서, 上海臨時政府樹立日(상해임시정부수립일)을 부정하고 분열을 책동하는 세력들이 있기 때문이다. 日本(일본)의 壓治(압치)에, 당신같이 분연히 일어섰던 순국선열들이 빼앗겼던 나라를 되찾고자 했던 一念(일념)으로 결사 항쟁 하였던 역사가 동족의 배반으로 아픔과 수난으로 점철되었을 뿐만 아니라, 당시에 移植(이식)되어 殘存(잔존)하는 세력들의 침략 정신에 의해서, 아직까지 선열들의 영령과 원혼들이 안착하지 못하고 계시다.

이제라도 그분들을 편히 쉴 수 있게 하고 후손들에게 물려줘야 하는 유구한 역사를 바로 세우기 위해서는, 시대를 초월해서 옥 같은 선비인 당신이 또다시 필요하기 때문이다.

生滅浮雲如人生(생멸부운여인생)이라 생겨나고 사라지는 뜬구름이 인생과 같아서 누구나 오고 감에 특별할 수는 없겠으나, 억울하게 요절한 당신을 뜻 깊이 追慕(추모)하면서.

2016년 8월 20일

〈참고〉

權韠의 答詩	권필의 답시
將軍昔日把金戈	장군석일파금과
壯志中摧奈命何	장지중최내명하
地下英靈無限恨	지하영령무한한
分明一曲醉詩歌	분명일곡취시가

지난날 장군께서 쇠창을 잡으셨더니
장한 뜻 중도에 꺾이니 천명을 어찌하리
돌아가신 그 넋의 그지없는 눈물
분명한 한 곡조 취시가로 읊으셨네

韻(운): 戈. 何. 歌.

次韻卜居德山   차운복거덕산

南冥智異上低如   남명지리상저여
草木黃丹綠齟齬   초목황단록저어
廓落山天齋敬義   확락산천재경의
浪人整衽問師痴   랑인정임문사여

남쪽 하늘의 지리산엔 위에서 아래에 이르기까지
초목이 울긋불긋도 하고 녹색으로 서로 다르다
敬과 義를 실현시키려던 산천재의 주인은 없는데
떠도는 객이 옷깃을 여미고 선생님에게 왜 이리
물들었냐고 여쭙고자 한다

韻(운): 如. 齬. 痴. (平. 正格)

註)
次韻: 남이 지은 시의 韻(운) 자를 따서 짓는 것. 곧 南冥(남명) 선생이 덕산으로 와 살면서 지은 시 "卜居德山"의 韻 자인 "魚" 자를 써서 지어봄.
卜居: 살만한 곳을 정하여 기거(起居)함.
德山: 지명, 산천재가 있는 곳.
南冥: 남쪽 하늘. 조식(曺植) 선생님의 호. 여기서는 남명 선생이 살았던 남쪽을 지칭. 冥은 하늘이라는 뜻.
智異: 지리산을 말함.
上低: 위에서 낮은 곳, 곧 위에서부터 아래까지를 말함.
如: ~에 이르다는 뜻으로 至의 의미. 至는 ~까지라는 뜻도 있음. 如는 이외에 같다, 만약의 뜻도 있음.

草木: 지리산의 풀과 나무들.

黃丹: 울긋불긋하다. 노랗고 붉게 물든 단풍.

綠: 상록수. 곧 소나무를 지칭. 선비를 상징하는 나무.

齟齬: 두 글자가 "~이 어긋나다"는 뜻을 나타내는 글자인데, 위아래가 잘 맞지 않음을 나타내거나, 사물이 서로 어긋나거나 모순됨을 일컫는 말.

廓落: 텅 비다. 남명 선생과 따르는 선비가 안 보임을 뜻함.

山天齋: 남명(南冥) 조식(曺植) 선생이 61세 되던 해 덕천으로 와 집을 짓고 起居(기거)하며 후학을 양성하던 곳.

敬義: 남명 선생이 제자들에게 벽에 써둔 敬義를 가리키며, 학자에게 지극히 절실하고 중요하다고 강조하였던 글자. -內明者敬: 안으로 자신을 밝히는 것은 경(敬을 사전적으로 풀이한다면 공경하다, 삼가다, 엄숙하다의 뜻)이고, 外斷者義: 밖으로는 단호하게 의(義는 "뜻"이라는 의미 외에, 옳다(適宜事理 사리에 마땅하고 옳다), 의리(人所可行道理 사람이 옳게 행하는 도리)를 행하라는 뜻으로, "요점은 이 공부를 익숙히 하는 데 있다. 익숙하면 흉중에 하나의 사물도 없게 된다. 나는 아직 이 경계에 이르지 못하고 죽는다."라며 숨을 거두었다고 한다.

浪人: 떠도는 사람.

整袵: 옷깃을 여미다. 정중하게 하다.

問師: 선생에게 묻다.

痴: 병들다. 곧 단풍이 물든 것을 표현함.

**

離巢(이소)클럽에서 지역문화 탐방으로 산천재를 방문했다. 그간 실내에서의 체험학습들도 유익했지만, 버스를 타고 견학하며 탐방하는 것도 좋은 일이다.

오늘만 그런지 몰라도 山天齋(산천재)에서 바라보는 천왕봉이 유난히 가깝고 뚜렷하다. 그 아래로 지리산의 단풍이 절정인지 산 아래까지 물들었다.

울긋불긋한 단풍에 가려 푸르던 솔이 빛을 잃고 드문드문 보인다.

해설하는 분의 설명에 따르면, 山天齋(산천재) 柱聯(주련)에 걸려있는 卜居德山(복거덕산)이라는 시는, 남명선생이 처가에서 寄居(기거: 붙어살다)하다, 덕산이 있는 곳으로 와 起居(기거: 일상적으로 생활함)할 곳을 마련하고 쓴 시라고 한다.

남명은 평생을 野人(야인)으로 살면서 속세의 권위를 초탈하였기에, 임금에게 상소를 통해 당시로선 감히 엄두도 못 낼 직언(대비인 문정왕후를 한낱 구중궁궐의 과부로, 임금을 돌아가신 선대의 고아일 뿐이고, 가렴주구에 시달리는 백성들의 울음소리가 구슬퍼 상복을 입은 듯 하다, 라고 하며, 임금의 무능과 파당으로 인한 폐해와 실정을 신랄하게 비판함)을 서슴지 않았던 선비다.

이는 중국의 伯夷叔齊(백이숙제)보다 더 강한 結氣(결기)와 氣槪(기개)를 지녔기에, 지리산의 천왕봉 아래에 白手歸來(백수귀래: 빈손으로 돌아오다)하여, 春山底處無芳草 何物食(춘산저처무방초 하물식: 봄 산에 나는 고사리 나 향기로운 풀이 없어 먹을 것을 걱정하더라도)이라 읊으며, 銀河十里喫猶餘(은하십리끽유여: 하늘에서 은하처럼 십 리를 맑게 흘러내리는 덕천의 물만 먹고도 남음이 있다)라고 표현하지 않았는가 한다.

선생은 실천적 유학을 강조하였던 분이고, 제자 또한 많았던 영남학파를 대표하는 분이다. 그분의 외손녀사위가 유명한 의병장이었던 곽재우 장군이라는 얘기도, 여기 와서야 설명을 듣고 처음 알았다.

白手(백수)로 이리저리 떠도는 나그네가, 만일 선생이 살아계셔서 昨今(작금)의 현실(분열된 여론과 『반일 종족주의의 탄생』이라는 책으로, 일제의 침략역사 왜곡은 물론 제국주의 침략에 맞선 대한민국의 저항적 민족주의까지 폄하하는 토착왜구들의 교활하고 악랄한 준동)을 본다면, 단성현감을 사직하는 상소에도 언급하였던 不義(불의: 義는 수오지심羞惡之心: 의롭지 못함을 부끄러워하고, 착하지 못함을 미워하는 마음)인 대마도의 왜놈들과 결탁한 향도에 대해 단호하게 질타하시던 심정에 더해서 여쭙고 싶은 마음이 간절하여, 선생님이 남기신 卜

居德山(복거덕산)의 詩(시)에서 감히 차운하여 지어봤다.

2019년 11월 5일

〈참고〉

<table>
<tr><td>卜居德山</td><td>복거덕산</td></tr>
<tr><td>春 山 底 處 無 芳 草</td><td>춘산저처무방초</td></tr>
<tr><td>只 愛 天 王 近 帝 居</td><td>지애천왕근제거</td></tr>
<tr><td>白 手 歸 來 何 物 食</td><td>백수귀래하물식</td></tr>
<tr><td>銀 河 十 里 喫 猶 餘</td><td>은하십리끽유여</td></tr>
</table>

춘산의 낮은 곳에 향기로운 꽃과 풀이 없더라도

다만 천제의 거처가 가까운 천왕봉을 사랑하리라

하는 일 없이 돌아와 무엇을 먹고 살까만

은하처럼 흐르는 십리(덕천)의 물은 먹고도 남음이 있으리

45

問安　　　　　문안

徑 刪 所 舐 痕 民 嚶	경산소지흔민영
下 地 風 塵 祈 不 爭	하지풍진기부쟁
自 放 未 安 何 日 鼓	자방미안하일고
方 天 上 掛 哉 生 明	방천상괘재생명

태풍 산바가 전국을 강타하고 지나간 흔적 때문에
서민들은 울고 있으니,
세상의 일로 다투지 말기를 바라노라
아직도 백성은 평안하지 못하니 언제나 태평성대를
누릴 수 있을 것인가
바야흐로 서쪽 하늘에 초승달이 떠오르는 도다

韻(운): 嚶. 爭. 明. (平. 變格)

註)
問安: 피해 지역의 안부를 묻다.
徑: 行過. 지나감.
刪所: 刪은 깎다. 所는 ~바의 뜻. 여기서는 刪은 음(산)을, 所는 뜻(바)을 假借(가차)함.
舐: 핥다. 여기서는 舐糠(지강: 태풍이 밖에서 안으로 침범하는 것을 나타냄)의 뜻.
痕: 흔적(痕迹).
民嚶: 백성들이 울다.

下地: 이 땅, 天上과 반대의 개념.

風塵: 세상의 일, 바람에 날리는 티끌.

祈: 빌다.

不爭: 다투지 아니하다.

自放: 해방(解放)때부터 지금까지를 말함. 自는 ~부터.

未安: 아직도 평안하지 못함.

何日: 어느 날. 언제쯤이나.

鼓: 두드리다. 곧 **鼓腹擊壤**(고복격양)으로 태평성대를 말함.

方: 바야흐로.

天上: 하늘 위.

掛: 걸려있다. 걸리다.

哉生明: 초사흘 달로 처음으로 달이 뜨는 것. 또는 처음으로 빛을 발하는 것을 뜻함. 매월 뜨고 지는 달이지만 여기선 희망을 말하고 싶음.

* *

"태풍으로 피해를 입은 서민들에게 안부를 묻다."

오늘 태풍 "산바"가 남해안을 관통하고 지나가며 많은 비를 뿌린다. "볼라벤"과 "뎬빈"의 피해로 인한 상처와 아픔이 채 가시지 않았는데, 그나마 남은 것이라도 수확을 하고 싶은 마음에 지키려 온 힘을 쏟는 농민과 또다시 침수와 산사태의 위험에 처한 서민들에게 상처를 덧나게 하고, 새로이 생채기를 내어 커다란 아픔을 줄 것이 틀림없으니 걱정이 앞선다. 매년 되풀이되고 찾아오는 태풍이건만 피해가 줄어들기는커녕 갈수록 늘어가는 것만 같다. 작년에 당한 피해 지역이 아직 복구가 덜 된 상태인데 또다시 겪게 된다고 방송과 신문에서 보도한다. 위정자들은 지금까지 무얼 하였는지 뉴스를 접한 나마저 화가 나는데 피해 지역의 당사자들은 얼마나 분통이 터질까 하는 생각을 해본다.

4대강 사업에는 어마어마한 예산과 장비를 투입하고 밤을 새워가며 크나

큰 역사를 재빨리 해치우면서도, 수해에 대한 복구는 아직도 미해결이니 말이다. 주민들은 언제 닥칠지 모르는 재앙으로부터 항상 불안해하고, 수반되는 실생활은 참으로 불편할 뿐만 아니라 경제활동에 미치는 영향도 지대할 텐데….

위정자들은 왜? 정작 시급을 요 하는 사업은 나 몰라라 하고, 많은 사람들이 싫어하고 극구 반대하는, 후손에 물려 주어야 할 유산을 수질정화를 하기는커녕 오히려 훼손하는 일을, 무엇 때문에 후딱 해치우고 억지로 밀어붙여야 했는가. 다가올 자연의 재앙에 책임을 어떻게 질 것이고 국민들이 잘못된 정책 판단에 따른 책임추궁을 어떻게 물어야 할지 모르지만, 소외된 서민들과 변방의 농어민은 딱하기만 하다.

어제 문재인 "노무현재단" 이사장이 경선에서 타 후보를 이기고, 민주통합당의 대통령 후보로서 후보직을 수락하는 연설을 TV를 통해서 보았다. 보는 순간순간이 나에겐 감동적이었고, 연설할 때마다 쏟아내는 말들이 흥분하게끔 하였다. 상당한 기간 주변으로부터 듣고 그간의 체험을 고뇌하며 기록한 흔적이 역력히 나타나는 것으로 보아 진정성이 느껴진다.

더욱이 "경쟁과 효율"에서 "상생과 협력"으로라는 말도 귀에 쏙 들어오지만, 특히 "사람이 먼저인 세상을 만들겠다. 공평과 정의를 실현시키겠다"라는 말에서는 가슴이 뭉클해지고, "국가가 나를 위해 존재한다고 느끼십니까? 나의 어려움을 함께 걱정해주는 정부라고 생각하십니까?"라며 외치는 대목에서는, 모 방송국의 프로그램을 본떠서 그랬는지 몰라도 특정인이 아닌, 아픔을 겪고 있는 국민 모두를 치유해줄 것만 같은 느낌을 강하게 받았다. 아직도 일부 계층을 제외한 많은 사람이 사회적으로 약자 인자들은 인권의 사각에서, 그리고 수많은 학생과 청년들은 상실된 공정성과 정의 속에서, 제대로 된 경쟁을 하지 못하고 있다고 생각한다. 이러한 점들은 안철수 서울대 융합대학원장이, 청춘 콘서트를 통해 청년들에게 지적했던 문제점과도 같다.

하기야 누가 봐도 알 수 있을 정도로, 사회 전반에 걸쳐 고쳐 나가야 할 문제점은 확연히 드러났다고 해도 과언이 아니다. 다만 해결하는 방법에서 누가 어떻게 일관성을 가지고, 강력한 정책을 수립하고 집행하느냐에 달려 있다는 것이 맞을 것 같다. 그러기 위해선 지금까지 집권해온 여당의 후보라면, 보여주기 위한 정책과 사탕발림이 아닌 진정성을 갖고, 철저하게 추진하겠다는 확신을 국민에게 보여주기 전에는, 또다시 아픔을 겪지 않으려는 사람과 그 아픔을 공유하고 느꼈던 국민으로부터, 여당이 선택받을 수 있을 것인가는 자명한 일일 것이다.

이제 제1야당인 민주통합당의 대통령 후보가 결정되었으니, 今明 간 안철수 서울대 융합대학원장도 출마에 대한 입장을 밝힐 것이라 생각한다. 둘 다 평소 주장하고 지향하는 바가 같으니, 국가와 백성들을 위하는 마음이 앞선다면, 단일화를 이룰 수 있다고 믿는다. 그리하여 누가 후보로 결정되든 이 모두를 잊지 않고 꼭 실천해주었으면 한다. 앞으로는 우리나라가 특권층과 일부의 사람들로 인해, 정치와 경제가 좌지우지되지 않기를 바라는 간절한 마음으로, 태풍의 피해를 입은 분들에게 안부를 묻고 싶기도 한데다, 진정한 국민들의 행복을 위한 정치를 바라는 뜻으로 문(文) 후보와 안(安) 원장의 첫 글자를 연상하여 제목으로 정하였다.

단일화를 이루어 평소의 주장대로 실천한다면, 국민의 가슴에 동화 속의 아주 예쁜 초사흘 달이 자리하리라 믿는다.

2012년 9월 18일

厠上思	측상사
水 鱗 若 寶 石	수린약보석
倘 昺 坤 何 如	당병곤하여
入 夜 將 幾 望	입야장기망
居 諸 照 子 歟	거저조자여

물비늘이 보석이라면
땅 위에서 빛났을 모습은 무엇인가?
달이 높이 솟아오르는데
해와 달은 물속도 비추는가?

韻(운): 如. 歟. (平. 變格)

註)
厠: 廁(치)와 같음. 변기.
上思: 위에서 생각.
水鱗: 물비늘.
若: 같다.
寶石: 보석. 고요한 바다 위로 은빛 햇빛이, 생선비늘 같이 반짝이는 것이 보석처럼 빛남. 아이들의 영혼이 반짝반짝 빛남.
倘: 혹 그렇다면.
昺坤: 땅에서 빛나는 것. 천진난만한 아이들의 모습. 昺은 빛나다.
何如: 무엇과 같은가?
入夜: 밤으로 들어감, 곧 어두워짐.
將: 장차 ~ 하려 하다.

幾望: 음력 14일 밤의 달. 보름 전의 달.

居諸: 해와 달을 말함. 諸는 음이 "제"나 "저"로 쓰임. 거저는 예부터 쓰인 단어. 세월 또는 광음이라는 뜻도 있음.

照: 비추다.

子: 자식(子息).

歟: 어조사.

* *

점심 후, 달천이라는 바닷가로 향했다. 隣近(인근)이라 순천인 줄 알았는데 행정구역은 麗水(여수)란다. 추석 명절을 앞두고 맑게 갠 초가을 햇빛이 잔잔한 바다를 비춰서 수면을 보석처럼 빛나게 한다. 어떤 이는 그걸 보고 물비늘이라 한다. 한참을 황홀해하면서도 서녘으로 기우는 해를 바라보는 머릿속엔, 아직도 차디찬 바닷속 학생들의 밝고 맑은 영혼이 빛나고 있는 것만 같았다.

사무실에 돌아와 소감을 적어보려 하나 여의치 않아서 관두었는데, 저녁에 화장실에서 바라본 달은 만월을 향하는 속도만큼 밝게 빛나고 있었다.

지금도 진도 앞바다에서 茶然(날연: 지쳐 넋을 잃음)한 모습으로, 아들딸들이 차가운 바닷속에서 금방 돌아와 품에 안길 것만 같은 생각으로 하염없이 기다리는 부모들이, 달을 보는 순간에도 눈앞에 아른거린다. 화장실에서의 짧은 시간일지 모르나 생각하는 동안은, 그분들의 고통이 무척 길 텐데 대신하거나 어떠한 말도 위로가 될 수 없다는 현실이 무척 슬프다.

斷腸之哀而茶然, 不知其所歸也(단장지애이날연, 부지기소귀야: 단장의 고통을 참고 기다리다 지쳐, 집으로 돌아가는 것조차 잊어버린다.)

하늘도 참 무심하시다!

2014년 9월 4일

憤怒　　　　　　　　분노

天 人 共 怒 李 兵 長	천인공노이병장
爾 汝 何 由 狂 斷 腸	이여하유광단장
我 恧 皆 同 盍 涌 淚	아역개동합용루
如 無 嚴 罰 又 然 憚	여무엄벌우연장

천인공노할 이 병장아
네놈들이 뭐라고 단장의 고통을 주느냐
모든 이가 가슴이 아파 눈물이 솟을지니
엄벌하지 않으면 다음에 또 그럴까 두렵다

52

韻(운): 長. 腸. 憚. (平. 變格)

註)
憤怒: 분개하여 몹시 화가 남.
天人共怒: 누구나 증오하고 혐오함.
李兵長: 윤 일병을 한 달 이상 가혹한 구타로 죽게 한 주동자.
爾汝: 너희들.
何由: 무슨 이유(理由), 무엇 때문에.
狂: 정신을 잃다. 미치다의 뜻도 있음.
斷腸: 창자를 끊음. 곧 어미의 창자를 끊는 고통.
我: 나.
恧: 가슴 아픈 고통.
皆同: 다 같다. 누구나 가슴 아파함.
盍: 어찌 ~ 하지 않으리오.

涌淚: 눈물이 샘솟다.

如: 만약.

無嚴罰: 엄벌이 없으면, 엄벌에 처하지 않으면.

又然: 또 그러하다.

憚: 두렵다. 다음에 다른 애들이 모방할까 두려움.

**

짐승도 그러하진 않겠지! 어찌, 갓 입대한 후임병을 무려 한 달 넘게, 잠을 안 재우고 먹는 것도 못 먹게 하고, 그토록 잔인하게 두들겨 패서 죽였을까?

또 얼마나 고통스러웠으면, 5분마다 살려달라고 애원하며 빌고 또 빌었을까?

자랑스럽고 사랑스러운 동료와 아들로 병영생활을 참고 견디겠노라던,

꿈 많았던, 꿈꾸고 있는, 꿈 펼쳐야 할 청년을.

2014년 8월 6일

〈후기〉

기록을 자제하려다 김해 여고생 살인사건을 접하고, 사람 사는 사회가 "어찌 이럴 수가"라는 생각에 분노와 함께 적어서 남겨 두고 싶었다.

부디 하늘에서 고통 없이 편히 쉴 수 있기를 기도하며.

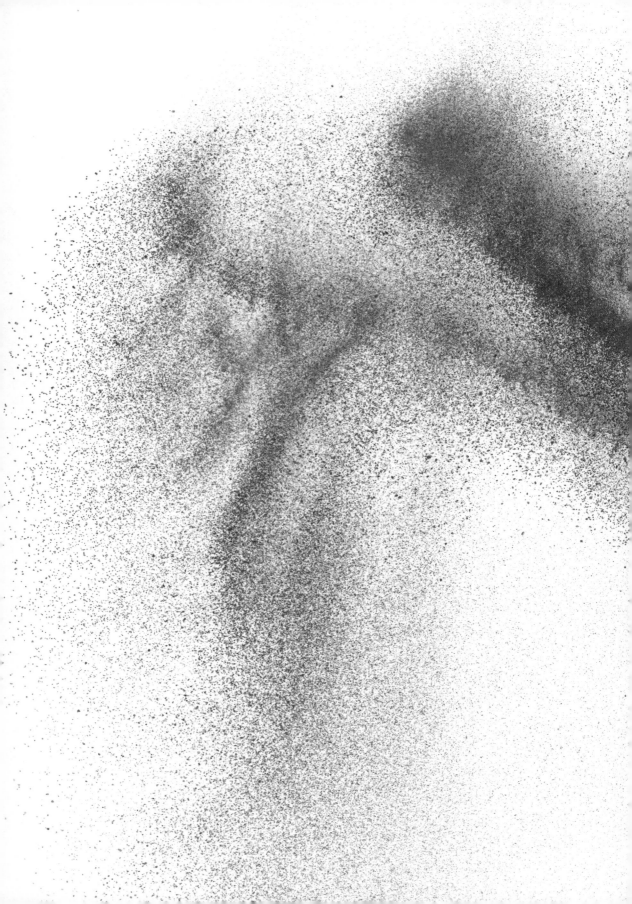

2

환벽당, 명옥헌

春寒　　　　　　　　춘한
望于桐華寺址　　　망우동화사지

浮 雲 停 乍 巒　　　부운정사만
歷 日 再 澄 看　　　력일재의간
雁 去 從 芽 然　　　안거종아연
天 時 惘 立 槃　　　천시망립반

구름이 산봉우리에 머무르더니
눈이 하얗게 쌓였다
기러기 날아가는 봄인 줄 알았던 꽃이 된서리 맞고
한껏 움츠리며 떨고 있다

韻(운): 巒. 看. 槃. (平. 正格)

註)
春寒: 봄추위. 꽃샘추위.
望于桐華寺址: 동화사 터에서 바라보다.
浮雲: 뜬구름.
停乍巒: 산봉우리에 잠깐 머무르다. 乍停巒으로 해야 하나 평측을 맞추기 위해 도치함. 乍는 잠깐. 停은 머무르다. 巒: 산봉우리.
歷日: 날짜가 지나감. 곧 겨울이 지나감.
再: 다시.
澄: 눈서리 쌓이다.
看: 보다.
雁去: 기러기가 북으로 날아감. 봄이 옴을 뜻함.

從: 따르다. 기러기가 날아감을 보고서 따라 나옴.
芽愀: 싹(꽃의 개념)이 놀라다. 愀은 황겁(식겁)하다. 꽃샘추위에 움츠림.
天時: ①晝夜(주야) 寒暑(한서) 등 때를 따라 돌아가는 자연현상. ②하늘의 도움을 받을 수 있는 시기.
惘立槃(망립반): 당황하여 서서 머뭇거리다. 惘은 失心(실심)하다. 槃은 머뭇거리다. 쟁반이라는 뜻도 있음.

2009년 3월

* *

참으로 어처구니없이 다니던 직장에서 쫓겨난 뒤, 심사를 달래려 무등산을 자주 찾았었다.

봄이라 여겼던 어느 따뜻한 날, 동화사 터에 올라 서석대를 바라보니, 3월 중순 무렵인데도 눈으로 하얗게 덮여 있다. 겨우내 움츠려 있다가, 막 움을 틔우면서 뻗어 오르는 새싹이 봄을 시샘하는 추위에 식겁하여 원망하는 모습이 내 처지인 것 같아 감회를 옮겨 보았던 글이다.

아무리 민심이 천심이라고는 하나, 옳고 그른 것을 판단도 하지 않고, 몇몇 나쁜 이들의 선동 즉 당벌(黨伐)에 휩쓸리는 우매한 이들의 우격다짐이, 전체의 민심으로 둔갑 되는 지역사회의 현실과 그 때 법이 통용되고 받아들여지는 법의 현실이 안타까워 절절한 심정으로 썼었던 글이다.

언제까지 사회가 교활하고 사악한 자들이 득세하는 장이 되어야 할까?

2012년 2월 4일

인연

6월 4일, 차우림(차를 우린다는 뜻)의 회원들이 환벽당에서 모임을 갖고 낭송하는 고정희의 詩를 처음 듣고, 참 좋은 시라는 생각과 차 모임의 격조 있는 분위기에 젖어, 시를 지어 다음날 블로그에 올렸던 글인데, 어제 刪定(산정)하며 4구를 더해 율시로 올린다.

白湖(백호) 林悌(임제)의 "청초 우거진 곳에 자란다, 누워난다, 홍안은 어데 두고 백골(해골)만 묻혔나니"를 되새겨 보며.

*

環碧堂(환벽당)에서

낙숫물 떨어지는 소리를 들어가며, 고정희 시인의 『흘으시던가 괴시던가』를 다시 읽어보고서, 집에 돌아와, "흘으시던가 괴시던가(차우림-인연)"라는 블로그의 글에 시인의 시가 없으면 안 되겠다는 생각이 들기도 하지만, 간혹 보는 이가 고정희 시인의 글을 따로 찾아보는 것도 그렇고, 함께 있으면 내 글을 읽고 이해하는 데 도움이 될 것 같아 독수리 타법으로 한참을 걸려 올려놓고, 내 글에도 한자의 설명을 다시 해놓았다.

因緣
于環碧堂

인연
우환벽당

怕痒樹猶連理枝
嘉嬺堂上茶吟詩
孤鳴隔葉哀漸仄
夭折才人解愲誰

파양수유연리지
가자당상차음시
고명격엽애점측
요절재인해골수

汝等觀時百日紅
然情我有孰需思
何炊罐水茶尤楯
再見如來詰受持

여등관시백일홍
연정아유숙수사
하취관수차우림
재견여래힐수지

뜰 앞의 배롱나무는 연리지의 형상을 하고
정자에서 요조 같은 여인들이 차를 마시며 시를 읽는다
숲속에서 짝을 찾는 구슬픈 새 소리는 落日과 더불어
잦아지는데
요절한 시인과 같은 심란한 마음을 누가 알아줄까?

여인들이여 그대들이 연리지 형상을 한 백일홍을 보고 있을 때,
나도 그러한 마음이었는데 그대들은 누구를 생각 하는가?
언제 다시 만나 차를 마실 때
부디 이 시를 기억해주기를 바란다

韻(운): 枝. 詩. 誰. 思. 持. (仄. 變格)

註)
因緣: 인연. 琴兒(금아) 피천득님의 인연을 생각함.
于: ~에서.
環碧堂: 환벽당.
怕: 두려워하다의 뜻.
痒: 간지럼.
怕痒樹: 배롱나무의 다른 이름. 간지럼을 두려워한다는 뜻의 나무, 간지럼 나무.
猶: 같다. 오히려, 라는 뜻도 있음.
連理枝: 연리지. 두 나무의 가지가 서로 맞닿아서 결이 서로 통한 것. 서로 사랑하는 사이를 표현.
嘉嬿: 아름답고 성정이 너그러운 여인.
堂上: 환벽당 위.
茶吟詩: 차를 마시며 시를 읽다.
孤鳴: 외로이 지저귀다.
隔葉: 숲속. 잎이 우거져 숲을 이룸.
哀漸仄: 짝을 찾는 슬픈 새소리가 잦아들다. 해가 서산으로 뉘엿뉘엿 기울어가면서 짝을 찾는 새 소리도 점점 잦아듦.
夭折才人: 요절한 고정희를 말함.
解: 풀다.
惛: 심란하다.
誰: 누가.
解惛誰: 고정희처럼 심란한 마음은 누가 풀어줄까?
汝等: 여인들이여.
觀時: 배롱나무를 보고 연리지를 생각하고 있을 때.
百日紅: 배롱나무를 말함.
然情: 그러한 정 또는 그런 마음. 연리지를 생각하고 있는 것.

我有: 나도 있음. 같은 생각이 있음.

孰: 누구.

需: 찾다.

思: 생각.

何: 何時(하시) 언제. 언제라도.

炊: 불 때다.

罐水: 茶罐(다관)에 있는 물.

茶尤楈: 차우림. 여인들의 모임 명칭.

尤: 더욱.

楈: 고개 숙이다.

再見: 다시 보다. 만나게 되는 날.

如: 이르다(至, 지)의 뜻.

如來: 어느 날. 언젠가.

詰: 삼가. 謹(근)의 뜻.

受持: 받아가지다. 받아 지녀 이 詩를 기억하라는 뜻.

2012년 6월 24일

흩으시던가 괴시던가 -고정희

　하느님… 죄 없는 강물에 불 지르는 저 열사흘 달빛을 거두어 들이시던가 어룽어룽 광을 내는 내 눈물샘 단번에 절단 내시든가 건너지 못할 강에 다리 하나 걸리게 하·시·든·가

　하느님… 시월상달 창틀 밑에 밤마다 우렁차게 자진하는 풀벌레 울음을 기어코 흩으시든가 내 간음의 가을을 뒤엎으시든가 짱짱한 아궁이에 장작을 피우시든가

하느님… 우리 밥숟갈의 정의에 묻어 있는 독을 닦아 주시든가, 적멸보궁 진신사리 별 밭 속을 운행하는 심판의 불 칼을 멈추시든가, 능곡지변 갈대 밭에 늡늡한 능금나무 향기롭게 하·시·든·가

雷雨
秋雨—于環碧堂

뇌우
추우—우환벽당

雷 聲 秋 雨 仍 雲 俱
四 繞 空 虛 尤 溺 孤
歌 曲 鶴 琴 焉 孰 識
紫 薇 如 仄 時 思 屬

뇌성추우잉운구
사요공허우익고
가곡학금언숙식
자미여측시사추

뇌성을 동반한 가을비는 구름이 부딪혀 엉켜서인데
사방으로 둘러싼 나무에서 낙엽은 쓸쓸히 지고 외로움은
더하니
세속을 떠난 것처럼 고아한 척 해보나 알아줄 이 없으니
뜰 앞의 백일홍처럼 때론 님이라도 있었으면

韻(운): 俱. 孤. 屬. (平. 變格)

註)
雷雨: 번개와 함께 내리는 비.
于環碧堂: 환벽당에서.
雷聲: 뇌성.
秋雨: 가을비. 雷聲秋雨 우렛소리와 함께 내리는 가을비.
仍雲: 구름으로 인하여.
俱: 함께 하다. 여기서는 구름이 서로 뭉쳐있음을 표현.
四繞: 圍立(위립), 사방으로 둘러싸여 있는 나무.
空虛: 공허하다. 쓸쓸하게 낙엽마저 져 버림.

尤溺孤: 더욱 외로워지다. 尤는 더욱. 溺은 빠지다.

歌曲: 노래를 읊조리다. 歌는 장단 맞추다. 읊조리다.

鶴琴: 琴鶴. 평측을 맞추기 위해 글자 순서를 바꿈. 거문고와 학. 둘 다 세속을 떠난 高雅(고아)한 사람이 좋아하는 물건. 고아한 척함.

焉: 어찌.

孰識: 누가 알까?

紫薇如厌: 백일홍 나무가 연리지 모양을 하고 기울어져 있음. 紫薇는 목 백일홍. 如厌은 기운 것 같다.

時: 때때로(時時).

思: 마음속으로 생각함.

屚: 여자.

* *

　아침에 비가 올 것처럼 바람이 몹시 불고 날씨가 궂더니, 점심 무렵이 되어갈 즈음 요란한 천둥과 번개를 동반한 가을비가 제법 쏟아지기 시작한다. 오늘따라 유난히 을씨년스럽기도 하지만, 인적마저 없고 노랗게 변한 은행나무와 얼룩덜룩 물든 느티나무의 잎이 비와 함께 쓸쓸히 지고 있다.

　여름내 싱싱함을 뽐내며 한껏 부풀어 있던 잎들이 핏기없는 얼굴로 어깨를 축 늘어뜨리고 서 있는 나무와 이별을 하는데 눈물마저 차갑게 식은 채 줄줄 흐르고 있다.

　비가 오는 들녘엔 하다만 가을걷이가 그대로 있다. 헛된 인생의 가을을 맞아 쓸쓸함을 감추느라 세속을 벗어나 홀로 고상한 척해 보나 누구 하나 알아줄 리 없으니 고독감은 더욱더 밀려온다. 뜰 앞의 배롱나무가 보란 듯이 연리지 형상을 하고서 뻥 뚫려있는 가슴을 메우고자 꼬~옥 부둥켜안고 있다.

차가운 날씨 속에도 서로 기댈이 있으니 좋으련만.

비 그치면 아궁이에 장작이나 지펴 봤으면.

2012년 10월 22일

登高　　　　　　　　　등고
―慕朗庵先生于環碧堂　　―모낭암선생우환벽당

登 高 依 倣 操 觚 濆　　등고의방조고분
環 碧 舒 天 亡 一 雲　　환벽서천무일운
頃 日 掛 乾 明 月 腺　　경일괘건명월년
思 齊 今 夜 朗 庵 蘊　　사제금야랑암온

從 來 裘 褐 字 賢 裙　　종래구갈자현군
春 夏 秋 冬 園 滿 芬　　춘하추동원만분
惡 有 大 人 宵 小 輩　　오유대인소소배
先 師 百 世 眞 成 勳　　선사백세진성훈

"등고"라는 시를 흉내 내서 시원한 물가 누각에 앉아
글을 지어본다
환벽당 앞에 펼쳐진 하늘은 구름 한 점 없고
어제와 오늘 하늘엔 밝은 달이 돋아 있는데
오늘따라 유난히 낭암 선생이 그립다

검소한 분이 학교를 세워 요조를 양성하고
낭암 동산에는 언제나 향기로 가득 넘치게 하였으니
대인과 소소배를 어찌 구분할 수 있으리오만,
선생님이야말로 교육계에 오래 기억될 진정한 공을

이룬 대인이십니다

韻(운): 濆. 雲. 蘊. 芬. 勳. (平. 變格)

註)
登高: 높은 누각에 오르다.
依倣: 흉내를 냄. 모방을 함.
操觚: 글을 짓는 것.
濆: 시원한 물가. 紫薇灘(자미탄: 옛날 환벽당 옆으로 흐르는 계곡에 백일홍 나무가 많았음)을 말함.
環碧: 환벽당.
舒天: 펼쳐진 하늘. 舒는 펴다.
亡一雲: 한 점 구름도 없다. 亡는 無와 뜻이 같으나 시에서 글자의 중복을 피하기 위함. 亡(망)으로 쓰일 땐 망하다 등의 뜻.
頃日: 요즈음, 어제오늘.
掛乾: 하늘에 걸리다. 乾은 天. 글자의 중복을 피함.
明月腮: 밝은 달이 돋아오르다. 腮은 돋아오르다.
思齊: 어진 사람을 흠모하는 것.
今夜: 오늘 밤.
朗庵: 朗庵학원(광주 동아여자중고등학교 법인 이름)의 설립자이자 이사장을 역임하셨던 차행렬 님의 호.
蘊: 쌓이다. 積의 뜻으로 그립다는 말.
從來: 전에부터 지금까지.
裘褐: 여름옷과 겨울옷. 검소한 생활을 의미함.
字: 기르다. 글자 등의 뜻이 있음.
賢裙: 요조숙녀를 말함. 裙은 치마로 裳(상)과 같음. 裙釵(군차) 곧 치마와 비녀로 婦人을 뜻함.
春夏秋冬: 사시사철. 언제나.

園: 낭암학원이 자리한 조그마한 산 중턱의 朗庵동산.

滿芬: 향기로 가득 차고.

惡有: 어찌 ~ 있으랴! 惡는 어찌. 곧 구분함이 있으랴만.

大人: 대인.

宵小輩: 간사한 인간과 소견이 좁은 사람의 무리.

先師: 고인이 된 낭암 선생.

百世: 오래도록.

眞成勳: 참된 공을 이루다.

* *

"登高"라는 두보의 詩(시)는 높은 정자에 올라서 보이는 가을의 풍경(無邊落木蕭蕭下 무변낙목소소하: 가없는 주변의 나무에선 낙엽이 쓸쓸히 지는데, 不盡長江滾滾來 부진장강곤곤래: 끝없는 강물은 도도히 흐른다)을 표현하면서, 도도히 흘러가는 강물에 세월을 비유하고, 그 속에 휩쓸려 가는 자신의 기구한 운명과 하릴없이 늙어버린 인생의 무상(百年多病獨登臺 백년다병독등대: 일생동안 병으로 시달린 몸을 이끌고 정자에 홀로 앉아 생각해보니, 艱難寒苦繁霜鬢 간난한고번상빈: 온갖 고통과 괴로움도 서글픈데 자기도 모르는 사이 구레나룻 수염마저 서리가 내려앉음)함을 한탄하며 쓴 글이다.

오늘 보름을 며칠 앞둔 환벽당의 풍경이 두보의 정서로 나에게 다가왔다. 구름 한 점 없이 맑고 푸르게 한없이 펼쳐진 높은 하늘, 노랗거나 얼룩덜룩 물든 주변의 나뭇잎이 바람에 쓸쓸히 지는데, 쌍을 이룬 鶖鳥(추조: 두루미)가 주위를 빙 돌아 물가에 내려앉는 정경이, 정자가 여타의 집과 도로보다 상당한 높이에 있어서 "登高"라는 詩의 제목에 合一(합일)이 되기도 하지만, 서술한 풍경과 시의 정서가 정자에 앉아 있는 내 처지와 부합하여 어쩜 그렇게도 영락없는 과거의 오늘이다. 따라서 侏儒參轎子擔(주유참교자담: 난쟁이가 교자를 매는 데 참여함)이라고 詩聖(시성) 두보와 애초 견줄 바는 아니나, 淺薄(천박)한 대로라도 마루에 앉아 글을 짓는 폼이라도 잡아야 했다. 회고하여

보니 나 역시 風土(풍토)에서 오는 病(병)과 他意로 囚(인) 하였다 할지라도, 至難(지난)하였던 인생과 세월이 두보 못지않게 유독 남달랐었기에, 오랜 시간으로 삭혀 뭉그러졌던 懷恨(회한)이 아주 가끔 상황이나 처지에 따라 조금은 삐져나오기도 하였었다.

오후 서너 시경이었다. 오래전 초창기의 낭암(朗庵)학원에서 같이 교편을 잡았던 변재철 선생이 다른 학교에서 근무하는데, 학생들을 데리고 소풍을 나왔다가 아이들은 해산하여 집으로 돌려보내고 몇 분의 선생님과 환벽당에 올라왔다. 정말 오랜만에 만나 얘기를 나누는데 세월의 탓도 있어서인지 처음엔 서로를 몰라보다 용케 알아보았다. 너무 반갑기도 하고 좋았던 사이라, 얘기의 소재는 세월을 거슬러 낭암(朗庵)학원에서의 에피소드와 평교사 활동을 주도적으로 하면서 설립자였던 낭암선생과 빚어지게 된 갈등의 단초(당시 교장이셨던 이현중 선생님의 퇴직)에서부터, 나중에는 설립자이자 이사장이셨던 분을 참으로 괴롭게(최초로 일으켰던 기부금 반환 사건을 주동) 만들기도 했던 얘기도 했었다.

그러다 낭암선생의 참으로 어른다운 면모를 회상하게 되었는데 당시의 상황은 이랬었다. 학교에서 입시 위주의 보충수업과 심야 자율학습으로 인한 인성교육의 부족함을 걱정하고, 현장에서의 불합리한 점(자율학습과 보충수업비, 촌지 수수, 부교재 채택 수수료)을 개선하고자 단체(전국 교사협의회 창립 준비위원회부터 전국교사 협의회까지)를 결성하는 데 참여하였다. 활발하면서 왕성하게 활동을 하다 보니 지역은 물론 대도시를 중심으로 전국적인 호응과 지지가 높아졌을 무렵, 그걸 바탕으로 교사들의 단체가 진일보한 활동과 조직(전국교직원노동조합)이 필요하다며 거듭나려 할 때, 함께 조직하였던 교사들과 평교사협의회 체제로 가자고 주장하던 나는 지도부의 입장에서 한 발짝 비켜 서 있었다.

결국 노조에는 참가하지 않고 나름의 현실적 대안을 모색하다 교사들에게는 주어진 처우개선이 먼저라는 생각을 하고, 무주택 교사들을 위한 주택조합 결성 사업을 시행하기로 마음먹은 다음, 사업계획서를 작성하여 활동 시간이 필요하므로 교감과 교장 선생님을 거쳐 이사장님에게 당시에 있었던 교사들의 조회와 종례에 대해서 특별한 배려를 해달라고 청원을 했었다. 그때 "젊은 당신이 진정한 리더고 남자다"라고 하시면서 수업에 지장이 없는 범위에서, 자유롭게 업무를 볼 수 있도록 흔쾌히 허락하시며 격려하여 주셨던 말씀도 귓가에 생생하지만, 더욱 감동을 주신 것은 그 후에 결정적으로 내 인생의 변곡점이 되었던 일이 발생 하였을 때 보여주셨던 변함없는 무한의 신뢰였다.

사업이 한창 순조롭게 진행되던 시기에 괴롭고 힘들게 하던 참모들을 고발하려는 나를, 학교에서 퇴근하기를 기다렸다가 갓난아이였던 큰애를 등에 업고 사흘 동안 조합사무실로 찾아와 대책 없이 간섭하고 극구 만류 하였던, 내 모친의 쓸데없는 인정으로 인하여 역으로 禍(화)가 미쳐 고생하던 때였다.

그 시기의 난, 젊은 패기만 가득 차 있어 철없이 좌충우돌 하던 시기로 사려가 부족하여 당신에게 수없이 많은 부담과 괴로움을 안겨드렸지만, 그런 것을 아무렇게 여기지 않고 커다란 가슴으로 기꺼이 안아 주셨던 걸 생각하면 한없이 부끄럽고 죄스럽기만 하다. 그래서 연로하신 큰어른을 괴로움과 고통으로 불면의 밤을 보내게 하지 않았을까, 라는 반성의 의미를, 동료였던 변 선생에게 오랜만에 만났지만 시간을 되돌릴 수만 있다면 사죄하고 싶다는 말과 함께 스스럼없이 고백하였다.

더구나 요즘처럼 사위가 적막하고 蕭蕭(소소)함으로 변해 있을 때면, 가끔은 부질없는 줄 알면서도 지난날을 돌이켜 보다가 아낌없는 도움을 주셨던 이사장님과, 주택조합을 운영할 때 젊은 교사들과 교육계의 발전을 위하여, 스스럼없이 수억대의 이익과 손실을 마다하고, 무조건적인 사랑과 지원을 해주셨던 분들에게 은혜를 갚지 못한 것을 한탄하곤 한다.

당시 일신 상호 신용금고의 임대식 회장님과 유풍상회의 장한섭 회장님이 바로 주인공들이다. 물론 지금까지 살아오면서 도움을 주셨던 분과 지인들이 이분들 뿐만은 아니나, 다른 분들은 관계로 얽혀 있지만, 이분들은 전혀 무관하면서도, 진정 지역사회의 원로이셨고 대인이시며 가시 많은 礫土(역토: 너덜 즉 자갈)의 無等(무등)에서 거목이셨다.

그러나 그분들의 뜨거운 성원에 대한 보답의 기회를 宵小輩(소소배: 간교한 인간들)에다 인척인 변호사의 무성의와 실수까지 더하여, 잘못 없이 잃어버린 것에 대한 슬픔과 바뀌어 버린 처지에서 오는 억울함과 분노가 축적되어, 육신이 피폐해지고 失性(실성)으로 彷徉(방양)한 지 十有餘年(십유여년)에 覺性(각성)하여 은혜를 갚고자 하였으나 作故(작고)하시어 失機(실기)하였다.
설령 故人不遇(고인불우: 고인이라 만나기 어려움)라 뵙고 엎드려 절하지는 못할지라도, 묻히는 대인들의 역사가 안타까워 보답의 글로 광고하고자 한다.

세속의 개인사가 드러날까 봐 몇 번을 망설였지만, 참 어른들의 진면목에 감사를 드리는 것이 來世(내세)에 뵙더라도 부끄럽지 않으리란 생각에 결단하여 後記(후기)한다.

뜰 아래 晚秋(만추)의 흔적과 日月(일월)의 무상함에 惆悵(추창)하게 되면 커다란 품을 가진 어른들이 그리울 때가 있다.

2012년 10월 26일

仲冬望月
ㅡ于環碧堂

중동망월
ㅡ우환벽당

一 更 環 碧 堂 朣 臨	일경환벽당동림
靜 寂 四 方 月 我 尋	정적사방월아심
庭 裏 唯 明 兩 眼 雪	정리유명양안설
需 窠 落 雁 與 沈 沈	수강낙안여침침

초저녁 환벽당에 달이 돋으니
반가움이야 그지없으나
뜰 안에는 잔설만이 빛나리니
한 허리를 베어 내는 여인은 그 어디메

72

韻(운): 臨. 尋. 沈. (平. 變格)

註)
仲冬: 동짓달. 음력 11월 14일 밤.
望月: 달맞이하다. 달을 보다.
一更: 초저녁, 7시~9시.
環碧堂: 沙村 김윤제가 지은 정자.
朣: 달이 떠오르다.
臨: 다다르다. 이르다.
靜寂: 고요하고 쓸쓸함.
四方: 사방.
月我尋: 동짓달 차가운 겨울밤 찾는 이 없으나 오직 달만 반겨줌.
庭裏: 뜰 안.

唯明: 오직 밝다.

兩眼雪: 눈만 두 눈에 비침. 雪은 殘雪(잔설: 녹다 남은 눈).

需寔: 빈집에서 기다리다. 需는 기다리다. 외에 여러 뜻이 있음. 寔은 집이 비어 조용함.

落雁(낙안): 沈魚落雁(침어낙안)의 줄인 말로 미인. 하늘에서 떨어지는 기러기처럼 미인이 나타나 주길 바람.

與(여): 더불어.

沈沈(침침): 밤이 깊어지는 것. 즉 깊고 기나긴 겨울밤.

**

낮 동안, 손톱으로 튕기면 쨍할 것 같은 하늘이라 달력을 보니 幾望(음력 14일 밤, 또는 달)이다. 점심때 반주로 한잔 한 것이 깨지 않아 바람도 쐴 겸 홀로 달맞이하러 가서 환벽당 정자에 군불을 때고 있었다. 한 참 불을 때다가 이제쯤 달이 떠오르겠지 했는데 어느새 밝은 달이 성산 남쪽에 동그랗게 올라와 있다. 바람 한 줄기 없지만 워낙 차가운 날씨라 관리인과 아궁이에 장작을 쑤셔 넣고 불을 쬐며 얘기하다 보니, 추위도 잊고 시간 가는 줄 모르고 있었다.

점점 높이 오르는 달 아래 뜰을 거닐다 보니 괴괴한 정적 속에서 두 눈에 들어오는 것은, 빛을 받아 하얗게 빛나는 殘雪(잔설)이다.

皎皎(교교)한 달빛이나, 어딘지 쓸쓸해 보이는 달 속의 姮娥(항아)도, 찼다 이지러졌다 하는 宮(궁)에서 외로우리라는 생각이 든다. 내려와 술이라도 대작한다면 이 밤이 짧을 텐데.

2012년 12월 26일 (仲冬幾望)

望月對螢　　　　　망월대형
—于環碧堂　　　　—우환벽당

榮 枯 盈 仄 同　　　영고영측동
不 覺 夢 相 窮　　　불각몽상궁
豈 敢 遺 人 絆　　　기감유인반
誰 譏 詖 行 顒　　　수기피행홍

영고 영측은 한 가지라
꿈에서 깨지 못한 채 가면서
어찌 사람을 쉬이 버리려는가?
누가 저들의 삐뚤어짐을 나무랄꼬!

韻(운): 同. 窮. 顒. (平. 正格)

註)
望月: 달을 바라보다.
對螢: 반딧불을 대하다.
于環碧堂: 환벽당에서.
榮枯: 榮枯盛衰(영고성쇠), 즉 인생이나 사물의 번성함과 쇠락함.
盈仄同: 달이 차고 기울어지는 것과 같다.
不覺夢: 꿈을 깨지 못함.
相窮: 서로 마침. 窮은 다하다, 마치다의 뜻.
豈敢: 어찌 감히. 焉敢(언감)과 同.
遺人: 사람을 버리다. 遺는 버리다. 잃어버리다의 뜻.
絆: 옭아매려 함.

誰譏: 누가 꾸짖을 것인가.
詖行: 삐뚤어진 소행.
頗: 머리 아픔, 곧 頭痛.

* *

보름달인 슈퍼 문(Super Moon)이 마음을 열고 나를 받아줄까 하여 정자에 모기장을 치고 앉아서 소주를 홀짝거리는데, 붉은 달이 아직은 준비가 덜 되었는지 성산(星山)을 조금 비켜서 머리만 살짝 내밀고 있다.

한 잔 먹고 보고, 또 한 잔 들이켜고 볼 때마다, 몰래 볼을 조금씩 부풀려 가며 쑥쑥 솟아오른다. 저나 나나 잠시 머무르는 것인 줄 알기에, 바삐 재촉할 필요가 없으련만 더더욱 빨리 처마 위로 솟구치는 달이 야속하다.

그럴 즈음, 진객(珍客)인 반딧불(螢)이 빛을 발하면서, 모기장에 붙어서 아쉬워하는 나를 위로한다. 汚染(오염)되어서 전혀 볼 수 없을 줄 알았는데 부러 찾아 와준 것이다.

하루살이나 반딧불을 위로 삼아 조금 더 이 땅에 머무르겠지만, 이 또한 한바탕 꿈이라고 先人(선인)들이 읊조리지 않았던가!

모두 다 그럴진대 누가 누구를 왜? 昨今(작금)의 覇道(패도)를 보고 孟子(맹자)는 또 무어라 말씀하실까?

(세월호 사건 처리에 대한 소회)

2014년 9월 8일

紅梅	홍매

慇 懃 淸 友 呼	은근청우호
至 不 距 垣 馩	지불구원도
仰 霋 蜂 喰 嗽	앙침봉량축
居 然 環 碧 孤	거연환벽고

친구가 은근히 불러 달려갔더니
바람에 매화 향기는 날리는데
구름 아래 벌들은 분주히 입 맞추지만
환벽당은 쓸쓸하기만 하다

韻(운): 呼. 馩. 孤. (平. 正格)

註)
紅梅: 環碧堂(환벽당)의 오래된 홍매.
慇懃: 은근하다.
淸友: 매화(梅花)의 다른 이름.
呼: 부르다. 곧 향을 발산하다.
至: 이르다. 곧 도착하다.
不距: 달려가다. 距는 걷다(步行).
垣: 담.
馩: 향기 나다.
仰: 고개를 들고 하늘을 보다.
霋: 구름이 흘러가다(雲行).
蜂: 벌.

宬: 집이 비어 조용하다.
嗺: 입 맞추다.
居然: 그 모습 그대로.
環碧: 환벽당.
孤: 외롭다 곧 쓸쓸하다.

* *

날마다 세 가지 욕(三浴: 沐浴, 山林浴, 日光浴)만 잘하면 무병장수한다는 얘기를 누군가에게서 들었다.

무능한 자라서 구차하게 수명을 연장하고 싶지는 않으나 백수가 할 일이라곤 달리 없어 瀟灑翁(소쇄옹)이 양지바른 담벽에다 愛陽壇(애양단)이라고 써놓고 일광욕을 즐겼던 것처럼, 날마다 沙村(사촌)에게 감사한 마음으로 환벽당에 가서 일광욕을 하는데, 때맞춰서 향을 발산하기 시작한 매화가 더할 나위 없이 고마운 친구다.

간간이 노래하는 산새도 오는 봄이 즐거운가 보다.

2015년 3월 22일

春心　　　　　　　　　　춘심
一于息影亭　　　　　　　一우식영정

春　機　優　放　怔　　　춘기우방정
憁　息　影　敦　憻　　　식영총돈경
解　語　花　林　悌　　　해어화임제
離　相　不　遇　京　　　리상불우경

봄날 가슴은 설레는데

하릴없는 소요(逍遙)자를 누가 쳐다볼까만

황진이와 임제

서로 만나지 못한 것을 생각해보네

韻(운): 怔. 憻. 京. (平. 正格)

註)

春心(춘심): 꽃 피는 봄날의 심회.

于息影亭: 식영정에서. 于는 ~에서.

春機(춘기): 이성이 그리워지는 마음.

優(우): 일어나다. 勝(승)하다, 나타나다의 뜻도 있음.

放怔(방정): 생각한 대로 가슴이 설레고 두근거림. 곧 헛생각.

憁(총): 뜻을 얻지 못하다(不得意).

息影(식영): 閒居(한거)하다. 어슬렁거리다.

憁息影(총식영): 세상에서 뜻을 펼치지 못하고 하릴없이 노닐음. 逍遙(소요)하며 백수로 이리저리 어슬렁거림.

敦(돈): 누가 어찌(誰何) 할 것인가?

悸(경): 고독.

解語花(해어화): 기생, 풍류가 있던 황진이를 지칭. 황진이 이름이 평성이어서 해어화(解語花)를 씀.

林悌(임제): 호는 白湖(백호). 황진이의 무덤에서 "청초(青草) 우거진 골에 자난다 누엇난다, 홍안을 어데 두고 백골(白骨)만 무쳣느니, 잔(盞)자바 권(勸)할 이 업스니 그를 슬허노라"라고 읊은 이.

離(리): 둘(兩)의 뜻. 이별하다 등 여러 뜻이 있음.

相(상): 서로.

不遇(불우): 만나지 못하다.

京(경): 근심(憂). 서울이라는 뜻도 있음.

2015년 3월 26일

酬酌	수작
星山幾望昇	성산기망승
不噪影孤譄	부조영고증
宿鳥無情也	숙조무정야
臨宵孰酌抃	임소숙작승

보름 전야 성산의 달빛

사위는 고요하고 그림자마저 외로움을 더 하는데

무정한 새야

이 밤 뉘와 수작을 하라느냐

韻(운): 昇. 譄. 抃. (平. 正格)

註)

酬酌: 술잔을 서로 주고받음.

星山: 성산, 가사 문학관 뒷산.

幾望: 음력 4월 14일 밤.

昇: 떠오르다.

不: ~이 아니다.

靑: 뭇 새들이 울다.

不噪: 새들이 지저귀지 않는다. 곧 사위가 고요함.

影: 달그림자.

影孤譄: 달그림자가 외로움을 더하게 한다. 譄은 더하다.

宿鳥: 잠자는 새.

無情: 정이 없다. 무심하다.

也: 어조사, ~이다.
臨宵: 밤이 되면.
孰: 누구.
酌: 술잔.
抃: 들다.

** **

　금요일(5월 20일, 음력 4월 14일) 밤, 달이 좋을 것 같아 오후 서너 시경부터 환벽당에 죽치고 앉아서 막걸릿잔을 기울였다.

　저녁 무렵, 소리하는 이까지 함께해서 흥이 한껏 올랐었기에, 인연이 있었던 窈窕(요조)에게 준다고 썼으나, 달리 표현을 바꾸는 데 한계가 있어서, 世變無情也를 宿鳥無情也로 世變(세변: 세상의 인심이 변함)을 宿鳥(숙조: 잠든 새는 풍류를 모른다는 뜻)로 두 글자만 바꾸어서 감상만 하시라는 의미로 보냈던 글이다.

81

　제목이 수작이라 술을 권하는 글로만 인식하고 술을 못 하는 요조들이 부적절하게 여긴다면 내 글을 읽지 말라고 하고 싶다. 人生(인생)의 風流(풍류)를 깨닫는다면 共感(공감)하리라.

2016년 5월 25일

歌星山
—于環碧堂

가성산
—우환벽당

星 山 焉 有 記	성산언유기
不 艮 至 今 營	불간지금영
別 曲 松 江 似	별곡송강사
銀 河 雨 止 晶	은하우지정

雖 文 高 拙 短	수문고졸단
依 舊 若 無 名	의구약무명
念 後 高 亭 住	념후고정주
佳 宵 獨 坐 營	가소독좌영

성산을 어찌 알고 찾을까
지금도 사람의 발길이 이어지고
송강이 읊었던 성산별곡처럼
은하는 비 그친 뒤에 더욱 반짝이네

짧고 서툰 글의 흉내
송강에 비할 바 아니나
정자에서 아름다운 밤을
홀로 읊조려 보네

韻(운): 晶. 營. 名. 譽. (平. 正格)

註)
歌: 노래하다, 읊조리다.
星山: 담양 남면에 있는 산. 松江 정철의 "성산별곡"의 산실임.
于環碧堂: 환벽당에서.
焉有記: 어찌 기억하고 있는가? 焉은 어찌, 記는 기억 곧 알고 찾아옴을 말함.
不艮: 그치지 않는다. 艮은 그치다.
至今: 지금까지. 오늘에 이르기까지.
營: 짓다. 다스리다 등 여러 뜻이 있으나 여기서는 왕래하다의 뜻. 지금도 성산 아래의 소쇄원, 식영정, 환벽당 등 가사문학의 산실을 보고자 방문객들이 많음.
別曲: 성산별곡을 말함. 松江之別曲(송강지별곡)이니, 松江別曲으로 해야 하나 평측을 맞추기 위해서 도치함.
松江: 정철의 호(號).
似: ~와 같이. 송강의 성산별곡의 내용과 같이.
銀河: 은하.
雨止: 비가 그치다.
晶: 반짝반짝 빛나는 모양, 晶晶의 뜻.
雖: 비록 ~ 일지라도.
文: 문장. 글.
高拙: 古風(고풍)이고 솜씨가 서툴음.
短: 짧다. 곧 배움이 짧음을 말함.
依: 평성일 때는 의지하다, 따르다, 비슷하다의 뜻이나 측성으로 쓰일 때는 "비유하다"의 뜻으로 여기서는 측성으로 쓰임.
舊: 옛사람. 곧 松江 정철을 말함.
依舊: 옛사람에 비해서. 또 한편으론 길재의 시조 가운데 "산천은 의구한데 인걸은 간데없다"를 연상하여 松江은 비록 떠나고 없으나 성산을 찾는 사람이 많음을 표현.

若無名: 만약 무명(이름 없는 사람)일지라도. 若은 만약.

念後: 음력 이십 일 후. 念은 二十日을 일컬음.

高亭: 높은 정자. 곧 환벽당.

住: 머무르다.

佳宵: 아름다운 밤.

獨坐: 홀로 앉아서.

彎: 속삭이다. 혼자 중얼거리며 읊어보다라는 뜻.

* *

雖文高拙短依舊若無名(비록 글[배움]이 짧고 고풍스러운 흉내가 형편없이 서툴며, 이름이야 옛사람과 비교한다는 자체가 웃음거리라 할지라도). 松江도 하나의 풍류였고, 나 또한 하나의 風流이니.

열대야가 기승 하는 밤, 시원스레 훑고 지나가는 바람이 아니고, 가만히 앉아서 온몸의 촉을 곤두세워야만 겨우 느낄 수 있는, 누에 실만큼 가녀린 바람이었다 할지라도.

그 가녀린 바람이 지나간 흔적.

2016년 7월 25일 (음 22일) 于環碧堂(환벽당에서)

扇　　　　　　　　　선
ー于環碧堂　　　　 ー우환벽당

狹 路 登 亭 坐　　협로등정좌
堦 前 百 日 紅　　계전백일홍
蟪 蜩 林 不 息　　장조림불식
夏 半 熱 扇 風　　하반열선풍

샛길로 정자에 올라 보니
뜰 앞의 백일홍이 붉게 타고
숲속의 매미 울음은 절정으로 치닫는데
삼복의 뜨거운 열기에 열심히 부채질 한다

韻(운): 紅. 風. (仄. 正格)

註)
狹路: 작고 좁은 길. 샛길.
登亭: 정자(환벽당)에 오르다.
坐: 앉다.
堦前: 뜰 앞. 堦는 섬돌을 의미.
百日紅: 백일홍. 百日이 白日(백일: 벌건 대낮, 곧 햇볕이 쨍쨍 내리쬐는 대낮)을
연상케 하여 맑은 날 붉은 꽃이 너무 뜨거워 타고 있는 듯 선명한 색채를 띠
고 있음.
蟪蜩: 매미, 곧 매미가 요란하게 울어댐.
林: 숲.
不息: 쉬지 않고.

夏牛: 음력 7월.

熱: 뜨거운 열기.

扇: 부채질하다. "부채"라는 뜻으로 쓰이면 측성이나 부채질하다의 뜻일 때
는 평성임.

風: 바람.

扇風: 부채질하여 바람을 일으키다. 곧 뜨거운 열기를 쫓으려 애씀.

* *

　마땅히 오갈 데 없는 내가, 피서 겸 멍 때리기에는 매일 찾는 정자가 바람
한 점 없이 무더울지라도 제일 좋다.

　그러다 정자에서 주말마다 공연을 주관하는 대표가, 사진을 찍기 위한 연
출로 훈장 노릇하는 대역을 맡아 달라는 부탁을 한다. 거절을 못 하고 폼을
잡고 공부를 가르치는 척 하면서 다문화 가정의 어린 자녀에게 조그마한 접
이식 부채에 글(사자성어)을 써주는데,

　선배인 이천령 선생님이 그 모습을 보고 글을 부탁하면서 낮술까지 한잔
따라주시기에 써드렸던 글이, 술 깨면서 되새겨보니 結句(결구)가 영 마음에
들지 않은데다가, 글씨체 또한 엉망이라 집에 돌아와서 수정하고 다시 써드
렸다. 글이나 글씨체는 論外(논외) 수준이니, 따질 것까지는 없겠지만 성의만
은 알아주시리라.

　부끄러움에 얼굴이 붉어진 탓도 있지만, 세상이 미쳐 돌아가서인지 기후
마저 이상 징후를 보이는 게 심상치 않아 적응하기가 매우 힘들어진다. 언
제까지 열심히 부채질을 해야만 할 것인가?

2016년 8월 13일(음 7월 11일)

星山上月
一望星山斷想

성산상월
一망성산단상

亮	月	無	非	是
徒	盈	仄	反	常
惟	人	纔	擇	好
上	片	片	金	堂

량월무비시
도영측반상
유인재택호
상편편금당

달은 시비를 가리지 않고
항상 차고 기울기를 반복할 뿐인데
사람들은 잠깐의 보름달을 좋아하지만
환벽당에 떠오르는 달은 다 좋기만 하더라

韻(운): 常. 堂. (仄. 正格)

註)
星山: 담양 남면에 있는 산.
上月: 떠오르는 달.
望星山斷想: 성산을 바라보다 떠오른 단편적인 생각.
亮: 밝다. 明(명)의 뜻.
亮月: 밝은 달.
無: 없다.
非: 그르다.
是: 옳다.
非是: 是非를 말함. 平仄(평측)을 맞추기 위해서 순서를 바꿈.
徒: 다만.

盈仄: 달이 차고 기울어짐. 盛衰(성쇠)의 뜻도 있음.

反: 뜻이 여러 가지나, 여기서는 反復(반복)하다의 의미.

常: 늘. 언제나.

惟人: 오직 사람만이. 惟는 오직. 생각하다(思), 꾀(謀)의 뜻도 있음.

纔: 잠깐. 비로소, 겨우(僅)의 뜻도 있음. "삼"으로 읽을 때는 회색빛의 뜻.

擇好: 좋은 것을 택하다. 好는 좋은 것 또는 좋아하는 것.

上: 오르다(昇. 登), 곧 떠오르다. "위" 또는 "높다"의 뜻도 있음.

片片金: 어느 것이나 다 보배롭다, 곧 어느 달이든 다 좋다.

堂: 집. 여기서는 환벽당.

* *

　늦잠을 자고 일어나보니, 아침 일찍(6시경) 큰처형이, SNS를 통해서 蘇軾(소식)의 "水調頭歌(수조두가)"를 보내 주셨다. 秋夕(추석)을 맞아 달을 생각하면서, 나라면 이 詩를 이해하리라 여겨서란다.

水調頭歌(수조두가)—오른쪽에서 세 번째 줄의 昔은 夕으로 바꿔야 함.

　고마움의 표시로 짧게나마 답글을 보내려 하였으나, SNS(카카오톡)에 한

시를 옮길 줄 몰라 포기하였다. 薄學(박학)자를 높이 평가해주시니 고마울 뿐이다.

2016년 9월 13일(음 8월 13일)

〈수조두가 해석〉

　밝은 달은 언제부터 있어왔을까? 술잔을 들고 하늘에 물어본다. 천상에 있는 궁궐은 오늘 밤이 언제쯤이 될까? 내가 바람을 타고 가고 싶으나, 아름다운 누각과 천제가 사는 집(玉宇)이 높은 곳에 있어서, 추위를 이기지 못할까 염려스럽다.

　일어나 달빛을 벗 삼아 춤을 출 때, 그림자 뚜렷이 따라 하니, 어찌 인간 세상에 있는 것과 같으리오.

　붉은 누각을 돌아 아래를 비추고 또 창문을 비추니, 잠을 이룰 수 없으나 한이 있을 수 없는데, 무슨 일로 이별 하려 할 때 달은 둥글어지는가. 사람에겐 기쁨과 슬픔, 이별과 만남이 있으되, 달은 그늘과 맑음이, 차고 이지러짐이 있으니, 이 일은 예로부터 온전하기란 어렵도다. 다만 원하기를 사람이 오래도록, 천리 밖에서라도 아름다운 달을 함께 즐겼으면 하노라.

鳩巢   구소
商庚   상경

多 家 鳩 一 巢   다가구일소
衆 鳥 鵲 相 殽   중조작상효
早 起 偡 僉 詠   조기삼첨영
非 鶊 豈 吐 淆   비경기토효

우거 하는 둥지에
뭇 새와 더불어 까치도 함께 산다
다들 부지런하고 열심히 사는데
꾀꼬리도 아닌 것이 뭐라 지저귀는가?

韻(운): 巢. 殽. 淆. (平. 正格)

註)
鳩巢: 비둘기 집. 초라한 집이라는 뜻도 있음. 비둘기는 둥우리를 만드는 데 서툴러 까치(鵲)가 만든 집에 산다고 하여 이런 말이 생김.
商庚: 꾀꼬리.
多家: 많은 집. 곧 다세대. 원룸을 말함.
鳩一巢: 비둘기의 집중 한 칸. 鳩는 九(9)의 의미도 있음(임시 기거하는 집이, 주인을 제외한 9세대임).
一巢: 하나의 둥지, 곧 한 칸의 둥지에 寓居(우거)하다. 곧 작업실. (공교롭게도 원룸 이름이 "둥지"빌라임)
衆鳥: 뭇 새. 세 들어 사는 사람들.
鵲: 까치. 곧 집주인.

相: 서로.

殽: 섞이다. 같은 건물에 사는 것을 말함.

旦起: 일찍 일어나다. 세 든 사람들 모두 부지런히 일하러 나감.

啄: 새가 모이를 쪼아먹다. 일찍 일어난 새가 먹이를 먼저 차지한다고 함.

僉: 다. 또는 여럿.

詠: 노래하다. 새가 지저귐.

非: 아니다.

鶬: 꾀꼬리. 꾀꼬리는 목소리가 좋아 사람들이 듣기 좋아함. 곧 글이 좋아 누구나 이해하기 쉽고 접하기 좋다는 뜻.

豈: 어찌.

吐: 토하다. 지저귀다. 노래하다.

淆: 잡되다. 흥미(대중성이 없고 알아주지 않는 글을 쓰면서) 없는 묘한 짓거리 하면서 빈둥거리다.

* *

아점(브런치) 후, 환벽당을 가기 위해 버스를 탔다. 늘 애용했던 버스 기사가, 오랜만인데도 알아보고 환벽당엘 가느냐고 묻는다. 노선을 바꾸지 않고 계속 다녔다 한다.

버스에서 내려 환벽당에 올라 보니, 문화재를 관리하는 북구 문화원 소속 어른들이 청소하러 왔기에, 식영정으로 발길을 돌렸다. 아무도 없어 혼자 조용히 있기에는 좋으나, 바람이 너무 세게 불어 오래 앉아 있을 수 없을 것 같아, 다시 환벽당으로 와서 자리 잡았다.

어디서 왔는지는 모르나, 중년 여인 네 명이 수다를 떤다. 졸리기도 하지만 등을 마땅히 기댈 곳이 없어서, 눈치 보다가 체면 불구 하고 누워 버렸다. 누가 뭐라 할라치면 詩想(시상)을 떠올려 보련다고 핑계할 참이었다. 옛말에 글쓰기 좋은 세 곳 중 하나가 枕上(침상)이라 하지 않았던가.

한참을 자고 일어나니, 아무도 없고 4시가 넘었기에 정류장으로 내려가는

데, 멀리서 꾀꼬리 같은 청아한 목소리가 들리어 주변을 둘러보니, 식영정에서 누군가 노래하고 있어 성악가인 줄 알았다. 관중도 많이 보이기에 귀호강과 눈요기할 요량으로 올라 보니, 담양군 문화해설사인 "이정옥"씨가 外地(외지)서 온 젊은이 20여 명을 상대로 큰 목소리로 노래하고 시조도 읊어가며 좌중을 휘어잡고 있다.

  끝나고 인사를 나누었으나 너무 짧은 시간이라 아쉬웠다.
  소쇄원으로 이동하기 전 갑자기 관광객들에게, 초라한 모습의 나를 한학자로 소개하는데 몸 둘 바를 몰랐다. 졸작 몇 수를 보고 그리 높이 평가해주다니, 집에 돌아와서도 꾀꼬리 같은 낭랑한 목소리의 餘韻(여운)이 쉬 가시지 않는다.
  淺學(천학) 淺讀(천독)인데다 나이도 들어가니, 생각도 막히고 알았던 어휘와 글자마저 기억 속에서 떠오르지 않아, 지금까지 써 논 글들이 형편없는 줄 알면서도 刪定(산정)을 못하고 있다. 설령 그중의 하나가 되더라도, 오늘의 짧은 글은 그에 대한 감사의 뜻이다.

  식영정의 瑞石閑雲(서석한운)을 시제로, 作詩(작시)된 詩(시)를 읊으며 해설하는 모습과 해박한 역사에 歎辭(탄사)를 보낸다.

2018년 6월 8일

節不知　　　　　　　절부지(철부지)

蚊 俆 中 隻 瞽　　　문신중척원
外 蠹 螫 餘 晅　　　외저석여훤
節 不 知 環 碧　　　절부지환벽
孤 蹲 手 頸 捫　　　고준수경문

흐릿한 눈 속에선 모기까지 왔다 갔다 하고
낮인데도 모기들이 물어대는
철을 알 수 없는 환벽당에서
홀로 목덜미만 긁고 있다

韻(운): 瞽. 晅. 捫. (平. 正格)

註)
蚊: 모기. 눈 속에 들어있는 모기. 곧 비문증을 말함.
俆: 왔다 갔다 하다.
中: 가운데서, 속에서.
隻: 외짝, 한쪽.
瞽: 눈 어둡다. 녹내장으로 시력이 흐릿함.
外蠹: 밖에 있는 독충. 蠹는 독충. 곧 눈 밖에 있는 깔따구와 모기들.
螫: 쏘다. 물다.
餘晅: 볕 기운이 남아있다. 곧 아직 해가 지지 않은 훤한 오후.
節不知: 계절을 가늠하기 어려운. 계절을 "철"로 바꾸면, "철부지(철없어 보이는 어리석은 사람)"로 환벽당에서 철을 모르는 필자나 모기(모기는 때, 계절을 모르는).

節: 철. 계절. 때.

不知: 알지 못하다. 곧 가늠하기 어렵다.

環碧: 환벽당. 環이 환벽당의 본뜻인 "사방이 푸르름으로 둘려 있다"는 뜻의 "둘리다"는 측성인데, 지금은 사방이 둥그렇게(평성) 푸르다는 뜻으로 으로 사용함.

孤蹲: 홀로 걸터앉다.

手: 손으로.

頸: 목.

捫: 어루만지다. 모기가 문 곳을 문지르다.

* *

청명한 일요일(21일)에 환벽당을 찾았다. 웬만하면 찾아오지 않으려 하였으나 날마다 무등산만 다니는 것도 물려서다.

옛날에 沙村(사촌) "김윤제"가 이곳에 정자를 지을 때는, 좌측엔 원효계곡의 물줄기가 시원스레 흘러 내려오고, 그 너머로 松江(송강)이 노래한 성산의 소나무 숲이 指呼之間(지호지간)이며, 앞으로는 무등산에서 뻗어 나온 작은 봉우리들이 연이어 있는 부드러운 산세와 우측의 무등산 정상도 眺望(조망)할 수 있어서였을 텐데, 지금은 뒤편의 소나무만 빼곤 앞과 좌우로 집에 있어서는 안 될 쓸데없는 벽오동 수양버들 벗나무 느티나무 등과, 그리고 이름을 알 수 없는 나무들이 울타리 안에 둘러싸고 있어 시야가 답답하기 그지없고 명승이라는 칭호가 무색하기 때문이다.

낮에도 이러하니 말해 무엇하랴만 先人(선인)들이 노래한 달을 交感(교감)하려고 찾아와, 성산 너머로 둥그렇게 떠오르는 보름달이라도 감상하려고 하면, 나무들에 가려서 볼 수 있는 시간이 잠깐이어서 도무지 흥이 나지 않는다.

전에 "역연부"라는 글을 써서 앞으로 몇백 년을 이어서 후손들에게 아름다운 명승을 물려주려면, 수명이 수백 년 이상을 유지하는 느티나무를 없애

자고 주장하였으나 헛일이라, 이 또한 힘이 없는 철부지의 생각이라고 치부하는가 싶다.

　모처럼 찾은 환벽당 주변의 대숲과 풀에서 서식하는 독한 녀석들이, 철부지를 힐난하듯 쪼아댄다.

2018년 10월 23일

自愧　　　　　자괴

無塵天一靑　　무진천일청
亂散瓛枔庭　　난산강심정
下上如涇渭　　하상여경위
胡爲不類冥　　호위불류명

하늘은 티 없이 맑고 푸른데
뜰엔 낙엽들이 어지럽다
아래위가 이렇게 다른데
왜 이리 심란 할까

韻(운): 靑. 庭. 冥. (平. 正格)

註)
無塵天: 티 없이 맑은 하늘. 塵은 먼지. 티끌.
一靑: 하나의 푸른색. 구름 한 점 없다는 뜻.
亂散: 어지럽게 흩어져 있다.
瓛: 누른빛.
枔: 나뭇잎. 瓛枔은 낙엽을 말함.
庭: 뜰.
下上: 아래와 위. 땅(뜰)과 하늘로, 아래는 涇水(경수) 위는 渭水(위수)를 말함.
곧 아래(이 땅)는 밝은 노란색이 아닌 누르튀튀 하고 탁한 갈색의 낙엽들이
어지럽게 흩어져 있고, 위(하늘)에는 강태공이 낚시했던 맑은 위수처럼, 미
세먼지도 없고 청명한 하늘을 말함.
如: 같다.

涇渭: 涇水(경수)와 渭水(위수)란 말인데 구별이 확실하다는 뜻. 경수는 탁하고 위수는 맑게 흐른 데서 유래함.

胡爲: 어찌하여.

不類冥: 하늘을 닮지 못하다. 하늘과 같지 아니하다. 類는 類似(유사)하다. 머리로는 형이상학을, 몸은 형이하학적 차원에서 발동하는 욕망에서 오는 갈등. 冥은 하늘. 저승이라는 뜻도 있음.

** **

어제오늘 티 없이 맑은 푸른 하늘이다.

왜 뜰을 깨끗하게 쓸어버리지 못하고 어지러워하는가?라는 自問(자문)조차도 내겐 티끌일 텐데.

어찌 해야 하나?

2018년 10월 25일

滿月　　　　　　　　만월

孤 宵 迎 月 樽　　　고소영월준
醉 裏 向 而 言　　　취리향이언
我 影 躓 時 醜　　　아영전시추
存 心 豈 自 騫　　　존심기자현

달 보며 외로이 술 한잔 하고서
취하여 말하노니
자빠진 내 모습이 때론 추해 보이겠지만
마음에 둘수록 멀어짐은 왜인가?

韻(운): 樽. 言. 騫. (平. 正格)

註)
滿月: 정월 대보름. 月은 바라(추구하는)는 것.
孤宵: 외로운 밤.
迎月: 달을 맞이하다. 달을 보다.
樽: 술통이라는 뜻이나, 여기서는 술.
醉裏: 취중에.
向而: 너를 향하여. 而가 여러 뜻이 있으나 여기서는 너.
言: 말하다.
我影: 내 그림자, 여기서는 돌아본 내 모습.
躓: 넘어지다. 좇다가 헛디디거나 걸려 넘어지다.
時: 때때로.
醜: 추하다.

存心: 마음에 두고 잊지 않음.
豈: 어찌.
自: ~로부터.
騫: 달아나다. 곧 멀어지다.

2019년 2월 19일

鳴玉軒　　　　　　　명옥헌

水 光 楓 染 藏 溪 淵　　수광풍염장계연
山 樹 野 禾 尤 益 嬊　　산수야화우익선
影 幹 游 魚 相 鬪 引　　영간유어상투인
群 飛 松 越 亭 孤 眅　　군비송월정고변

장계연의 물빛에 단풍이 배어들고
산과 들은 가을빛으로 더욱 아름다운데
단풍잎 사이를 사이좋게 노니는 고기와
무리 지어 숲으로 드는 새 그리고 외로움

韻(운): 淵. 嬊. 眅. (平. 變格)

註)
水光: 물빛.
楓染: 단풍으로 물들다. 명옥헌 정자 앞 연못 주변의 백일홍 잎이 단풍 들어 연못에 비침.
藏溪淵: 명옥헌 정자 앞의 연못.
山樹: 산의 단풍 든 나무들.
野禾: 들의 노랗게 익은 벼.
尤益: 더욱 더하다.
嬊: 예쁘다. 美의 뜻.
影幹: 그림자 줄기. 곧 물에 비친 백일홍 나뭇가지.
游魚: 헤엄치는 물고기.
相鬪: 서로 다투듯 하다. 앞서거니 뒤서거니 하다.

引: 이끌다.
群飛: 무리 지어 날다.
松越: 소나무 너머로.
亭: 정자. 명옥헌.
孤眪: 외로움이 더하다. 眪은 더하다. 益의 뜻.

**

명옥헌 앞의 연못이 장계연이다. 정자에 올라앉아 연못을 보니, 백일홍 붉은 잎이 못 속에 지기도 하지만, 단풍 든 백일홍의 그림자가 물빛에 비쳐 얼마나 색상이 잘 우러나던지, 물 위가 선계인지 물 속의 붉은 단풍이 선계인지 구분이 잘 안 된다. 그 음양 속에서 노니는 고기들과 숲으로 날아드는 산새들 모두 보기 좋은 무리다.

너무 좋은 가을인데 이 역시 비가 오고 나면 그나마 남아있던 잎마저 지리라.

2011년 10월 15일

戀
一于鳴玉軒

련
一우명옥헌

蒼 天 劃 一 線 飛 俹	창천획일선비신
旅 客 意 隨 渡 舫 人	여객의수도방인
未 多 時 梅 馨 吙 蚗	미다시매형우랍
娶 香 心 悴 誰 憀 眞	간향심췌수원진

하늘에 선을 그으며 오가는 비행기는
여객이 원하는 곳으로 조종사가 건너 주는데
머지않아 매화 향기 바람 따라 사방으로 날리면
향기 뒤에 초췌해 하는 마음은 누가 헤아려 줄까?

韻(운): 俹. 人. 眞. (平. 變格)

註)
戀: 사모하다. 생각하다. 연련하다.
于鳴玉軒: 명옥헌에서.
蒼天: 푸른 하늘.
劃: 긋다.
一線: 한줄기 선.
飛: 비행기(飛行機).
俹: 왔다 갔다 하다. 오가는 모양.
旅客: 여객. 손님.
意隨: 뜻에 따라.
渡: 건너다. 건네주다.

舫人: 사공. 곧 조종사를 말함. 舫이 사공이라는 뜻.

未多時: 머지않아.

梅馨: 매화 향기 멀리 나다. 馨는 향기 멀리 나다.

𠲿䬠: 𠲿는 사방에서 불어오는 바람(四方吹風). 䬠은 날다 飛(비)의 뜻.

嫁香: 화려한 향기.

心悴: 마음이 초췌하다.

誰憐眞: 내 마음을 헤아려 주러 누가 와주지 않을까? 誰는 누구. 憐은 헤아리다. 측량하다, 의 뜻도 있음. 眞은 진정.

오늘은, 봄비가 마른 대지를 조금은 촉촉이 적시고 있다.

어제 점심 먹고 명옥헌에 들려 잠시 못가에 앉아 따사로운 햇볕을 쬐며 고기들이 한가로이 노니는 걸 바라보다, 근처의 저수지로 걸음을 옮기는데 길가의 매화가 몇 송이 꽃망울을 일찍 터트렸다. 맡으니 향이 너무 은은하고 좋다. 머지않아 매화 향기 사방으로 날리면 벌들은 찾아올 것이다.

하늘을 바라보니 비행기가 흰 꼬리를 달고 아득히 멀어져간다.

招雨
一于鳴玉軒

초우
一우명옥헌

鳴 玉 軒 敷 座 乃 坐 　　명옥헌부좌내좌

讀 書 舒 冊 降 雨 濡 　　독서서책강우유

非 濛 似 濛 下 慮 茶 　　비몽사몽하려다

此 際 彼 際 誰 來 乎 　　차제피제수래호

명옥헌에 자리를 잡고 앉아

책을 읽으려니 이슬비가 배롱나무 잎을 적신다

가늘게 내리는 비가 차를 생각나게 하는데

이제나 저제나 누가 찾아 줄까

韻(운): 濡. 乎. (근체시의 작법을 무시하고 소주 한 잔의 취흥[醉興]으로 적은 글)

註)

招雨: 부르는 비.

于鳴玉軒: 명옥헌에서. 于는 ~에서.

敷座: 자리를 펴다. 敷는 펴다. 座는 자리.

乃坐: 곧 앉다. 乃는 곧, 바로. 坐는 앉다.

舒冊: 책을 펴다.

讀書: 글을 읽다.

降雨: 내리는 비. 비가 내림.

濡: 적시다. 젖다.

非濛似濛: 이슬비가 내리는 것도 같고 아닌 것도 같고. 濛은 이슬비. 非는 아니다. 似는 같다.

下: 내리다.

慮茶: 차를 생각하다. 생각나게 하다.

此際: 이제나. 際는 즈음. ~ 때. 此는 이.

彼際: 저제나.

誰來乎: 누가 오려는가? 誰는 누구. 來乎는 오려는가?

** **

누군가가 찾아올 것만 같은
또 누군가가 불러 줄 것만 같은
여리게 내리는 빗줄기가
배롱나무 잎을 살며시 적시는 소리에

波紋(파문)이 이는 연못

2012년 6월 18일

勸酒 　　　　　　　 권주
梅雨對酌—于鳴玉軒 　 매우대작—우명옥헌

微 陰 梅 雨 洗 瀳 流	미음매우세당류
上 坐 俯 淵 泥 水 浮	상좌부연니수부
世 俗 如 然 濊 濁 溢	세속여연회탁일
酊 酕 僞 臥 莫 求 訧	정모언와막구우

계곡을 씻어 내리는 장마에
정자 앞 연못이 흙탕물로 부옇다
세상도 이처럼 탁하니
취해 꼬꾸라지더라도 허물로 여기지 말라

韻(운): 流. 浮. 訧. (平. 變格)

註)

勸酒: 술을 권하다. 술 권하는 사회.

于鳴玉軒: 명옥헌에서. 于는 ~에서.

微陰: 음력 5월의 별칭.

梅雨: 장마.

洗瀳流: 골짜기를 씻어 흘러내리다. 瀳은 골짜기.

上坐: 자리(명옥헌 정자)에 오르다. 上은 오르다.

俯淵: 연못을 내려다보다. 아래(연못)를 굽어보다.

泥水: 흙탕물.

浮: 뜨다. 곧 흙탕물로 가득하다.

世俗: 세속. 곧 세상.

如然: 그러함과 같다. 세속이 연못의 흙탕물과 같음.

瀇濁溢: 더러운 물이 넘치다. 瀇는 깊고 넓다. 부패와 더러움이 사회 전반에 뿌리 깊게 자리 잡고 있어서 "회"로 표기함. 瀇를 "예"로 읽을 때는 물이 많다는 뜻.

酊酺: 흠뻑 취한 모습.

偃臥: 눕거나 앉다. 곧 마음대로 꼬꾸라짐을 말함.

莫: 없다. ~ 하지 말라(금지사).

莫求訿: 허물을 질책하지 말라. 求訿 허물을 구하다.

**　*　***

얼마 전에도 내렸었지만, 전국적으로 비어있는 저수지나 댐은 말라 있는 상황에서, 그토록 기다리던 비가 많이 내렸다.

상상의 충족을 위해서라도 제법 많이 내심 폭우라도 시원스레 쏟아서, 속세에 쌓여 있는 누렇게 묵은 먼지(黃塵황진: 세상사의 싫증이 나는 속된 일)나 때 묻은 것들을 쓸어가 주길 바라는 굴뚝같은 마음으로 雨中에 어김없이 명옥헌으로 향했다.

누마루에서 起偃(기언: 일어섰다 누웠다)과 輾轉(전전: 이리저리 뒹굴음)을 반복하던 차에, 사람들이 놀러 와 안주를 진설하고 술을 권한다. 고소원(固所願)인지라 주는 대로 이술 저술 정신없이 마셨더니 취기가 올라 머리가 아프고 속이 더부룩하였다.

그러나 그 와중에 콸콸 쏟아지는 장계 계곡의 물소리가 어찌나 속이 시원하든지 비교하여 표현하기가 마땅치 않을 정도다. 장계연을 지나 아래 저수지에 쓸려와 담겨지는 저 흙탕물처럼 속세의 잡것들을 모아다가 가둬 버렸으면 하는 맘이 간절하여 지어보았으나, 절구로 표현하기에는 재주도 재주지만 뭔가 虛하기만 하다.

이런저런 생각 자체가 흙먼지이니 부질없는 짓일런가! **俗然我也 焉求兮**(속연아야 언구혜: 세상이 탁하고 나 역시 그러하니 무얼 구하랴만).

2012년 7월 17일

坐亭觀霞于鳴玉軒　　　좌정관하우명옥헌

莫 道 人 生 夢　　　막도인생몽
靑 山 淥 水 看　　　청산녹수간
含 情 空 取 色　　　함정공취색
業 果 未 轇 般　　　업과미료반

인생이 꿈이라고 얘기하지 말라

푸른 산과 물도 보고

실상을 접하고 여러 경험도 해보았으니

업과는 어떻게든 바꿀 수 없느니라

韻(운): 看. 般. (仄. 正格)

註)
坐亭觀霞: 정자에 앉아서 노을을 보다.
莫道: 말하지 말라.
人生夢: 인생이 꿈같다.
靑山: 푸른 산.
淥水: 맑은 물.
看: 보다.
含: 용납하다 또는 받아들이다. 머금다의 뜻도 있음.
情: 정의 뜻과 함께 여기서는 실상(實相).
空: 쓸데없이. 헛되이.
取色: 색을 취하다. 여러 가지 경험 또는 실상을 취하다.
業果: 선악의 행업으로 말미암은 果報(과보).

末轉: 구르지(바꾸지) 못하다. 轉는 구르다(轉)의 뜻.

般: 옮기다(移 이)의 뜻과 함께 般若(반야)를 말함.

末轉般: 굴러서 반야로 옮기지 못하느니라.

2016년 10월 14일

鳴玉軒 2　　　명옥헌 2

水縮淵汀鳴玉軒　　수축연정명옥헌
西天日暮自垂昏　　서천일모자수혼
紫薇樹禿懷枝節　　자미수독회지절
罔兩徊徊旅客殙　　망량회회여객혼

旣落芳花羉復循　　기락방화조부순
夌冬草木惠風芚　　릉동초목혜풍둔
亨途强被跧跦捧　　형도강피전구솔
折跌歾殂豈有抃　　절질자생기유번

물이 줄어든 명옥헌의 연못은 꽁꽁 얼어붙고
해가 지면서 어둠은 점점 내려앉는데
벌거벗은 백일홍은 가지마다 곡절이 맺힘을 알겠으나
그대는 무슨 연유로 이리저리 떠도는가?

봄이 오면 꽃은 다시 피어나고
초목은 바람에 싹을 틔우겠지만
좋은 길 가려다 횡액을 당했으니
죽었다 깨어난다 한들 그 몸으로 걸을 수나 있겠는가

韻(운): 軒. 昏. 殙. 芚. 抃. (仄. 變格)

註)

水縮: 물이 줄어들다. 물이 빠지다.

淵汀: 연못이 얼다. 汀은 얼다.

鳴玉軒: 명옥헌.

西天: 서쪽 하늘.

日暮: 해가 저물다.

自: 저절로. 스스로.

垂昏: 어둠이 드리우다. 어두워지다. 垂는 드리우다.

紫薇: 백일홍의 다른 이름.

樹禿: 나무가 모지라지다. 잎이 지고 껍질마저 벗음을 말함.

懷: 품다.

枝節: 나무의 가지와 마디로, 曲折(곡절)이 많은 일을 비유적으로 이르는 말. 백일홍은 가지마다 굽고 꺾여짐.

罔兩: 依支(의지) 또는 依據(의거) 할 곳이 없음. 희미한 그림자라는 뜻도 있음.

徊徊: 정처 없이 이리저리 왔다 갔다(徘徊: 배회) 함. 떠돌아다님. 한자를 중복해서 쓰지 않으려 하나 단어는 예외임.

旅客: 나그네. 행인.

殰: 불쌍하다. 혼미하다, 아찔하다, 어려서 죽다 등의 뜻도 있음.

旣落: 이미 떨어지다. 떨어지다.

芳花: 향기로운 꽃. 꽃들.

鉨: 짧다. 꽃들의 생명이 짧음을 말함.

復循: 다시 핌. 매년 순환하듯 피어남. 循은 순환하다, 쫓다, 의지하다, 착하다, 위안하다 등의 뜻도 있음.

夌冬: 겨울을 지남. 또는 견딤. 夌은 넘다.

草木: 풀과 나무.

惠風: 온화하게 부는 봄바람. 또는 봄을 이르는 말로 음력 3월을 달리 이르는 말.

芚: 싹 나다. 나무에 싹 나다. 어리석다는 뜻도 있음.

亨途: 평탄한 길. 여기서는 좋은 길.

强被: 강제로(억지로) 당하다. 被는 당하다.

踤踄: 엎어지고 밟히다.

捽: 땅에 버리다. 패대기치다.

折跌: 다리가 부러지거나 접질림.

歿歽: 까무러졌다 다시 살아나다. 죽었다 살아나다.

豈有: 어찌 있으리오.

抃: "날다"의 뜻이나 "뛰다"의 뜻으로 해석. "반"으로 읽을 때는 버리다의 뜻이 있음. 네이버 사전에는 음이 다르게 쓰여 있음.(컴퓨터 바탕화면에 가끔 옥편의 한자가 없어서 네이버를 찾아보는데 誤記[오기]가 있기도 함)

* *

냉동 언어와 질식된 물고기.

글을 쓰는 데 한계를 느낄 때는 환경과 여건도 중요하지만 선천적으로 천재성도 부여받아야 하고, 쉼 없는 독서와 기억력 그리고 철저한 자기 관리에서 오는 건강으로부터의 집중력도 갖추어야 한다는 것을 절감한다.

내 머리가 안타깝게도 명옥헌의 연못처럼 물이 빠진 채 꽁꽁 얼었다. 물이 많고 조금씩이라도 들고 나가며 순환이 잘될 때는, 추운 겨울에도 양지바른 가장자리에는 살포시 얼어있거나 녹아있어 삐죽이 고개를 내미는 고기들을 볼 수 있었다. 지금은 있는지 물이 마르면서 죽어 버렸는지 아니면 물이 빠지고 얼면서 그대로 냉동되어 버렸는지 알 수가 없다. 혹여 몇 마리쯤 살아 있을까 하는 의문과 살아 있겠지 하는 착각에 땅바닥까지 두껍게 얼어붙은 그 속의 고기들을, 기억을 더듬어 이리저리 찾아보고 밖으로 유인하여 꺼내어보려고 용을 쓰고 쥐어짜 보지만 어려울 뿐만 아니라 이내 지쳐버린다.

흐르는 물은 얼지 않는다는데 쉬지 않고 들고날 수 있도록 끊임없는 노력과 경주를 한다 해도 자연 증발을 막기 어려울 것이나, 파손되어 막혀버린 수로를 고치려 노력도 하지 않고 놔두었으니 들어오는 물이 없어 고여 썩으며, 더더욱 빨리 그리고 단단하게 얼어버린 것이다. 이제 살아있는 물고기를 본다는 것은 불가역일 수밖에 없을 것이다.

연관하여 어제와 오늘 찾았던 명옥헌에 대한 소회를 적어보려 하나 집중도 안 되고 잘 잡히지도 않으면서 며칠이 훌쩍 간다. 생각하면 할수록 머리만 아프고 고약하고 난감해서 온전하게 살려보려는 것을 이쯤에서 포기하고 만다.

이것도 운명이라고 하기 엔 어설픈 변명이겠으나, 깔리고 볶이고 밟혔기 때문이라기보다는, 상실해버린 판단력과 그 난관을 극복하거나 이겨내려는 몸부림이 처절하지 못하였고, 그저 그냥 무기력하게 허송한 탓이니 누굴 탓할 일이 아니다.

詩(시)에 대해 얘기한다면, 가볍게 훌훌 날아오르기 위해 모든 걸 털어버리려고 吐(토)하는 까닭이다.

2019년 1월 11일

3

부유

浮遊

不歸　　　　　　　불귀

西 洋 蘭 置 房　　　서양란치방
獨 愛 久 眰 覉　　　독애구정망
不 應 芒 然 䉬　　　불응망연와
春 來 悱 戀 鄉　　　춘래비련향

서양란을 방에 두고
꽃을 피워보려 애를 써보았지만
시름시름 생기를 잃어가니
봄이라 옛 품이 그리워서일까?

116

韻(운): 房. 覉. 鄉. (平. 正格)

註)
不歸: 돌아가지 못하다. 歸는 돌아가다. 돌아오다.의 뜻도 있음.
西洋蘭: 서양란. "긴기아난"을 말함. 호주가 원산지라 함.
置房: 방에 두다. 置는 두다.
獨愛: 홀로 사랑하다.
久: 오랫동안.
眰: 혼자 보다.
覉: 힘쓰다. 관심을 쏟다. 務(무)와 勉(면)의 뜻. 곧 꽃을 피우게 하려고 애쓰다.
不應: 응하지 않다. 곧 사랑을 받아들이지 않다.
芒然: 피곤하여 싫증이 나는 모양.
䉬: 빛을 잃어가다. 빛바래다. 곧 시름시름 앓다.
春來: 봄이 오다.

悱: 뜻은 있으나 말 아니하다(有意未言). 곧 속사정을 말하지 아니하다.
戀鄕: 고향을 그리워하다. 戀은 그리다.

**

春來不似春(춘래불사춘)이라는 싯 귀를 탄생시키게 한 王昭君(왕소군)처럼,

고향의 古土(고토)를 떠나서인가 아니면 거처를 옮긴 탓일까? 작년엔 많은 꽃망울을 터트려서 한 달여를 향기롭게 해주고, 새순도 많이 틔워 기쁨을 주던 "긴기아난"이 시름시름 앓으면서 잎을 떨구었었다.

그러더니 올해엔 작년의 사 분의 일 만큼의 꽃만 겨우 피워 낸다. 둘 곳이 적당치 않아서 방에 두고 나름 정성을 다했는데 뭔가 마땅치 않았던 모양이다. 좀체 속내를 알 수 없어 답답하기도 하지만 한편으론 미안한 생각이 든다.

내 성질과 형편에 따라 마음이 내키면 한참을 들여다보다가 어느 순간엔 放棄(방기)하고 나 몰라라 하니, 변덕스러움에 아마 저도 우울증에 걸렸는지도 모르겠다. 꾸준한 관심과 사랑을 이제나저제나 하며 기다리다 지쳐 피곤하고 짜증이 나기도 하였겠지만, 그 고통의 순간엔 고향의 따뜻한 품을 그리워하며 서서히 기력을 잃고 병이 들었으리라.

盧跗(노부)를 불러오랴? 郭橐駝(곽탁타)를 찾아보랴? 어찌하면 그 병을 낫게 하여 활짝 웃는 너의 향기로운 모습을 볼 수 있을까?

2020년 3월 12일

盧跗: 盧나라의 扁鵲(편작)과 俞跗(유부)를 말함. 둘 다 名醫(명의)였음.
郭橐駝: 柳宗元(유종원)의 種樹郭橐駝傳(종수곽탁타전)에 나오는 나무를 잘 가꾸는 사람.

秋翰　　　　　　　　　추한

銀 波 湖 窣 遴	은파호졸려
昨 日 又 今 睼	작일우금제
嬅 邁 君 何 住	화매군하주
崊 聲 反 似 詚	람성반사니

은파호수를 느릿느릿 걷는데
순간 눈을 번쩍 뜨이게 하고
뒤도 보지 않고 가는 여인은 어디 살까?
기척만 있어도 돌아보게 하네

韻(운): 遴. 睼. 詚. (五言絶句. 平. 正格)

註)
秋翰: 가을 편지. 翰은 便紙(편지), 글.
銀波湖: 은파호수.
窣遴: 아주 천천히 걷다. 窣-천천히 걷다, 遴-천천히 걷다. 곧 느릿느릿 걷
다. 동트다의 뜻도 있음.
昨日: 어제.
又: 또.
今: 오늘.
睼: 서로 눈이 마주치다.
嬅: 계집 탐스럽다. 엄전하다.
邁: 뒤돌아보지 않고 가다. 지나가다의 뜻도 있음.
君: 그대. 군주의 뜻도 있음.

何住: 어디서 살까? 何-어디. 住-살다.
蘺聲: 풀이 바람에 흔들리는 소리. 곧 풀잎이 흔들리는 소리만 들려도 라
는 뜻.
反: 돌이키다. 곧 뒤돌아보다.
似詑: 사람을 부르는 것 같다. 곧 말을 붙여 올 것 같다. 詑는 사람을 부르다.

**

은파호수길을,
"가을엔 편지를 하겠어요! 누구라도 그대가 되어 받아 주세요. 낙엽이 쌓
이는 날 모르는 여자가 아름다워요. 가을엔 편지를 하겠어요! 누구라도 그
대가 되어 보내 주세요. 낙엽이 흩어진 날 외로운 여자가 아름다워요."
고은이 쓰고 김민기가 곡을 붙인 "가을편지"를 콧소리로 흥얼거리며 걷
는다.

태풍 "하이선"이 휩쓸고 가며 선선한 가을을 코앞으로 데려다 놓았기에,
모처럼 한낮에 산책하다가 이틀을 연속하여 눈빛이 마주쳤던, 제법 나이 들
어 보이지만 淸楚(청초)하면서도 농염함이 배어나는 여인에게, 다시 또 마주
치게 된다면 말을 건넬 수 있을까? 라는 생각을 하면서.

2020년 9월 11일

群山湖	군산호
靑巖山	청암산

山 名 非 字 淸	산명비자청
岰 路 水 邊 渶	유로수변영
綠 淥 相 調 合	록록상조합
矼 棲 鴻 鷺 頃	공서홍악경

청암산의 "靑" 자는 "淸" 자가 아닌데
구불길의 물가는 맑기만 하다
푸르고 맑음이 조화롭게 어우러져
기러기와 봉새가 날아와 호수에서 쉬게 한다

韻(운): 淸. 渶. 頃. (平. 正格)

註)
靑巖山: 청암산. 군산시 옥산면에 있는 산.
(群山湖): 청암산에 있는 호수. 일명 옥산 저수지.
山名: 산 이름. 곧 청암산(靑巖山)을 말함.
非: 아니다.
字: 글자.
淸: 물 맑다.
岰路: 구불길. 岰는 산굽이(山曲). 路는 길.
水邊: 물가.
渶: 물 맑다.
綠淥: 푸르고 맑은 산과 물. 綠은 푸르다. 淥은 물 맑다.

相調: 서로 조화롭다. 곧 잘 어울리다.

合: 여러 뜻이 있으나 여기서는 짝, 또는 모이다.

狂棲: 날아와 쉬다. 狂는 날아오다. 棲는 쉬다. 깃들이다.

鴻: 기러기.

鸞: 봉새(鳳屬神鳥: 봉황의 무리에 속하는 신령한 새).

頃: 요즈음 또는 잠깐.

2020년 11월 25일

秋景	추경

秋 風 搖 樹 米 堤 湖	추풍라수미제호
草 蠅 聲 流 似 悼 戲	초록성류사도호
視 甽 過 耆 捱 到 暮	시개과기애도모
空 弮 晩 境 勒 春 扝	공권만경금춘호

가을바람은 호숫가의 나뭇잎을 흔들고
풀숲 쓰르라미의 섧은 울음도 바람에 실려 간다
새벽에 태어나서 육십을 넘어 황혼이 다가오는데
화살도 없으면서 늘그막에 세월을 당기려 한다

122

韻(운): 湖. 戲. 扝. (七言絶句 平. 正格)

註)
秋風: 가을바람.
搖樹: 나무를 흔들다. 搖는 흔들다.
米堤湖: 은파호수. 조선 시대 『신증동국여지승람』의 기록에 "미제지(米堤池)"
로 나타나고 있으며, 기록을 추정해 볼 때 고려 시대에 이미 조성되어 있었
음을 추측할 수 있다. 1954년 미제 저수지 확장 공사로 847,000㎡ 규모의
저수지 면적을 갖게 되었다. 1976년 10월 6일 유원지 조성이 결정되었고,
1985년 8월 26일 국민 관광지로 지정되었다. 2011년 7월 18일부터 군산
시에 의해 은파 관광지의 대외적 명칭을 銀波湖水(은파호수)공원으로 확정하
였다.
草蠅: 풀숲의 쓰르라미.
聲流: 소리가 흘러가다. 聲은 쓰르라미의 울음소리.

似: 같다.

悼: 슬퍼하다.

戲: 섧다하다. "희"로 읽을 때는 측성으로 희롱하다 등의 뜻, "휘"로 읽을 때는 깃발(大將旗).

視: 보다.

昤: 새벽별의 뜻. 필자가 새벽에 태어났음. 일장춘몽(一場春夢: 한바탕의 봄꿈처럼 헛된 영화나 덧없는 일이란 뜻으로, 인생의 허무함을 비유하여 이르는 말)과 같이 짧고 덧없는 것을 말하고자 함.

過耆: 육십(60)을 지나다. 耆는 60세. 늙다, 어른의 뜻도 있음.

捱到: 천천히 도래함. 捱는 막다.

暮: 저물다. 곧 황혼.

空弮: 弮은 활이라는 뜻. 곧 활만 있고 화살이 없는 것. 화살이 다하여 쏠 수 없는 상태로 빈껍데기(몸)만 있는 것을 말함.

晚境: 늙바탕. 곧 늘그막에.

勒劫春扜: 가는 세월이 아쉬워 靑春을 끌어당기려 애를 씀. 날마다 호숫가를 돌며 운동하는 사람들을 보고, 나도 저렇게 해서라도 靑春(청춘)을 찾을 수 있다면 하는 생각을 함.

勒: 힘쓰다(用力)의 뜻.

春: 봄. 靑春(세월)의 의미로 씀.

扜: 끌어당기다의 뜻.

2020년 10월 17일

歲寒群山湖 　　　　　세한군산호

原 靑 巖 義 翠 　　　　원청암의취
樹 水 四 時 幷 　　　　수수사시병
左 右 無 隣 嵑 　　　　좌우무린갈
圓 隝 嶠 傍 賡 　　　　원심교방갱

群 山 湖 演 靜 　　　　군산호연정
著 發 莫 恆 迎 　　　　착발막부영
不 介 懷 貞 亮 　　　　불개회정량
狂 遙 鴻 鶯 萌 　　　　공요홍악맹

124

청암산에 취자가 쓰였었던 것은
물과 나무와 사계가 신묘한 색을 빚음이라
들판에 나지막이 호수를 안고 있지만
둥그런 둘레길엔 발길이 끊임이 없네

숲이 우거진 군산호의 고요함에
오가는 철새들도 슬며시 안기고
곧고 밝은 성정과 후한 인심의 향토는
먼 고향을 향하는 발걸음을 멈추게 한다

韻(운): 幷. 賡. 迎. 萌. (平. 五言律. 正格)

註)

歲寒群山湖: 추운 겨울의 군산호.

原: 원래. 본디.

靑巖: 靑巖山(청암산)을 말함. 군산시 옥산면에 있는 산.

義翠: 푸르다의 뜻을 가지고 있다. 본래 청암산은 비취색의 "翠"자를 써서
翠巖山(취암산)으로 불렀었다 함.

樹水: 나무와 물.

四時: 사계절.

幷: 합하다, 곧 어우러지다. 조화를 이루다.

左右: 좌우. 곧 주변을 말함.

無隣: 이웃이 없다.

嵑: 홀로 서 있는 산.

圓: 둥글다.

陟嶠: 작은 언덕의 산길. 호수를 끼고 도는 둘레길.

傍: 가까이하다. 평성으로 쓰일 때는 "곁"이라는 뜻.

125

賡: 잇다. 이어지다. 사람들이 자주 찾는다.

群山湖: 청암산에 있는 호수. 옥산 저수지.

演靜: 넓고 고요하다.

著發: 도착함과 출발함. 곧 철새들이 날아오고 감.

莫愃: 잠깐의 성냄도 없이. 愃는 잠깐 성내다.

迎: 맞이하다. 품을 내어주다.

不介懷: 개의(介意)하지 않고 품다. 언제나 품어 줌.

貞亮: 곧고 밝다. 바르고 성심이 있다. 사람들의 인정과 정서(情緒)를 말함.

狂遙: 멀리서 날아오다. 遙는 멀다. 멀리 있는 고향.
狂은 날아오다.

鴻鷺: 기러기와 신령스러운 새.

蒵: 있다. 곧 날아와 쉬고 있다는 뜻.

2020년 12월 15일

歲暮所懷　　　세모소회

靑巖山不暘	청암산불양
好跿水邊羊	호선수변양
只雁群飛泳	지안군비영
空途恑洦韽	공도역인향

청암산은 집에서 멀지 않아
수변길을 천천히 걸으며 노닐기에 좋으나
호수에서 기러기들이 떼지어 날아오르는 모습을
볼 때면
쓸쓸한 길에 부딪쳐오는 작은 물결처럼 문득문득
아리는 마음

韻(운): 暘. 羊. 韽. (平. 正格)

註)
歲暮所懷: 섣달그믐을 앞둔 소회(마음속의 회포).
靑巖山: 청암산. 군산호수를 감싸고 있는 산.
不暘: 멀지 않은 산. 暘은 멀리 있는 산.
好: 좋다.
跿: 천천히 걷다. 또는 조용히 걷다라는 뜻이 있음.
水邊: 호숫가. 곧 수변길을 말함.
羊: 노닐다. 양이라는 뜻도 있음.
只: 다만.

雁: 기러기. 겨울 철새.

群飛泳: 떼지어 날거나 호수에서 짝지어 물놀이함.

空途: 쓸쓸한 길. 空은 쓸쓸하다. 途(평성)는 길. 道(측성)와 같음.

恻: 마음이 아프다(心痛)의 뜻.

洐: 가는 파도. 수변 길옆 언덕에 부딪치는 작은 물결.

韰: 치다(打擊 타격).

2021년 2월 7일

迎春所懷　　　영춘소회

陽 春 和 氣 垂　　　양춘화기수
鴻 雁 膜 遙 離　　　홍안한요리
樹 上 鳩 呼 匹　　　수상구호필
何 同 寢 衣 倕　　　하동침의수

따뜻한 봄기운이 드리우니
기러기들은 높이 날아 멀리 떠나려 하고
나뭇가지 위에서 비둘기는 짝을 부르는데
함께 할 이 없으니 이불이 무겁기만 하다

韻(운): 垂. 離. 倕. (平. 五言 正格)

註)
陽春和氣: 봄의 따뜻하고 화창한 기운.
垂: 드리우다.
鴻雁: 기러기들. 크고 작은 기러기. 무리 지어 나는 새.
膜: 높이 날다.
遙離: 멀리 떠나려 한다.
樹上: 나무 위.
鳩: 비둘기.
呼匹: 짝을 부르다. 匹은 짝.
何同: 언제 함께 할까? 何는 언제.
寢衣: 이불.
倕: 무겁다. 重의 뜻. 홀로 이불을 덮으니 무겁다는 뜻. 또 바깥은 봄이 왔건만 마음은 아직도 겨울.

* *

거역할 수 없으나, 자연의 순리에 따라서 가고 오는 것이 좋을 때와 싫을 때가 있다. 환경과 여건에 따라 저마다 생각과 감정이 다르겠지만, 몸과 마음마저 웅크리게 한 추위가 가고, 화창하고 따뜻한 봄이 온다면, 특별한 이를 제외하곤 누구든지 나서서 환영하려 할 것이다.

오늘은 북풍이 몰고 온 맑고 깨끗한 하늘은 사라지고, 인체에 좋지 않은 미세먼지들이 희뿌옇게 시야를 가렸는데, 성큼 다가온 봄날이 가져다준 따뜻함을 느끼고 답답함도 해소할 겸 "청암산"으로 향했다. 수변 길을 걷다 보면 짝을 찾는 비둘기와, 무리 지어 이리저리 옮겨 다니며 지저귀는 조그마한 새들, 막 움트기 시작하는 초목의 새싹과 날리는 매화 향을 맡아보거나 관찰할 수 있음은, 봄에만 보고 느낄 수 있는 즐거움이라, 해마다 맞는 일일지라도 가는 세월이 아쉬워서인지, 풋풋한 향을 맡는 것만으로도 더없이 반갑고 기쁘다.

허나, 봄이 다시 돌아왔다고 반드시 좋은 것만 있는 것은 아니다. 늙어가는 내가 한 계절의 변화가 가져다주는 빠른 시간의 흐름을 신체의 변화로 느낄 수 있는 것은 안타까운 일이다. 아직은, 아직은 하면서 애써 밀어 내보려 하는 노화와, 어떻게든 되찾아보려는 喪失(상실)을 自抛(자포)하게 하는 것도, 잡아두려 궁리하는 시간과 여력이 점점 빨리 消滅(소멸) 되어가기 때문이기도 하다.

건강을 위해 거의 날마다 걷는 수변 길에서, 보는 즐거움과 부러움을 겨우 내 주던, 떼지어 나는 기러기의 모습과 정답게 노니는 호수 위의 원앙을, 조만간 볼 수 없게 된다는 것 역시 아쉬운 일이다. 많은 것을 생각게 하는 그들이 一絲不亂(일사불란)하게 날아서 먼 고향으로 돌아간다면, 되돌릴 수 없어서 상상으로라도 내게 투영시켜보려던, 일말의 기대와 바람마저 날아가는 것 같아, 그나마 부치는 힘마저 내려놓게 한다.

그래도 일상이 되어버린 "청암산" 산책에서 加外(가외)로 얻는 즐거움도 있다. 하나의 동작 일망정 꼬마 숲 놀이마당을 향하는 길에서 보았던, 어느 젊은 여인의 춤사위의 뒤태를 잠깐이나마 볼 수 있음은 행복한 일이다.

　　고목에서도 싹이 나오기도 하겠지만, 누가 뭐래도 봄은 어린 새싹과 꽃의 향연이 시작되는 계절이다.

2021년 3월 15일

甫吉島　　　　　보길도

孤 山 文 學 館　　　고산문학관
入 住 作 家 搜　　　입주작가수
莞 島 斐 頻 訪　　　완도비빈방
擔 當 者 不 懥　　　담당자불루

先 人 渡 有 止　　　선인도유지
漁 父 四 時 謳　　　어부사시구
不 佞 風 流 客　　　불녕풍류객
予 能 畵 景 幽　　　여능화경유

군청에서 고산 문학관의
입주 작가를 찾는다기에
완도를 수 차례 왔다 갔다 하였으나
담당자는 기꺼워하지 않는 눈치다

윤선도도 바다를 건너다 머물렀었기에
어부의 사시를 노래할 수 있었나니
재주 없는 풍류객이긴 하나
그림 같은 풍경은 읊을 수 있노라

韻(운): 搜. 懥. 謳. 幽. (平. 變格)

註)

甫吉島: 보길도, 완도군의 섬.

孤山: 윤선도의 호. 海翁(해옹)이라는 호도 있음.

文學館: 보길도에 있는 창작 문학관을 말함.

入住作家: 입주하여 창작 활동을 할 수 있는 문인.

搜: 찾다.

莞島: 완도.

斐: 왔다 갔다 하다.

頻訪: 자주 방문하다.

擔當者: 군청의 담당자.

不懌: 기꺼워하지 않다. 懌는 기뻐하다.

先人: 고산 윤선도를 말함.

渡: 건너다. 제주도로 향하다 보길도의 풍경을 보고 그곳에 머물렀다 함.

有: 있다. 과거의 일을 말함.

止: 그치다의 뜻도 있으나, 머무르다(留留)의 뜻도 있음.

漁父四時: 어부사시사를 말함. 조선 효종 2년(1651)에 윤선도가 지은 연시조. 강촌에서 자연과 더불어 살아가는 어부의 생활을 노래하였다. 춘·하·추·동 각 10수씩 모두 40수로 되어 있음.

謳: 노래하다(歌가)의 뜻. 또는 읊다.

不佞: 재주가 없다. 곧 솜씨나 배움이 없음.

風流客: 풍류객.

予: 나.

能: 능히 ~ 할 수 있다.

畵景: 그림 같은 풍경. 경치 좋은 것을 말함.

咄: 읊다. 노래하다.

2018년 4월 30일(陰, 櫻月, 望)

甫吉島 2　　　보길도 2

雖 無 名 弄 月	수무명농월
躍 過 海 翁 遊	약과해옹유
郡 不 施 休 利	군불시휴리
何 由 決 定 留	하유결정류

비록 이름이 없을지라도 달을 노래 할 수 있고
시간을 뛰어넘어 해옹과 교유 할 수 있으리니
군청에서 커다란 편익을 주지 않으면서
무슨 까닭으로 결정이 더딘고?

韻(운): 遊. 留. (平. 變格)

註)
甫吉島: 보길도, 완도군의 섬.
雖: 비록 ~일지라도.
無名: 이름이 없다. 곧 유명한 사람이 아니다.
弄月: 달을 희롱하다. 곧 고산 윤선도처럼 달을 벗 삼다.
躍過: 시간을 뛰어넘다 또는 시간을 超越(초월)하다. 躍은 뛰다. 過는 넘다의
뜻으로 측성임. 달리 지나다, 지나가다의 뜻으로 쓰일 때는 평성임.
海翁: 윤선도의 또 다른 호. 중복을 피하기 위함.
遊: 놀다. 교유(交遊)하다. 해옹(윤선도)처럼 시를 읊으며 노님.
郡: 완도군청.
不施: 주지 않다. 施가 베풀다(측성)의 뜻도 있으나 여기서는 평성으로서 주
다의 뜻.

休利: 커다란 편익.

何由: 무슨 까닭으로.

決定: 결정.

留: 여기서는 더디다. 머무르다, 그치다, 오래다, 기다리다 등의 다른 뜻
도 있음.

＊＊

정말 오랜만에 보길도를 찾았다.

33년 전에는 다른 인연으로, 지인의 집에 인사차 잠깐 들렀었지만, 한 달
여 전의 방문은 시간을 초월하여 고산과 교유도 하고 외딴곳에서 생활하고
픈 마음에서였다. 아무것도 할 수 있는 것이 없는데 집에서 빈둥거리며 하
찮은 글 나부랭이를 끄적거린다는 것도 눈총을 받을 나이이고, 더구나 갑작
스레 다가온 녹내장의 진행을 막기 위해서는, 아무래도 신록이 펼쳐진 교외
로 벗어나는 게 좋을 것 같아서였다.

보길도에서 기거할 만한 곳을 찾았더니, 군청에서 지어놓은 창작 문학관
을 안내한다. 자격이 불비 하나 혹여 하는 마음에 군청에 들러 여러 사람을
만났더니, 조건을 제시하기에 그렇게 하겠노라 하였으나 아직까지 답이 없
어서 답답하다.

모처럼 원효사 뒷길을 걷노라니 철쭉이 예쁘게 피어 반긴다. 누구에게라
도 그러하겠지만 내 짧은 변덕스러움에 토라져 갔다가, 새삼스레 다시 와서
교태 하는 느낌이다.

그래도 인내의 호흡은 철마다 피고 지는 꽃과 신록보다 마누라가 더 길고
살갑다.

2018년 4월 30일(陰, 櫻月, 望)

甫吉島有感　　　보길도유감

落島些分景　　　낙도사분경
孤山古咏渣　　　고산고영사
臻何時賣上　　　진하시매상
巧說吏如蛇　　　교설리여사

낙도의 조그마한 경치를
옛날 고산이 읊었다 해서
언제까지 그를 팔 것인가
하여튼 관리들의 생각이란

韻(운): 渣. 蛇. (仄. 正格)

註)
落島: 낙도, 외딴섬. 보길도를 말함.
些分景: 적고도 조그마한 경치. 些는 적다(少). 分景은 조그마한 경치(些子景과
같은 의미).
孤山: 윤선도.
古咏: 옛날 읊음.
渣: 찌꺼기. 고산의 옛글은 많이 알려졌으나, 군에서 팔 것이 그것뿐이냐라
고 하는 의미.
臻何時: 언제까지. 臻은 이르다. 何時는 어느 때.
賣上: 상품을 팔다.
巧說: 교묘한 말. 巧言令色(교언영색)의 巧言과 같음.
吏: 관리.

如蛇: 구렁이(뱀)와 같다.

＊＊

조금 전 10시를 넘어서, 완도군청의 담당자로부터 연락을 받았다. 결재과정에서 달리 검토하라는 윗사람의 지시에, 아무래도 시간이 걸리겠노라고 말한다.

안 되겠으니 그리 알라는 말로 들린다. 애초에 계획이 없다고 얘기했으면, 가난한 자가 오가는 경비와 시간을 쓸데없이 낭비하지 않았을 텐데 말이다. 돈을 받겠다, 아니 공모로 하겠다, 사람 헷갈리게 해 놓고, 인제 와서 그러니 내 기대는 어쩌란 말이냐!

땅끝을 지나 보길도를 오갈 때, 주의 부족으로 끊겼던 과속과 신호위반 범칙금이 새삼 너무 아깝게 느껴지고,

김건모의 "짱가"라는 노랫말이 문득 떠오름은 왜?

　-장난치지 마, 나를 놀리지도 마. 감히 니(너희들이)가 나에게 이럴 수 있어.-

2018년 5월 17일

除夕   제석

流 浪 除 夕 如   유랑제석여
有 得 失 其 渠   유득실기거
靜 夜 幽 愁 底   정야유수저
增 年 日 月 歔   증년일월허

떠돌다 또 맞이하는 섣달 그믐밤

그간 얻고 잃은 것은 무엇인가

고요한 밤 남모를 탄식에 고개 떨구며

나이 들어가며 한숨만 쉬고 있다

韻(운): 如. 渠. 歔. (平. 正格)

註)

流浪: 이리저리 떠돌아다님.

除夕: 섣달그믐날 밤.

如: 만약, 같다는 뜻도 있으나, 여기서는 至(지=이르다)의 뜻.

有: 있다.

得失: 얻고 잃다. 얻는 것과 잃은 것.

其: 그. 그것.

渠: 何(하=무엇)의 뜻. 도랑, 개천이라는 뜻도 있음.

靜夜: 고요한 밤.

幽愁: 남모를 탄식(사정). 깊은 근심.

底: 밑. 곧 고개를 숙이다.

增年: 해를 더하다. 나이를 먹다.

日月: 세월.
歔: 한숨 쉬다. 한숨 짓다.

2019년 2월 4일

旅路　　　　　　여로

輕 視 無 馬 兮	경예무마혜
道 遠 日 傾 西	도원일경서
未 寓 求 何 寐	미우구하매
雖 春 近 夜 凄	수춘근야처

고달픈 여로여!

길은 먼데 또 하루해가 저무는구나

아직 우거 할 곳을 찾지 못했으니 어디서 쉬어갈까?

봄이 가까이 왔다 하나 밤바람은 차기만 하다

韻(운): 兮. 西. 凄. (平. 正格)

註)

旅路: 나그네길.

輕視無馬: 옷은 해져서 가볍고 차도 없다는 뜻. 輕裘肥馬(경구비마: 가벼운 가죽옷과 살찐 말이라는 뜻으로, 부귀한 사람들의 나들이 차림새를 이르는 말)에 빗대어 춥고 고달픔을 말함.

輕視: 옷이 해져서 너덜너덜하다. 視는 敝衣(폐의).

兮: 어조사. ~이여의 뜻.

道遠: 길이 멀다.

日傾: 해가 저문다.

西: 서쪽.

未: 아직 ~ 하지 못하다.

寓: 우거하다. 곧 임시로 몸을 붙여 살다.

求: 구하다.

何寐: 어디서 쉴까? 어느 곳에서 잠잘까?

雖: 비록 ~일지라도.

春近: 봄이 가까이 오다.

夜凄: 밤에는 찬바람이 불다. 바람이 차다. 凄는 찬바람.

* *

 양지바르고 한적한 시골에서 생활하고픈 마음이 간절하나, 연고가 없어 방편으로 싼값에 얻거나 붙어살 곳을 이리저리 수소문해봐도 찾는 것이 여간 어려운 일이 아니다. 또 녹록지 않은 시골 인심을 극복하려면, 따로 집 한 칸 장만하여야 하는데, 그럴 형편도 아니고 참으로 답답하기만 하다.

 이래저래 잠이 안 온다.

2019년 2월 15일

歸依　　　　　　귀의

調 和 如 瑟 琴　　조화여슬금
不 說 各 房 衾　　불설각방금
遠 見 鴛 鴦 似　　원견원앙사
非 離 糸 向 針　　비리사향침

조화롭기가 금슬과 같으니
각방 쓴다고 말하지 말라
멀리서 보면 한 쌍의 원앙이고
붙어 있는 실 바늘이라

韻(운): 琴. 衾. 針. (平. 五言 正格)

註)
歸依: 돌아가거나 돌아와서 몸을 의지함. 여기서는 부부가 몸을 서로 붙이
고 살라는 뜻. 歸는 附(부: 붙이다)의 뜻도 있음.
調和: 서로 잘 어울리다.
如: 같다.
瑟琴: 비파와 거문고. 본디 琴瑟로 표현하나 운을 맞추기 위해 倒置(도치)
하였음.
不說: 말하지 말라. 不은 금지사로 씀.
各房: 각방. 각각 방을 따로 쓴다는 말을 들음.
衾: 이불.
遠見: 멀리서 보다.
鴛鴦: 원앙.

似: 같다.
非離: 둘이 아니다. 곧 떨어지지 않는다는 뜻. 離는 둘(兩 량)의 뜻. 헤어지다.
이별하다의 뜻도 있음.
糸: 실.
向針: 바늘을 향하다. 곧 바늘에 붙어 있다는 뜻.

**　****

　　개울 건너 멀리 보이는 곳에, 虛亭(허정)이라는 호를 가진 나이 어린 친구
가 아내와 함께 귀촌하여 산다. 산책을 나섰다 차 한 잔 마시려고 들렀더니
저녁을 금방 차려 내온다. 저녁을 먹으며 이런저런 얘기를 주고받다가, 부
부가 각방을 쓴다는 얘기를 듣고 써준 글이다.

　　처음엔 산골에 혼자 사는 내가 외로워 보여서 위로하는 말이려니 했으나,
두어 번 듣다 보니 다시 들어서는 안 되겠기에 이런저런 생각 끝에서였다.

　　보이는 것이 다가 아니라고는 하지만, 멀리서 보고 있노라면 부부가 일하
는 모습이 한 땀, 한 땀, 꿰맬 때의 바늘과 실처럼 왔다 갔다 한다.

2019년 3월 24일

駐于山淸　　　　　주우산청

存山淸道士　　　　존산청도사
豈裕衆人心　　　　기유중인심
淨水深瀅好　　　　정수심당호
嶢低耿潔眹　　　　요저경결침

誰無疑居住　　　　수무의거주
不强努氜氜　　　　불강노양음
誹汝岑岑解　　　　염여잠잠해
留蓬轉庇陰　　　　류봉전비음

산청에서 도사에게 슬며시 물어보네
왜 많은 이들의 인심이 이리 넉넉하냐고
맑은 물과 깊은 계곡도 좋지만
높고 낮은 산의 맑고 깨끗함이 보배라서

누구라도 믿고 와서 살아보면
애써 노력하지 않아도 양과 음 기운의 조화가
표현할 수 없으나 몸과 마음을 치유해서라기에
머물러보니 좋다

韻(운): 心. 眹. 氜. 陰. (平. 五言律 正格)

註)

駐于山淸: 산청에 머물다. 駐는 머물다. 于는 ~에서.

存: 물어보다. 본디 근심하며 물어보다는 뜻이나 여기서는 조심스레 물어보다. "있다"라는 뜻도 있음.

山淸道士: 산청의 도사(속된 뜻의)에게, 또는 산청에서 길가는 선비에게 "물어보다"라는 의미로 해석하듯, 주민에게 물어본 것으로 이해하면 좋을 것임. 道士는 길가는 선비.

豈: 어찌, 왜?

裕: 넉넉하다.

衆: 뭇 사람. 많은 사람.

人心: 인심.

淨水: 맑은 물.

深湟: 깊은 계곡. 湟은 谷(곡: 골짜기, 계곡)의 뜻.

好: 좋다.

嶢低: 높은 산과 낮은 산.

耿潔: 맑고 깨끗하다. 곧 정기를 말함.

琛: 보배. 寶(보)의 뜻.

誰: 누구든지.

無疑: 의심하지 말고. 곧 믿다. 無는 금지사.

居住: 살다.

不强努: 애써 노력하지 않더라도, 힘들이지 않고서도.

氜氜: 양과 음의 조화로움. 氜은 양의 기운. 氜은 음의 기운.

詽: 말을 다하지 못하다. 뭐라 설명을 하지 않더라도의 뜻임.

汝: 너.

岑岑: 머리가 아픈 모양. 또는 속이 답답하여 괴로움을 뜻함.

解 ; 풀어주다.

留: 머무르다. 또는 오래(久구)의 뜻도 있음.

蓬轉: 방랑을 뜻함. 본디 쑥이 뿌리째 뽑혀서 바람에 굴러다님. 곧 정처 없이 떠돌아다니는 것을 말함.

庇陰: 감싸주다. 庇는 덮다. 陰은 가만히 의 뜻으로 가만히 안아주다.

* *

오랜만에 이광조의 "나들이"라는 노래를 TV의 "가요무대"에서 듣는다.

-발길 따라서 걷다가 재 너머 마을 지날 때, 착한 마음씨의 사람들과 밤새워 얘기하리라. 산에는 꽃이 피어나고 물가에 붕어 있으면, 돌멩이 위에 걸터앉아 그곳에 쉬어 가리라.
이 땅에 흙냄새 나면 아무 데라도 좋아라, 아 오늘밤도 꿈속에 떠오르는 아름다운 모습들, 가다 가다가 지치면 다시 돌아오리라. 웃는 얼굴로 반겨 주는 그대의 정든 품으로-

일요일인 어제, 물건도 사고 구경도 할 겸, 처음으로 산청읍내 나들이를 했다. 나물을 캐서 반찬을 하려면 마늘과 양념이 필요하겠기에 마트엘 가기 위해서, 개울 건너 사는 이의 차를 얻어 타고서다. 매주 성당엘 다니는 것을 아는 터라, 부부가 미사 드리러 갈 때 동승을 부탁하였더니 그러시라며 흔쾌히 대답한다. 읍내에선 부활절 준비로 두 시간여 걸릴 거라는 말에 나는 더욱 좋다 하고 느릿느릿 걸어 다녔다.
빵집도 구경하고 주변의 떡집에 들러 절편을 살 요량으로 가격을 물어보니, 하루 전에 주문해야 한단다. 언제 읍내에 나올 수 있을지 몰라 주문하지 못하고 나와서 걷다 보니 "어머니의 정원"이라고 푯말이 붙은 곳에 이르렀다. 아담하고 조그맣지만, 우리나라의 100대 정원에 선정되었다고 씌어 있다. 집에 들어가 구경하는데 주인 할머니가 나와 반기며 이런저런 얘기와 설명을 해준다. 꽃을 얻어가는 주변에 산다는 할머니의 말을 들어보니 주인의 마음이 넉넉하고 인심이 후하다 한다.
공무원으로 퇴직한 아들이 일하시지 말라고 당부를 해도, 뒤 공원 너머에 있는 밭에서 꺾어온 고사리도 이웃들에게 나누어 주신다. 돌아서 나오려는데 다음에 또 와서 구경하고 차도 한잔하며 쉬어가라 하신다.

물도 맑고 산이 좋아서일까 교통편이 드문 골짜기에 찾아왔을 때, 동네 이장과 권 사장 김 총무, 그리고 동네 어른들도 있는 동안 편히 있다 가라고 마음을 써주시는데 감사하다.

찾아가 쉴만한 시골이 없는 나로선 노랫말처럼 산속의 마을일지라도 흙냄새 나는 착한 마음씨의 사람들, 냇가의 다슬기와 반딧불, 그리고 가을의 메뚜기들과 더불어 살면서 산골 인심에 흠뻑 정들었다가, 설령 외로움을 못 견디고 떠났다가도 다시 돌아오고픈 곳이길 바라며,

성당 신도들의 따뜻함도 기억하면서 산골의 깊은 밤을 소쩍새와 함께 나누다.

2019년 4월 15일 철수마을에서

〈追記(추기)〉

노랫말 첫 구절에는 "산 너머 마을 지날 때"가 아니고 "바닷가 마을 지날 때"로 되어 있는데, 이해할 수 없는 완도군청과 직원의 행정처리 때문에, 보길도를 오가면서 안 좋았던 바닷가의 기억이 떠올라 임의로 바꾸었음.

黄梅山　　　　　황매산

登黄梅下霳　　　등황매하렴
未躅面紅漸　　　미촉면홍점
貴待幱膽女　　　귀대주담녀
雲消曷不拎　　　운소갈불겸

황매산에 갔더니 주룩주룩 비만 내리고
얼굴이 철쭉보다 먼저 붉게 만드는
여인들의 따뜻한 대접에
내 어찌 글을 쓰지 않으리오.

韻(운): 霳. 漸. 拎. (平. 正格)

註)
黄梅山: 황매산. 산청군 소재의 높은 산. 철쭉이 유명함.
登: 오르다.
黄梅: 황매산. 黄은 富(부)를, 梅(매)는 貴를 뜻한다 함.
下: 내리다.
霳: 비가 지점 거리다. 여기서는 비가 내리다의 뜻.
未躅: 아직 철쭉꽃이 피지 못하다. 未는 아직 ~ 하지 못하다. 躅은 철쭉꽃.
艹밑에 躅자도 같은 뜻.
面: 얼굴.
紅漸: 붉게 물들다. 漸은 여러 뜻이 있으나 여기서는 물들다. 곧 여인들(생활
개선회원들)로부터 술대접을 받고 얼굴이 붉어짐.
貴待: 귀한 대접.

幨: 휘장. 곧 텐트를 말함.

孈女: 좋아하는 여인들. 또는 좋은 여인들. 孈은 평성으로 好의 뜻.

雲消: 구름처럼 사라지다. 하잘 것 없는 글과 내가 비구름처럼 사라진다 한들. 곧 순간이 지나가면 기억에서 잊힌다 하더라도. 雲은 나(호)를 지칭하는 難雲(규운)을 말함.

曷不: 어찌 ~ 하지 아니하다.

抍: 적다(記 기). 기록하다.

* *

아랫마을 지인을 따라 黃梅山(황매산) 철쭉꽃 축제에 갔다.

내리는 비에 산은 오르지 못하고 차황면 "생활개선회원"들이 운영하는 코너에서 따뜻하며 진한 대추차를 마셨다. 회원들과 이런저런 얘기를 재미있게 나누다 점심때가 되어 일어서려고 하니, 김남순 회장과 총무 그리고 이혜옥 씨가 점심을 같이하자고 권하면서 김밥과 컵라면을 내놓는다. 간편식일지라도 술이 있으면 비 오는 날 황매산의 운치와 회원들의 따뜻함이 흥을 돋워 줄 듯싶어서 찾았더니, 옆 가게에서 사다 준다. 김밥과 라면 국물, 그리고 육포와 하몽 등의 고기 안주에 반주를 하였더니, 환대에 대한 上氣(상기) 탓일까 아직 다 피지 못한 황매산의 철쭉보다 내 얼굴이 먼저 붉게 피어난다.

잘 썼거나 못 썼거나 詩(시) 한 수는, 주변의 친절함과 후한 인심에 대한 오늘의 흥취다.

2019년 4월 29일

離巢　　　　　　　이소

傾 秋 蕭 孰 知　　경추소숙지
蟋 蟪 夜 庭 斐　　실록야정비
不 馥 睨 花 返　　불복이화반
孤 觚 對 月 咨　　고고대월자

깊어가는 가을 쓸쓸함에
귀뚜라미, 쓰르라미 우는 뜰만 서성인다
멀리서 꽃만 바라보다 돌아와선
홀로 잔을 기울이며 달만 쳐다보고 있네

149

韻(운): 知. 斐. 咨. (平. 正格)

註)
離巢: 둥지를 떠나다. 여기서는 독거노인들의 모임인 離巢會(이소회)를 말함.
산청군에서 시범적으로 운영함.
傾秋: 기우는 가을. 곧 가을이 깊어가다.
蕭: 쓸쓸하다.
孰知: 누가 알랴? 孰은 누구.
蟋蟪: 귀뚜라미와 쓰르라미.
夜: 밤.
庭: 뜰.
斐: 오락가락하다. 곧 서성이다.
不馥: 향기를 맡지 못하다. 馥은 香(향기)의 뜻으로 여기서는 향기를 맡다.
睨花: 꽃을 물끄러미 바라보다. 睨는 물끄러미 보다의 뜻.

返: 돌아오다.

孤: 외로이. 홀로.

觚: 술잔.

對月: 달을 대하다.

咎: 탄식하다. 한숨을 쉬다.

＊＊

보다 가을을 사랑한다고 생각하고 있는데 돌아오는 가을마다 느끼는 一般(일반)의 감정보다, 한해 한해 다르게 다가오는 쓸쓸함에 더해 초라해지는 것은 또 어떻게 받아들여야 하나!

가을이면 日常(일상)의 圓熟(원숙)에서 오는 것처럼 향기와 멋도 있으면 좋으련만, 도리어 많아지는 눈곱과 빠지고 하얗게 센 머리털만큼 사라지고 가물가물해진 기억들을 생각하면, 꽁지 빠진 닭처럼 醜陋(추루)해진 모습에 새삼스러워할 필요가 없을 것 같다.

오늘 離巢(이소) 모임에서 강사들의 지도에 따라 수업에 충실했어야 하나, 그림에 젬병인 나로서는 꽃을 그리는 것이 정말 어려웠다. 강사들이 제시해준 꽃 그림이라도 模寫(모사)를 하려고 했으나 그마저 여의치 않았다. 글이라도 써본다는 것이 그 또한 깜깜하게 막혀버려서 한참을 생각만 하다 돌아왔다.

가을이면 그 계절의 품에서 향기를 발산하는 저마다의 청초한 꽃들을 만나볼 수 있어 좋다. 그러나 이제는 그 꽃들의 향기에 묻어 있는 이야기를 듣는다는 것은 점점 어려워질 것이다.

내 인생의 가을이 깊어질수록 쇠퇴하는 五感(오감)으로 그들을 만난다 한들 뭐라 표현할 수 없을 것 같아서다. 그 향기의 歷史(역사)에 대해서.

2019년 9월 18일

寓山淸   우산청

昨 天 設 酒 宴	작천설주연
轉 入 者 歡 迎	전입자환영
草 芥 鄰 情 款	초개린정관
幽 棲 有 感 成	유서유감성

어제 베풀어준 술자리는
전입자를 환영함인데
별 볼 일 없는 자에 대한 이웃의 따뜻함은
객지에서 거듭 느끼는 감사함이다.

韻(운): 迎. 成. (平. 變格)

註)
寓山淸: 산청에 우거하다. 寓는 잠시 머무르다. 붙어살다.
昨天: 어제.
設: 베풀다.
酒宴: 술자리. 주민등록을 이전한 날 마련한 술자리. 주인과 이웃들이 전입을 환영하는 의미로 아침에 읍사무소에 다녀온 뒤로 바로 자리를 만듦.
轉入者: 전입한 자.
歡迎: 환영하다.
草芥: 풀과 지푸라기(짚 검불). 곧 아무 쓸모 없다는 뜻. 芥는 겨자의 뜻도 있음.
鄰: 이웃.
情款: 따뜻한 마음. 국어사전은 두터운 情誼(정의: 서로 사귀어 친하여 진 정)

로 표현.

幽棲: 외지고 깊숙한 곳. 산골 객지를 말함.

有感: 감정(감사함)이 있음.

成: 거듭, 重(중)의 뜻. 이루다는 뜻 외에 다른 뜻도 있음.

＊＊

모페트의 목사님과 펜션 김대환 사장님 덕분에 만나게 된 집주인의 환영회에 함께했던 소회.

2019년 8월 28일 산청에서

茗坊于江　　　명방우강

茗 坊 施 宴 會　　명방시연회
不 見 天 鶬 黥　　불현천창방
响 樂 熊 峰 至　　향악웅봉지
都 培 懷 滿 腔　　도배회만강

강 카페에서의 연회

새도 날지 않는 어두운 밤

노랫소리 웅석봉에 한껏 울릴 때

홀로 추억에 잠기는 외로운 나그네

153

韻(운): 黥. 腔. (平. 變格)

註)

茗坊: 차를 파는 곳. 카페.

于: ~에서.

江: 강. 강이라는 이름의 카페 산청에 있음.

茗坊: 카페에서.

施: 베풀다.

宴會: 연회. 잔치.

不見: 드러나지 않다. 보이지 않다. 見은 드러나다.

天鶬: 하늘을 나는 왜가리. 鶬은 鴰(괄)과 뜻이 같음.

黥: 검다. 곧 어두워서 캄캄해짐.

响樂: 진동하는 음악(노래). 响은 振動(진동)하다.

熊峰: 산청의 熊石峰(웅석봉)을 말함.

至: 이르다.

都培: 모두 더하다. 모두 흥이 더하면 더할수록. 都는 모두. 培는 더하다. 북돋다의 뜻도 있음.

懷: 회포 또는 感懷(감회: 지난 일을 생각하며 느끼는 懷抱회포).

滿腔: 가슴속에 가득 참. 滿은 차다. 腔은 속이 비다. 뼈대. 노래곡조 등의 뜻이 있음.

2020년 6월 6일

4

가족

我	아

自古沙門尋我遐	자고사문심아하
近開我館展蔥花	근개아관전총화
衆生毋去卍行道	중생무거만행도
穢網與葩何喫茶	예망여파하끽다

옛날부터 스님들은 나를 찾아 떠나는데
"아-나를 만나는 곳"이라는 카페에서 개업하고 꽃
그림을 전시하니
중생이여 만행의 길을 떠나지 말고
"아" 갤러리에서 연꽃을 보며 차를 마심이 어떠하오?

韻(운): 遐. 花. 茶. (仄. 變格)

註)
我: "아" 갤러리 카페.
自古: 옛날부터.
沙門: 절의 수행하는 스님들.
尋我: 나를 찾아서.
遐: 멀다. 곧 멀리 떠나다.
近開: 근래에 문을 열다.
我館: "我"라고 하는 갤러리 카페. 館(관): 미술관, 갤러리 카페.
展: 전시.
蔥花: 파꽃.

眾生: 중생, 어리석은 이, 또는 깨닫지 못한 자.

毋去: 가지 말라. 毋는 금지사.

卍行道: 만행의 길. 萬行(만행: 여러 곳을 두루 돌아다니면서 닦는 온갖 수행)의 길.

穢網(예망): 더러운 그물-속세. 穢는 더러움 또는 먼지. 塵網(진망)의 뜻.

도연명의 誤落塵網中 一去三十年(오락진망중 일거삼십년): 속세의 더러운 가운데 잘못 떨어져 삼십 년이 훌쩍 지나 버렸다는 글에서 힌트를 얻었음.

與葩(파): 꽃과 더불어.

何喫茶(하끽다): 차를 마심이 어떠한가?

* *

올여름 날씨가 기록적으로 맹위를 떨친다.

생후 처음이라 무어라 비교할 수 없을 정도로 더~웁~다.

옛날에는 30도만 넘으면, 군대에서도 훈련을 자제했던 것 같은데 하는 기억을 떠올리면서, 늦은 저녁을 먹고 더위도 더위지만, 둘째의 공부에 방해가 될까 봐 TV를 켜지 못하고 큰애와 함께 동네 산책을 하기로 했다.

주말이라 집에 쉬러 온 애지만 나를 따라 이리저리 걷다가, 새로이 생긴 "我-나를 만나는 곳"이라고 하는 갤러리 카페에 들어가, 차를 마시면서 피서를 하기로 했다.

동네 일대의 상가가, 주로 먹거리 위주로 젊은이들을 상대로 하는지라, 커피 전문점이라 할지라도 조용히 얘기하며 쉴만한 곳이 마뜩하지 않았었는데, 갤러리라고 씌었기에 들어가 보니, 父子(父母와 子息) 간에 차를 마시기에 분위기가 제격이었다.

얼마 전 개관 작품(?)으로 파꽃을 전시한다기에, 낮에 보러 왔다가 문이 닫혀 있어 되돌아왔는데, 공교롭게도 주인이 일 보러 잠깐 다녀오느라 문을 잠가 놓았던 모양이었다.

비록 전시 기간이 경과 하여 작가와 작품을 다 보지는 못하지만, 아쉬운

대로 남은 몇 점을 감상할 수가 있었다. 더욱이 입구에는 "나를 만날 수 있는 곳"이라는 글귀가 적혀있어 여느 카페와는 다른 의미를 전한다.

출가 수행자는 아니지만, 틈만 나면 멀리 떠나 업을 씻어 보려는 무책임한 생각을 하는 내게, 어리석은 짓 하지 말라는 警句(경구)로, 우연이지만 순간 염화시중의 연꽃을 연상하게 한다. 장사하는 사람의 상투(常套: 늘 써서 버릇이 되다시피 한 것)적인, 상투어(商投語: 장사를 목적으로 손님을 끌어들이기 위해 하는 말)일지 몰라도 제 발 저린 격으로 뜨끔하다.

이 글을 보았다면 원효도 해골의 물은 아니라 하더라도, 이곳에서 차 한 잔쯤은 마시지 않았을까?

큰애와 나는 이렇듯 한가히 차를 마시며 추억을 만들었지만, 집에 있을 마누라를 생각하니 미안함을 넘어 여러모로 마음이 아프다. 사업마다 실패한 나를 대신하여, 직장에서 고생하였으니 모처럼의 휴가엔 남들처럼 쉬어야 하는데, 그러질 못하고, 媤母(시모)를 모시느라 더위와 싸우며 고생하는데도, 남들처럼 쉽게 여행 한번 하자고 말을 하거나 시켜주지 못했으니, 그동안 쌓인 스트레스가 혹여 건강을 해치지나 않을까 염려스럽다. 가끔 몸이 예전 같지 않다는 말도 하더니만, 방학 기간에 잠시 집에 내려와 건강을 추스르는 둘째에게는, 매끼 식단을 달리해 대령하면서 땀을 흘릴 때마다, 지겨움과 고통이 수반 될 텐데도 군소리 하나 안 하고 정작 나에게는 투정이다.

4년 가까이 기숙사 생활만 하느라, 따뜻한 밥을 제대로 먹지 못해 영양 상태가 좋지 못한 것에 대한, 미안함과 애잔함이 어미의 감내(堪耐)로 고스란히 이어졌으리라.

올여름의 별난 혹서(酷暑)에도, 가사(家事)로 종종걸음을 하면서 하는 헌신의 감내 마저, 무더위에 점점 더 지쳐가는 모습을 보니 안타까울 노릇이다. 그렇다고 빠듯한 살림살이에, 종일 에어컨만 틀고 살 수 없는 노릇이니 어서 빨리 더위가 물러가 주기만 바랄 뿐이다.

158

다음날, 그런 마누라를 뒤로한 채, 속세의 玉보다 藍田朝露(남전조로: 쪽에 맺혀 있는 아침 이슬)의 玉과, 또 다른 玉이 부서져 굴러가는 소리(玉碎珠送聲: 옥쇄주송성)를 좋아했던, 寒士(가난한 선비)를 만나러 명옥헌에 왔다가 백일홍 꽃마저 불타고 있는 뙤약볕 아래에서, 바람을 일으켜 보려고 부지런히 扇動(선동: 부채질)하고 있다.

2012년 8월 7일

梅而鼺
─于環碧堂

매이혼
─우환벽당

遠 山 紅 染 翠 微 賓   원산홍염취미빈
階 下 留 梅 芬 轉 頻   계하류매분전빈
躍 上 瓦 墙 鼺 頜 腫   약상와장혼합종
外 艱 哀 咽 葉 如 洵   외간애열엽여순

무등산의 단풍은 아래로, 아래로 향하고
뜰의 매화 잎은 바람에 어지러이 구른다
담장 위를 오가는 다람쥐는 겨울을 준비하는데
상을 당한 자식들은 눈물만 흩뿌린다

韻(운): 賓. 頻. 洵. (平. 變格)

註)

梅而鼺: 매화나무와 다람쥐.

于環碧堂: 환벽당에서.

遠山: 멀리 보이는 산. 환벽당에서 바라본 무등산.

紅染: 붉게 물들다. 단풍 들다.

翠微: 산 정상에서 조금 내려온 곳. 팔부능선.

賓: 인도하다. 단풍을 아래로 인도함. 손님의 뜻도 있음.

階下: 섬돌 아래. 곧 뜰.

留梅: 환벽당 뜰에 있는 매화. 留(류)를 쓴 이유는 이생에 머물러 있는 자식들을 표현하고자 해서 썼음.

梅: 상을 당한 상제의 슬픈 얼굴을 형용. 매화나무 뜻도 있음.

芬: 어지러이.

轉: 뒹굴다. 구르다.

頻: 자주. 바람이 불 때마다. 芬轉頻은 바람에 어지러이 구르다. 조문객을 맞을 때마다 눈물을 흘리며 통곡하는 상제들을 연상함.

躍: 뛰다.

上: 위로.

瓦墻: 기와로 위를 덮은 담장. 환벽당의 담장.

鼺: 다람쥐.

頷: 볼.

腫: 붓다. 볼이 부풀어 오르다.

外艱: 부친상.

哀咽: 목이 메어 우는 울음.

葉如: 날리는 잎과 같이 어지러이 구르다.

洵: 눈물 흘리다. 본뜻은 소리 없이 눈물 흘리다.

* *

아침 10시가 조금 지나서였다. 도시락을 챙겨서 환벽당으로 가고 있는데 내자(內子)가 처제로부터, 사돈이 별세하셨다는 연락을 받았다고 나에게 전한다. 그러면서 처제가 학교에서 소식을 듣고 울면서 병원으로 가고 있단다. 초등 교사로 근무하기 때문에 토요일에 시아버지가 입원한 수원의 병원에 가서 병간호하다 일요일 밤늦게 내려왔는데, 월요일 출근 하자마자 부음을 접하였으니 큰며느리로서 너무나 당혹스러웠을 것이 틀림없었다.

저녁에 처남의 생일을 축하하는 식사 약속이 있으니 그때에 동서들과 문상에 대해서 논의하기로 하고, 환벽당에 앉아 주변을 둘러보니, 청명한 가을바람에 나뭇잎들이 흔들리며 더러는 쓸쓸한 이별을 준비하고 있다.

19년 전, 집에서 투병하시던 先親(선친)이 돌아가시기 전, 보름 이상을 혼수상태로 계시면서도 아주 잠깐 정신을 차리곤 하시었다.

그날도 여느 때와 같이 혼수상태로 계셨으나 학교에 출근하려는 집사람을 태워다 주려고, 아버님에게 "저 학교에 데려다주고 오겠습니다."라고 말씀드렸더니, 이내 깨시더니 "오늘 출근 안 하면 안 되냐" 하신다. 또 다른 볼일도 있다고 말씀 여쭈었더니 그날따라 못내 못내 서운해하셨다.

집사람을 학교에 내려주고 약속장소에 갔었으나, 일정이 연기되어서 바로 돌아왔더니 내자가 먼저 와서 서럽게 울고 있었다. 학교에 도착하자마자 돌아가셨다는 전화를 받았단다.

그리 서운해하셨던 이유는, 당신이 마지막 가시는 길에 못난 막내아들과 착한 며느리의 손을 꼭 잡아주고 싶으셨기 때문이었다는 걸 뒤늦게 깨달으니 기가 막히었다.

가시밭길 같은 내 형편과 직장의 특성상 학생들의 수업에 빠지기가 쉬운 일은 아니어서 그리 말씀드렸던 것이었는데, 세월이 지나면서 임종을 지켜드리지 못한 죄책감에 두고두고 가슴이 아리었다.

오늘 처제도 병간호하다가 어쩔 수 없는 수업 때문에 내려와 학교에 출근하자마자 부음을 접했으니, 그 심정이야 오죽하였을까? 가신 분이 사랑스러운 큰며느리의 손을 잡아보지 못한 커다란 아쉬움은 그렇다 치더라도, 또 한편으론 처제 입장에서는 나와 집사람처럼 두고두고 가슴이 아릴 일이다.

사돈의 부고를 듣고서 환벽당에 앉아 과거를 회상하며 뜰 앞을 보니, 매화나무 잎이 바람에 떨어져 이리저리 뒹굴고, 멀리 보이는 무등산의 단풍은 며칠 사이에 팔부능선을 지나 아래로, 아래로 가을을 재촉하고 있을 때, 다람쥐는 담장 위를 바삐 왔다 갔다 하며 겨우내 가족들과 함께 지낼 먹이를 운반하느라, 양 볼이 부풀어 올라 미어터질 것처럼 보인다.

그러면서도 마루에 걸터앉아 물끄러미 응시하는 나를 보더니, 잔뜩 두려워 멈칫멈칫하다가도 제 딴에는 요령을 부리며 잘도 왔다 갔다 한다. 아마 나를 자기에게 위해를 가하려는 적으로 여기고 심하게 경계하는 눈빛이 역력하다. 가신 분은 가신 분이지만 산자의 삶은 이처럼 치열(時跋: 가시밭길을 걷는 것처럼 조심조심하는 것) 해야 하는가 싶어 묘한 감상에 젖게 하는 것이었다.

오늘의 처제는 과거의 나와 집사람 심정과 같을 거라 생각하며 조문의 글을 적어본다.
삼가 고인의 명복을 빌며.

2012년 10월 15일

古典音樂
東西古典音樂發表會

고전음악
동서고전음악발표회

雪山音樂何由良	설산음악하유량
念願懇求兮繞梁	염원간구혜요량
無限響聲祈折曲	무한향성기절곡
有頃瀉澄震濂瀅	유경사일진강당

저 설산의 음악은 어느 깊은 곳에서 유래되었는가?
염원하고 간구함이여! 요량하도다
한없이 울리는 소리는 천애(天涯)의 골짜기마다에
올리는 기양(祈禳)이려니
쏟아지는 박수는 빈 골짜기(濂瀅 강당)에 우뢰와 같이
흘러내리는 눈사태로구나

164

韻(운): 良. 梁. 瀅. (平. 變格)

註)
雪山: 티벳과 몽고의 눈 덮인 高山.
何由: 어디(어느 곳)에서 유래 되었는가?
良: 어질다. 착하다 등의 뜻이 있으나 여기선 깊다(深)의 뜻.
念願: 간절히 기원함.
懇求: 간절히 구함.
兮: 어조사.
繞梁: 노랫소리가 뛰어나게 아름답고 음률의 고 저가 교묘함.

無限: 한없이. 끝없이.

響聲: 소리가 울리다. 響은 악기라는 뜻도 있음. 산굽이굽이 골짜기마다 울리는 메아리.

祈: 빌다(祈). 곧 祈禳(기양: 신명에게 비는 축원)

折曲: 깎아지른 절벽과 깊은 골짜기. 히말라야의 웅장함을 상상함.

有頃: 잠시 후.

瀉澺: 쏟아지는 눈사태. 澺(일)은 흐르다(流) 뜻.

震: 우레.

㵳澋: 빈 골짜기(空谷). 천애의 깊은 골짜기. 㵳은 비다. 澋은 골짜기. 여기서는 높은 산에서 골짜기로 우레와 같이 쏟아지는 눈사태를 연상하여 박수 소리가 대강당(大講堂)에 울려 퍼짐을 표현함.

* *

토요일(11월 10일), 큰애와 문화예술회관으로 광주시향의 정기 공연을 보러 갔다. 전에 구자범이 지휘자로 있을 때는 서울에 있는 둘째와도 두어 번 갔었지만, 지휘자가 바뀌고 난 뒤로는 처음이다. 클래식에 대한 이해도가 떨어진 나로서는 가고 싶지 않았는데, 둘째가 좋아하는 피아노협주곡이라며 적극 권유하기에 따라나섰다.

안내 책자에 소개한 시향의 상임지휘자는 크리스티안 루드비히였고 피아노 연주는 알렉세이 볼로딘이었다.

큰애는 대학 시절 오케스트라의 악장을 했던 경험을 살려 선후배들과 교향악단을 조직하여 초등 교사들끼리 금호문화예술회관에서 얼마 전 연주회를 가졌었던 터라, 어지간한 곡들에 대해서 잘 알고 있을 뿐만 아니라, 서양 클래식을 좋아하는데 음악에 대한 이해도가 남들보다 떨어지고 무관심한 내가 지루해 할까봐 오늘 연주할 곡들에 대해서 자세하게 설명을 해준다. 그렇지만 나는 그러한 해설에 대해서 그다지 완전한 이해보다는 그저 오케스트라의 웅장한 연주와 지휘에 더 관심을 가지려 하였다.

작년에, 둘째가 쿠코(KUCO: Korea United College Orchestra 한국 대학생 연

합 오케스트라)에 바이올린으로 참여했던 첫 번째의 연주회에, 上京하여 응원하는 부모의 정성을 보여주러 갔다가 받았던 감동 때문이었는데, 처음 가본 예술의전당 대극장에서, 금난새 선생이 지휘하는 공연을 접한 순간, 아! 라는 탄성과 함께 받았던 오케스트라와 클래식에 대한 인상이 너무 강하게 와 닿았기도 하였지만, 쉽고 재미있는 곡 해설과 순수 대학생들로 구성된 아마추어(음악 전공이 아닌 학생들로 구성)를 데리고, 어쩜 이렇게도 훌륭하게 교향곡을 연주하게 할 수 있을까 하는 생각에, 지휘자를 이전과 달리 보게 하는 계기가 있었기 때문이기도 하다.

아무튼 그날 받았던 감명과 희열은 명불허전(名不虛傳)이라는 단어를 실감케 하였었다.

그리고 얼마 전 10월의 마지막 밤에, 문예회관 대극장에서 김광복 전남대 국악과 교수의 "예술인생 50년" 기념공연에, 평소 교유(交遊)하며 지내던 후배가 출연한다기에 관람하러 갔다가, 찬조 출연한 "아시아민속음악단"의 티베트(히말라야의 신을 부르는 소리)와 몽골의 전통 소리를 듣고선, 또 다른 고전음악의 신비감에 매료되어 나도 모르게 몰입하고 있었다는 걸, 여운이 끊어지고 다른 연주가 시작된 후에야 알게 되었다. 그때 가슴으로 찡하게 다가왔던 색다른 음악의, 장엄하면서도 간절한 希求(희구)의 울림소리(響音)를 몇 줄의 글로 꼭 표현해보고 싶었으나 淺薄(천박)한 학식으로는 力不足(欲進而不能: 하고자 하나 할 수 없음)이어서 두 구절(二句)만 적고 말았다.

혹여 공연이 끝난 뒤, 누군가와 술이라도 한잔하면서 10월의 마지막 밤을, 그 영혼이 담긴 울림을 反芻(반추)했었더라면 모를 일이었지만, 후배와의 뒤풀이도 사양하고 돌아오는 버스 안에서, 내내 궁리만 하다 끝내 얽힌 여러 가지 생각의 실마리를 풀지 못하고 말았다.

그러다 만난 것이 라흐마니노프의 "피아노 협주곡 3번"이며 알렉세이 볼로딘이었다. 둘째가 좋아하는 곡이라니까 좋긴 좋을 테지 하는 생각도 했지만, 첼로 차석인 후성군의 말이 리허설 때 보니 알렉세이 볼로딘이 정말 피아노를 잘 친다고 했다고, 공연 전에 만났던 얘기를 하며 큰애가 엄지를 치켜세웠다. 보통의 연주자들은 손가락이 짧아서 엄두도 못 내는 곡이니 가까운 좌석에서 손놀림을 봐야 한단다.

연주가 시작되어도 처음엔 별 감흥이 없었으나, 후반부로 갈수록 강렬하면서도 정교한 테크닉이 보여준 소리는, 웅장한 설산의 힘을 느끼게 할 뿐만 아니라, 인간의 나약함에 경고라도 하듯이 폭풍이 몰아치기도 하고, 맑게 갠 하늘인데도 쏟아지는 거대한 눈사태를 연상하게 하는 것이, 자연의 거대함에 압도되어 옴짝달싹 못 하고 서 있는 나의 온몸을 덮쳐서, 그 속에 묻힌 채 구도의 길을 걷다가 묻혀버린 산악인들처럼, 히말라야의 고산을 떠도는 孤魂(고혼)이 되어 버릴 것만 같았다.

라흐마니노프는 어디에서 어떻게 무슨 靈感(영감)을 받아서, 이와 같이 아무나 범접할 수 없는 곡을 썼을까 하는 의구심도 갖게 하지만, 저절로 경탄을 자아내게 하는 곡이었다. 마치 저 웅장하면서도 변화무궁의 설산 앞에 선 나약하고 무능한 인간의, 無限한 懇求(간구)를 끝내 허락하지 않을 듯한 분노의 표현이요, 또 맑게 갠 날 어쩌면 정복을 쉬이 허락할 것만 같은 모습으로 다가오기도 하는 라흐마니노프는, 도대체 어떤 엄격한 내면을 보여주기 위해, 바랑을 매고 구도의 길을 걸으며 자신을 초월하고자 했었단 말인가?

그리고 저 "아시아민속음악단"이 보여준 히말라야의 신을 부르는 소리와 사전에 교감이라도 있었다는 것인가, 아니면 本性(본성)의 울림에서 오는, 畏敬(외경: 공경하면서 두려워 함)의 發現(발현)이 우연히도 符合(부합)된 느낌인가?

異曲同工(이곡동공: 연주하는 곡은 다르나 그 훌륭한 점은 같음)의 神妙(신묘)함이, 내게는 참으로 驚畏(경외: 놀랍고 두려워할 만한)의 닮음이었다.

平素 딱딱한 느낌의 건반악기보다는 부드러운 현악기 音을 듣기를 좋아한다. 젊어서는 술을 먹고 집에 들어왔을 때, 큰애와 둘째가 어려서 바이올린을 연습하고 있으면 듣기 싫어서 깽깽이-fiddler라고 놀리며, 동백 아가씨

167

도 연주할 줄 모른다고 구박하였을 정도로 무식하였으나 애들의 향상된 실력을 보고 어느 순간 좋아하게 되었다.

그날 알렉세이 볼로딘의 신기에 가까운 손놀림과 변화무쌍한 음을 들어보고는, 피아노 연주에 대한 인식이 확 바뀌어 버렸을 뿐만 아니라, 마무리라고 하기에는 초라한 글(초라하더라도 중국의 가도라는 시인이 二句를 3년 만에 얻고 눈물을 흘린 것 보다는 낫다는 생각도 감히 해봄)이나 나머지 두 구절을 얻는 소중함도 있었다.

마무리의 감동은, 순간 얼음장처럼 굳는 느낌이었다고나 해야 할까, 아니면 너무 뜨거운 열정으로 다가온 나머지 심장을 순간적으로 멎게 한 것이었다고 표현해야 옳을까?

비록 시차는 있지만, 받았던 감동과 매료에 대한 두 공연에 대해서, 몇 줄의 글로 표현하기가 너무나 부끄럽지만 나름 後記 해본다.

하찮은 내 자신을 돌아본 탓이었을까, 자연 앞에 더욱 미미한 존재의 표시로, 일요일부터 감기 기운으로 콧물만 줄줄 흘리고 있다.

베란다 아래, 뜰의 은목서는 삭풍에도 두 번째의 하얀 꽃을 눈부시게 피우고 있건만.

2012년 11월 13일

別離王者

별리왕자

令 余 別 淚 雨 同 埋	령여별루우동매
十 七 過 年 苦 樂 偕	십칠과년고락해
始 發 娛 迎 如 昨 日	시발오영여작일
雖 今 告 仳 汝 常 懷	수금고비여상회

눈물로 이별할 제 하늘도 내 마음 아는가?
그대와 고락을 함께 한 지도 십칠여 년이 지났도다
처음 만나 기뻐하던 것이 어제 같은데
그대 가더라도 항상 잊지 않으리라!

韻(운): 埋. 偕. 懷. (平. 正格)

註)
別離王者: 왕자와 이별하다. 애마(愛馬)인 프린스(Prince) 승용차를 말함.
令余: 나로 하여금. 令 ~로 하여금.
別淚: 이별(離別)의 눈물. 곧 눈물로 이별하다.
雨同: 비도 함께 하다. 하늘도 마음을 아는지 눈물을 흘리다.
埋: 묻다. 곧 장사 지내다.
十七過年: 17년이 지나는 동안.
苦樂: 고통과 즐거움, 괴로움과 기쁨. 곧 희로애락.
偕: 함께하다.
始發: 처음 출발하다.
娛迎: 기쁨으로 맞이하다. 娛는 즐겁다는 뜻도 있음.
如昨日: 어제와 같다. 昨日은 어제.

雖今: 비록 이제. 雖는 비록 ~일지라도.
告仳: 이별을 고하다. 仳는 이별(離別).
汝: 너.
常懷: 항상 품다. 늘 생각하다.

* *

오늘,
오랫동안 생사고락을 함께 해왔던 愛馬인 프린스(Prince-왕자)를 폐차장으로 보내야만 했었다.

1996년 봄에 만나 호흡을 함께하는 동안 말썽 한번 안 부리고 충직하였었는데, 그제 갑자기 심장이 멈추고 고열에 복통이 심하기에, 병원으로 긴급 후송하여 응급조치로 고비를 넘겼으나 시름시름 앓는 모습이 병이 중한 듯하였다. 진찰하여 완치시켜 보려고 종합병원(대우자동차 서비스)에 입원하였으나 중병이란다. 회생하기에는 많은 부담이 소요된다는데, 그대도 알다시피 내 처지가 딱한 형편이라, 끝내 회생시키지 못하고 생이별해야 하는 마음은 못내 아쉽고 서럽기만 하다.

장례 절차를 모르는 나로선, 그대를 봉선동 "T 스테이션"에 맡기고 돌아서는 발걸음이 무거워 떨어지지 않으려는데, 눈물이 앞을 가리듯 하늘마저 부슬비로 내 서글픔을 달래주려 한다.

아! 슬프도다. 비록 말 못 하는 그대였지만 한 번도 뜻을 거역하지 않고 희로애락을 같이 했었으니 그 고마움을 얘기한들 무엇하리. 내 비록 비루한 신세이나 몇 자 적어 그대를 오래오래 기억하고자 한다.

고맙다. 잘 가시라!

2013년 1월 24일

光陰　　　　　광음

蚭 嘹 怊 夏 去　　예제초하거
乍 顯 蜓 閒 飛　　사현정한비
兩 物 斜 來 往　　양물사래왕
昨 今 不 覺 微　　작금불각미

말매미 가는 여름 서글퍼 울어 대는데
가을을 반기는 고추잠자리 한가로이 날고 있다
두 미물이 함께 어우러지는 사이
나도 모르게 늙어가누나

韻(운): 飛. 微. (平. 變格)

註)
蚭: 말매미.
嘹: 부르짖어 울다.
怊: 원망하며 섭섭해하는 모양. 슬퍼하다.
夏去: 여름이 가다.
乍: 잠깐 사이.
顯: 나타나다.
蜓: 고추잠자리.
閒飛: 한가하게 날다.
兩物: 두 미물(微物), 매미와 고추잠자리.
斜: 빗기다. 곧 비껴 가다.
來往: 오고 감. 고추잠자리와 매미. 가을과 여름.

昨今: 어제와 오늘. 곧 가는 세월.

不覺: 깨닫지 못하다. 미처 깨닫기 전에 세월이 흐름.

微: 작다. 여기서는 쇠(衰)하다. 곧 노쇠(老衰)

* *

　9월이 시작되는 화창하고 선선한 기운이 완연하게 느껴지는 일요일, 아침을 먹고 잠시 멍하니 베란다 밖을 보고 있노라니, 담장 곁의 오동나무에 앉은 말매미 서너 마리가 어찌나 시끄럽게 울어대는지, "고 녀석들 참!" 하면서 별생각 없이 밖을 응시하고 있었다.

　그러다 베란다 가까이 고추잠자리 7~8마리가 무리 지어 수평으로 왔다 갔다 하며 한가로이 날고 있는 모습이 눈에 들어온다. 처음엔 별생각이 없었으나 그 모양을 한참 바라보다 보니 하찮은 미물들이지만, 한편에서는 가는 여름이 너무나 서글퍼 울부짖는 모습으로 연상되고, 또 다른 한편은 선선한 기운을 만끽하려고, 동무들이나 아님 가족들과 소풍을 나온 것처럼 너무나 여유롭고 한가로워 보여서, 매미와 고추잠자리의 대비가 묘한 감상에 젖게 하였다. 이런저런 생각 끝에, 마음이 動(동)하여 感想(감상)을 몇 자 옮겨 보려 하였으나, 그마저 상황이 여의치 않아 그만두고 말았다.

　며칠 만에 집에 돌아와서 해야 할 일이 많으나, 미루고서라도 써 보고픈 맘이었는데, 때마침 외출을 해야 할 일이 생겼다고 가만히 있지 말고 함께 가자며 서둘러 달라는 孺子(유자: 집사람)의 재촉이, 모처럼의 "멍 때림(아이들 표현임)"을 방해하기도 하였지만, 우둔한 머리로 어떻게든 그 느낌을 놓치지 않으려고 애써보고 노력도 해보아도 그간 무뎌진 감각과 희미해져 가는 기억력으로는 어림없을 것 같아서 쉽게 포기해버린 까닭이었다.

　그리고 종일 서서 고객을 상대로 말을 해야 하고 응대하는 일의 특성상 몸이 점점 축이 나고, 흔히 하는 말로 眞氣(진기)가 빠져나가는 느낌을 받을 정도로 힘들기도 하지만 워낙 게으른 탓으로, 잠깐이나마 짬을 내서 몇 자만이라도 글로 적어본다는 것이 쉽지 않았다.

172

일주일 후, 아침 늦게까지 잠을 푹 잔 뒤라 그런지 개운한 기분으로 베란다의 고운 햇살을 보니 상쾌함이 온몸으로 다가온다. 또 베란다 밖에는 말매미가 기력이 많이 衰(쇠)한 듯한 소리로 울어대고, 그 사이를 고추잠자리가 여전히 한가롭게 노닐고 있다.

여름 내내 40년 만이라는 무더위가 너무 싫어 짜증을 내며 더위와 씨름하고, 더욱이 열대야로 잠을 설치고 일어나서 아침부터 시끄럽게 울어댄 것을 볼 때면, 저 "말매미"는 "직박구리"가 안 잡아먹나 라고 하였던 때가 불과 며칠 전이었던 것 같은데, 이제는 목이 쉰 것처럼 소리를 내며 멀어져가는 듯, 점점 약해지는 매미 소리를 듣고 있으려니 애잔함과 더불어 나까지 서글퍼지려는 것은, 단순히 수그러진 매미의 울음소리 때문만이 아니라, 시간이 아니 세월이 매미 소리를 싣고서 고추잠자리의 날갯짓보다 더 빠르게 흘러가고 있었기 때문이다.

매미만 싣고 가는 것이 아니라, 바라보는 나도 그 사이에 실려서 떠나가고 있었다.

173

굳이 李白(이백)의 글귀 "夫天地者萬物之逆旅, 光陰者百代之過客, 而浮生若夢 爲歡幾何"(부천지자는만물지역려, 광음자백대지과객 이부생약몽 위환기하? 무릇 천지는 만물의 여관이요, 광음[세월]은 평생 지나가는 나그네이니 그 속에서 꿈같이 흘러가는 인생이 기뻐함이 그 얼마인가?)를 인용하지 않더라도 지나온 세월동안 이 땅에 의탁하여 살아온 날이 꿈인듯하다.

凡人不有趣, 跐之者誰何(범인불유기, 예지자수하) 누구나 세월을 벗어나 멀리 도망할 수 없으니, 그걸 초월하는 자 누구?

얼마나 즐거워하며 오래 살 수 있을까?

2013년 9월 8일

演奏會　　　　연주회

教 師 協 奏 曲　　　교사협주곡
今 日 周 郞 廻　　　금일주랑회
聞 器 聲 能 演　　　문기성능연
他 稱 非 惜 雷　　　타칭비석뢰

교사들의 오케스트라 연주회에
주랑이 살아 돌아온다 하더라도
아름다운 연주를 들으면
칭찬과 우뢰와 같은 박수를 아끼지 않으리라

174

韻(운): 廻. 雷. (平. 變格)

註)
敎師: 선생님.
協奏曲: 오케스트라 연주음악.
今日: 오늘.
周郞: 주유(周瑜)를 일컫는 말. 삼국시대 오나라의 명장으로 조조의 대군을
적벽에서 제갈량의 도움으로 물리친 장수. 음률에 조예가 깊음.
廻: 돌아옴. 살아 돌아옴을 말함.
聞: 듣다.
器聲: 樂器聲. 악기 연주 소리.
能演: 능숙한 연주.
他: 그 사람. 周郞(주랑)을 말함.
稱: 칭찬(稱讚)하다.

非惜: 아끼지 아니하다.
雷: 우레와 같은 박수 소리.

* *

　어제 10월 19일 저녁, 빛고을 시민 문화관에서 초등 교사들끼리 조직한 오케스트라 일명 "마에스트로 필하모닉 오케스트라"의 연주회가 있었다.
　큰애가 단원이라 연주회를 보고 격려하기 위해 집사람과 처가 식구들도 모여 함께 시민 문화관을 찾았다.

　음악을 전공한 선생님들이 아니지만 연주를 듣는 내내 아름다운 선율에 흠뻑 취하였다. 일주일에 한 번씩 방과 후 교육대학교에 모여서 열심히 호흡을 맞추더니, 이렇게도 좋은 화음을 이루었는가 싶을 정도다.
　설령, 삼국지에 나오는 음률에 조예가 깊은, 주유(주랑)가 듣거나 전문가들이 들으면 다소 기량 차이를 알 수 있을지언정, 나 같은 문외한에게는 선율도 선율이지만, 그 들의 젊음과 열정이 부러움의 대상이요 기쁨이다.
　교육 현장에서의 수고로움 속에서도 하고자 하는 열정이 없었더라면, 이런 멋진 밤을 찾아온 제자들과 지인들에게 선사할 수 있었을까 싶다. 감사함과 더불어 노고에 찬사를 보낸다.

　시월의 어느 멋진 밤을 안겨준 그들에게.

2013년 10월 20일

歸天　　　　　　　귀천

多 福 元 禧 所 得 嬬　　다복원희소득유
降 天 仙 女 媽 恩 輸　　강천선녀마은수
欻 然 棄 世 偕 痼 悵　　홀연기세해연창
三 際 嬰 孩 不 忘 驫　　삼제영해불망추

복중에 으뜸은 처복이라
선녀를 보내 주심은 장모님의 은혜인데
귀천하심에 유자들의 슬픔은 뼈 마디마디에 맺히니
부휵(俯畜)의 은혜 잊지 않겠습니다

韻(운): 嬬. 輸. 驫. (仄. 變格)

註)

多福: 많은 복.

元: 으뜸.

禧: 복(福). 평측을 맞추고 중복을 피하고자 禧(평성)를 씀.

所得: 얻는 바.

嬬: 아내, 곧 嬬子.

降天: 하늘에서 내려옴.

仙女: 선녀.

媽恩: 장모의 은혜. 媽는 엄마. 아이가 부르는 엄마(幼兒呼母). 한 번이라도 더 목소리를 듣고 싶어 애절하게 부르는 嬬子(유자)의 모습.

輸: 시집보내다. 보내다 외 여러 뜻.

欻然: 마침내.

棄世: 세상을 떠나심.

偕: 함께.

痌: 뼈마디가 저리다.

悵: 슬프다. 悲의 뜻.

三際: 전생 현생 후생. 三生과 같음. 곧 전생의 인연으로 금생을 함께 했으니 後生(來生)을 기약.

嬰孩: 딸과 아들.

不忘: 잊지 않다.

龐: 크다(大), 크나큰 은혜(俯畜之恩 부휵지은: 훌륭하게 기르고 가르쳐주신 것)를 말함.

장모님이 이제 하늘로 돌아가려 하신다. 십여 년 가까이 투병하다 이제 이 승에서의 인연의 끈을 놓으려 한다. 아니 놓지 않으려고 안간힘을 쓰시다 힘에 부쳐 할 수 없이 그 끈을 놓으시려나 보다.

곁에서 지켜보는 나를 가슴 찡하게 하는, "엄마" "엄마" "엄마"하고 애절하게 부르는 아내의 소리에, 겨우 힘겹게 孺子(유자)의 이름을 부르시더니 이내 말씀이 없으시다. 누구보다 총명하시고 의지력이 강한 분인데.

30년 동안 기르고 가르쳐서 짝 지워주고 가시는데 죄송하기도 하지만 정말 감사하다. 來生에서 갚을 수 있는 기회가 있었으면.

2014년 10월 14일 三壻

寓艼菴	우정암

軍 將 閭 谷 頽	군장려곡퇴
綠 樹 掉 梅 塠	록수도매퇴
寓 艼 菴 臻 暗	우정암진암
相 憐 夏 夜 堆	상련하야퇴

군장 이문 계곡의 사나운 바람에
나무는 춤을 추고 매실은 떨어지는데
잠시 머무는 초막에 어둠이 내리면
초하의 밤에 애틋함은 산이 되어라

韻(운): 頽. 塠. 堆. (平. 正格)

註)
寓艼菴: 艼菴(정암)이 조촐한 움막에서 우거하다. 寓는 寓居(우거)하다. 곧 남의 집에 임시로 사는 것을 말함. 艼菴은 필자의 또 다른 호. 艼은 조촐하게 꾸미다. 菴이 초가라는 뜻이므로 艼菴(정암)은 조촐한 초가.
軍將: 군장마을을 일컬음.
閭: 원래 里門(리문)으로 마을의 입구를 말하나, 내가 사는 동네가 이문(里門)마을 이어서, 閭를 전주(轉注)함.
谷: 골짜기, 군장과 이문마을의 계곡.
頽: 폭풍, 곧 사나운 바람. 어제저녁 태풍 노을의 영향으로 많은 비가 내리면서 수확기를 앞둔 매실이 다수 떨어졌으며, 오늘 낮까지 바람이 사나웠음.
綠樹: 푸른 나무. 곧 녹음이 짙어진 나무.
掉: 흔들리다, 곧 춤추다.

梅: 매실(梅實).

堭: 떨어지다.

寓彭菴: 우정암은 彭菴(정암)이 임시로 사는 집.

臻暗: 어둠에 이르면, 곧 밤이 되면.

相憐: 서로 애틋하게 생각함.

夏夜: 여름밤. 며칠 전 입하(立夏: 5월 6일)가 지났으므로 표현함.

堆: 쌓이다.

* *

"산골로 가는 것은 세상에 지는 것이 아니라 세상 같은 건 더러워서 버리는 것이다"라고 읊은 시인이 굳이 아니더라도,

밤하늘의 별과 달 계곡의 물소리와 자명종이 울리지 않아도 깨워주는 뭇 새들의 지저귐과 문만 열면 발(簾) 속으로 스며드는 숲의 푸르름, 눈앞에 선 바람의 장단에 넘실넘실 넘실거리는 나무들의 춤이 안주가 되고 반찬이 된다.

뉘라 내게 권할 손가! 이 여유를 느껴보지 못하고, 산골 생활을 걱정하며 못 잊는 아내를 생각하는 밤.

지나온 인생 퇴 퇴 퇴.

2015년 5월 12일

亦然不　　　　　역연부

何 時 怪 木 著 根 堂　　하시괴목착근당
環 碧 稱 呼 不 愜 傷　　환벽칭호불협상
易 主 古 亭 恭 老 莫　　역주고정공노막
通 家 趙 子 書 扁 彰　　통가조자서편창

或 然 爲 鄭 字 更 不　　혹연위정자경부
此 處 曾 前 受 訓 踉　　차처증전수훈장
怎 故 尋 墟 比 健 在　　즘고심허비건재
向 來 翆 句 非 空 尙　　향래목구비공상

언제부터 환벽당에 잡목이 자리 잡아
당호에 어울리지 않게 되었을까?
주인 바뀐 옛 정자에 공노는 없고
집안끼리 잘 아는 조 씨 자손 글 걸려 있는데

혹 정철을 위하여 글자를 바꾸지 않았을까?
이곳은 일찍이 무릎 꿇고 배운 곳인데
무슨 까닭으로 옛터를 찾고 서하당을 비교하였는가
곰곰 생각함이니 쓸데없는 말은 아니리라

韻(운): 堂. 傷. 彰. 踉. 尙. (仄. 變格)

註)

亦然不: 또한 그렇지 아니한가?

何時: 언제.

怪木: 괴이한 나무, 곧 느티나무 벚나무 등등.

著根: 뿌리 내리다.

堂: 환벽당.

環碧: 환벽당을 말함, 사방의 푸르른 산이 반지(고리)처럼 둘러있다는 뜻으로 신잠(申潛)이 당호(堂號)를 지었음.

稱呼: 이름, 곧 명칭을 부르다.

不愜: 뜻에 맞지 않다. 愜은 適意(적의: 뜻에 맞다는 뜻)

傷: 상하다. 곧 환벽당이라는 이름의 뜻에 맞지 않게 괴이한 잡목들이 정자 주위를 가려서 표현함.

易主: 바뀐 주인. 곧 주인이 바뀌다.

古亭: 옛 정자, 곧 환벽당.

恭老: 환벽당 주인이었던 金允悌(김윤제)의 字. 沙村(사촌)은 號(호). 沙村은 성병(평측)에 걸리기에 恭老를 썼음.

莫: 없다.

通家: 통하는 집안. 집안끼리 통하다.

趙子書: 조씨 집안 자손의 글.

扁彰: 편액(扁額)에 드러나 있는 글. 또는 정자에 걸려 있는 편액. 彰은 드러나다.

或然: 혹시 그러하다.

爲: 위하다.

鄭: 鄭澈.

字: 글자.

更: 고치다.

不: 아니 그런가?

或然 ~ 不: 혹시 그러지 아니한가?

此處: 이곳.

曾前: 일찍이 다녀가다.

受訓: 가르침을 받다.

跪: 무릎을 꿇다, 受訓跪은 무릎을 꿇고서 스승에게서 가르침을 받다.

怎故: 무슨 까닭으로.

尋墟: 옛터를 찾다.

比: 비교하다.

健在(건재): 건재하다. 곧 棲霞堂(서하당)은 건재하다는 趙子以(조자이?: 생몰연대 미상, 이름이 조자이인지, 아니면 조씨 집안의 자손으로서 삼가 적은 글인지 기록이 없으나 편액[扁額]에 趙子以謹稿라고 되어 있음)의 글에서 인용함. 참고: 以는 후치사로 ~으로서.

向來: 이제까지.

翆: 곰곰이 생각하다.

句: 글귀, 곧 시 구절.

非: 아니다.

空: 쓸데없이.

尙: 주장하다.

182

* *

환벽당(環璧堂)에 가면, 정자 모퉁이에 환벽당의 유래가 적힌 안내판이 있는데, 편액(扁額)으로 송시열(宋時烈)의 글씨와, 임억령(林億齡)과 조자이(趙子以)의 시가 걸려 있다고 적혀있다. 가끔 문화 탐방객들이나 해설사들이 와서는, 조자이(趙子以)의 시를 얘기하고 설명하는데, 지은이를 조자이로 설명할 게 아니라 "趙씨 집안의 자손"이라 해야 한다고 몇 번이나 말해주고 싶었으나 차마 못 하였다.

편액에 걸려 있는 시에, 通家小子悲吟地, 老木寒波無限心(통가소자비음지, 노목한파무한심)이라는 구절이 있는데, "서로 통하는 집안의 小子(자식 또는 자손이라는 의미의 어린 자식이라는 뜻으로 본인에 대한 겸칭) 환벽당에 와서 슬피 읊조리니, 노목(잎이 다 떨어진 나무)에 한파(찬바람)가 몰아칠 때 무한한(한없이 슬픈) 마음입니다."라는 뜻이니, 이때에 悲는 슬퍼하다는 뜻이므로 무엇 때문에 라고 하는 의문을 가질 수밖에 없는데, 다음에 오는 地의 글자가 장소라는 뜻이 있지만, 그보다는 "처지(處地)"의 뜻도 있으니 추측건대 당시의 주인이 바뀐 처지를 슬퍼하는 의미로 해석함이 타당하다고 보고, 이름을 밝히기는 어려우나(사연이 있을 거라고 추정), 서로 잘 아는 집안(조씨 집안)의 자손이 와서 읊은 시이기에 趙子以謹稿(조자이근고)라고 썼던 것이므로 이때는 "조씨 집안의 자손으로서 삼가 적었습니다."라는 뜻으로 해석해야 할 것이다.

왜냐하면 趙子以謹稿에서 "~으로서"라는 뜻을 가진 "以"를 빼면 "趙子謹稿"가 되는데, 옛날엔 趙子 할 때의 "子"는, 자기의 학문에 一家見(일가견)을 이룬 사람에게 붙이는 글자로, 班家(반가)에서는 함부로 쓰지 않았고 쓸 수도 없었기에, (예: 孔子, 孟子, 朱子 등등) 조씨 집안의 자손이라는 것을 나타내기 위해 후치사 "以"를 써서 趙子以謹稿라고 했다고 봄이 맞다. 만약 "以"를 빼고 "趙子謹稿"라 적는 것은 格(격)에 맞지 않으므로 詩 내용을 달리하여 "趙子 書"라고 했어야 하지 않을까 한다.

지은이(조씨 집안 자손)는 冒頭(모두)에서 "살던 곳(故墟)을 어디에서 찾을까(何處尋)?"라고 하며 "環璧亭空新易主, 棲霞堂在古猶今" "환벽정자는 쓸쓸한데 주인은 새로이 바뀌고 서하당은 예나 지금이나 같다"라고 읊으며 무엇을 말하고자 함이었을까? 어려서 지나가다 가르침을 받은 松江(송강: 鄭澈 정철)은 잠시 머물렀을 뿐이고, 틀림없이 환벽당의 옛 주인은 恭老(공노: 沙村 金允悌 사촌 김윤제를 말함)였을 터이니 말이다.

傳說(전설)에 의하면, 사촌이 이곳에서 일면식도 없는 소년을 데려다 기르고 가르치며 후학을 양성했던 미덕(遺風 유풍)과, 당대의 선비들과 교유하며 시를 읊었던(餘韻 여운) 곳(그래서 詩에서 餘韻遺風이라고 표현하지 않았나 싶다)이니, 누구라도 후손이 되어 본받고 길이 보존해야 할 것이다.

가끔 환벽당을 찾아서 때(時)의 情致(정치: 좋은 감정을 자아내는 흥치)를 가져

볼라치면, 정자는 갈수록 荒凉(황량)하고 적막한데다, 길거리와 마을 어귀에나 있을법한 수양버들과 벗나무, 멀대 같이 솟은 벽오동, 그리고 앞뒤에 아름드리로 자란 느티나무 등 여러 잡목이 堂內(당내)에 굴러 들어와서, 亭子(정자)를 휘감아 堂號(당호)를 무색하게 할 뿐만 아니라, 그 위용에 치인 뜰 앞의 백일홍은, 몇백 년 동안 묵묵히 꽃을 피워온 생명력을 잃지 않으려고 안간힘을 써보지만, 槐木(괴목: 느티나무)의 그늘에 휘어지고 썩어가는 모습을 볼 때마다, 마치 퇴락하는 恭老(공노)의 역사와 흔적을 보는 것만 같아 씁쓸함을 금할 길이 없다.

　옛 선비들은 정자를 지을 때, 景觀(경관)이 좋은 곳에 터를 잡고 지었기에, 가지고 있는 역사와 존재하고 있는 가치보다 더 우선 하는 것이 주변 경관의 眺望(조망)이지 않을까 한다.
　恭老(공노)도 그런 것을 염두에 두고 지었기에 當代(당대) 文章(문장)과 書畵(서화)에 능한 申潛(신잠)이 와서 보고 "사방의 푸른 산(소나무)이 고리처럼 두르고 있다" 하여 堂號(당호)를 "環璧堂"이라 하고 河西를 비롯하여 당대의 뛰어난 선비들과의 交遊(교유)처가 되었음이리라, 더군다나 국가에서 名勝(명승) 제107호로 지정하였으면, 경관을 살펴서 잘 가꾸어야 함에도 실상은 그렇지 않으니, 항상 느껴보고자 하는 興致(흥치)를 달리 맛볼 수 없을뿐더러, 옛 선비들의 有志와 정신이 자꾸 훼손되고 왜곡(歪曲)되는 것만 같아서 매번 안타깝게 생각할 뿐이다.

　겨울로 접어든 요즘은 보이는 것은 모두 쓸쓸해 보이고, 야박하게 돌아가는 현실이 씁쓸하게 느껴짐은 詩의 영향일까? 환벽당에 앉아서 느끼는 情緒(정서)는 옛날의 杜甫(두보)와 合一이다. 杜甫는 古來로부터 人生七十은 稀(희: 드물다)라고 하면서, 당시 처지와 형편을 悲觀(비관)하며 빚을 져가며 마셨던 술로(酒債尋常行處有 주채심상행처유: 찾아가는 곳마다 외상 술값이 있다) 인해 결국엔 병이 들어, 높은 樓閣(누각)에 겨우 올라 눈 앞에 펼쳐진 늦가을의 情趣(정취)를 悲感(비감)의 情緒(정서)로 收容(수용)하여, 술 한잔 들 수 없음을 한탄으로 述懷(술회)하였으나,

정작 내겐 술빚은 없으나 살아오며 가족과 여러 친지에게서 받은 신세를 아직 갚지 못한 마음의 빚은 무거워, 오히려 건강한 나를 침울케 한다.

고인이 되신 외가의 누님과 얼마 전 공직에서 퇴직하신 시현 형님께도 오랫동안 기억해야 할 따뜻하고도 깊은 情을 받았으니 글이라도 남겨야 할 텐데, 보다 큰 은혜를 받았을 松江이 沙村(또는 恭老)을 위해 남긴 글은 얼마나 절절할까?

2015년 11월 13일

祈禱   기도

再 見 梅 花 落 處 揚   재견매화락처양
姊 兄 陽 界 今 離 將   자형양계금리장
多 情 有 事 都 涔 爾   다정유사도잠이
施 愛 傳 天 不 忘 禳   시애전천불망양

매화는 처처에 흩날리는데
하늘로 누님을 만나러 가시는 자형을 보며
옛일을 생각하면 눈물이 앞설 뿐이라
누님을 못 잊어 기도한다고 전해주시길

韻(운): 揚. 將. 禳. (仄. 變格)

註)
再見: 다시 보다. 자형의 별세를 생각하며 거듭 바라보다.
梅花落: 매화꽃이 떨어지다.
處: 처처에.
揚: 드날리다. 곧 흩날리다.
姊兄: 외가의 자형.
陽界: 이 세상.
今: 이제.
離將: 떠나보내다. 將이 "보내다"의 뜻도 있음.
多情有事: 많은 정을 주었던 일, 곧 자형보다 누님의 더 따뜻했던 정을
생각함.
都涔爾: 모두 눈물뿐이다. 都는 모두. 涔은 눈물. 爾는 어조사로서 ~뿐이다.

施愛: 누님이 베푼 사랑. 곧 받은 정.
傳天: 하늘에 전하다.
不忘: 잊지 않다.
禳: 기도(祈禱). 누님에 대한 감사의 기도.

* *

 토요일, 어떤 모임에서 평소보다 과하다 할 정도로 마셔서인지, 아님 집에 올라가기 전 매화 향에 취해 산골의 차가운 바람을 많이 쐬었기 때문인지 몰라도, 왼쪽에서 오는 胸痛(흉통) 때문에 밤새껏 괴로워 하다가 內科醫(내과의)인 처남으로부터 "협심증"이란 검사 결과를 듣고서 만감이 교차했다.
 이제 나도 때가 되어가는구나 하는 생각도 해보지만, 한편으론 표현키 어려운 심정이 구석에 자리 잡는다. 年前(연전)에 먼저 가버린 친구와 知人에게 써주었던 弔文(조문: 弔問 할 때 써준 글)도, 對象(대상)이었던 두 사람이 공교롭게도 관상동맥이 막혀서 갑작스럽게 幽明(유명)을 달리했기 때문이다.

 기억력이 나빠서 정작 중요한 건 떠오르지 않아 애를 먹은 적이 허다하지만, 왜? 그런 건 순간적으로 떠오르는지 참 알다가도 모를 일이다.

 병원에 다녀온 뒤로 방에 누워서 이런저런 생각에 빠져 있는데, 저녁에 아내가 外家의 姉兄(자형)이 별세하셨다는 부고를 전한다. 90세의 고령이라 곧 가실 거라는 생각은 하고 있었지만, 春寒老健(춘한노건)이라는 말이 실감 나게 하듯, 며칠간의 쌀쌀한 봄추위가 지나가자마자 의 소식에, 이 세상에서 다정하셨던 두 분이 천상에서 재회하여 금슬 좋게 지내실 생각에, 가끔은 추억하고 있는 누님을 그 누님에게 가슴에 있는 고마운 마음을, 하늘로 가시는 자형을 통해 전하고자 조문에 앞서 적었다.

 어제 出喪(출상)도 보지 않고 내려와 바람에 날리는 매화꽃을 바라보니 새삼 무상함이다. 華不再揚(화불재양: 떨어진 꽃은 다시 붙지 않음)이라, 今生에서 다시 뵙지 못할 누님이지만, 꽃 뒤에 영그는 매실처럼 가슴에 사랑을 남겨

주고 가셨다. 어릴 적부터 같이 자랐던 어머니에 대해, "아야, 아야, 엄마가 몸이 안 조옹께 니가 잘 모셔야 한다. 그래야 한다 와"라고 당신의 고모를 신신당부하시던 말씀이 엊그제 같았는데,

아! 벌써 17년이다.
누님! 마음으로 기도합니다. 하늘나라에선 제가 사랑을 드릴 수 있게 해 달라고.

2016년 4월 1일

田露　　　　　　전로
思嬬　　　　　　사유

人 生 朝 露 田　　인생조로전
扴 夢 漸 消 眩　　방몽점소현
款 戀 令 非 適　　관련령비적
天 淵 有 以 乾　　천연유이건

인생 연잎에 맺힌 이슬이라

햇빛에 사라지는 꿈과 같은데

갈수록 그리움은 쌓이니

이는 하늘의 뜻인가

韻(운): 田. 眩. 乾. (平. 正格)

註)

田露: 연잎의 이슬. 田은 둥근 연잎.

思嬬: 아내를 생각함. 嬬는 아내.

人生: 사람이 사는 것. 인생.

朝露: 아침이슬.

田: 여기서는 둥근 연잎. "밭"이라는 뜻도 있음.

扴: 서로 같다. 이슬이나 인생이나.

夢: 꿈.

漸: 점점, 여기서는 차차.

消: 사라지다.

眩: 햇빛 또는 햇볕. 꿈과 이슬은 아침에 해가 뜨면 사라진다.

款: ~ 하고자 하다, 또는 敬愛(경애)하다, 곧 사랑하다.

戀: 연모하다. 생각하다.

令: 하여금, 나로 하여금.

非: 아니다.

適: 마땅하다. 친(親= 가까이)히 하다.

天淵: 하늘과 땅. 서로가 멀리 떨어져 있음을 나타낼 때도 쓰임.

有以: 까닭이 있다.

乾: 하늘.

* *

출출이(뱁새) 우는 깊은 산골로 아름다운 나타샤가 아니올 리 없다고 믿고자 했던 白石(백석의 "나와 나타샤와 흰 당나귀")의 심경이 어떠하였으랴!

가지 위에 홀로 앉아 "까악, 까악" 짝을 그려 우는 까마귀 소리에, 空房(공방)에서 빗물처럼 베갯머리로 흘러내리는 눈물을 훔치던, 秦川(진천: 중국지명) 女人을 생각한 李白의 心境(심경)은 또 어떠하였으랴?

歸飛啞啞枝上啼, 獨宿空房淚如雨. 집으로 돌아오는 길목에 까마귀 까악 까악 나무 위에서 울어대는데, 독수공방 여인의 눈물은 비 오듯 하누나. (李白 "烏夜啼"의 두 구절)

2017년 7월 22일

昶玟之周年   창민지주년

天 生 玟 賦 煇   천생민부휘
性 狀 似 饒 肥   성상사요비
切 琢 良 能 昶   절탁양능창
榮 華 壽 豈 希   영화수개희

하늘이 귀한 옥을 내시니
성정 또한 넉넉하고 윤택하리라
이끼가 앉지 않도록 갈고 닦아서
오랫동안 행복이 충만하길 바란다

韻(운): 煇. 肥. 希. (平. 正格)

註)
昶玟之周年: 창민(큰동서의 손자)의 돌. 생일.
天生: 하늘이 낳을 때.
玟: 옥. 昶玟을 말함.
賦煇: 밝음을 부여하다. 곧 빛나게 하다.
性狀: 됨됨이나 모양새. 성질과 행실. 性情.
似: 같다.
饒肥: 넉넉하며 땅이 비옥하다. 바탕이 좋음을 표현. 본래는 肥饒(비요)로 賈誼(가의)의 "過秦論(과진론)"에서 인용하였으나 운을 맞추기 위해 글자 순서를 바꿈.
切琢: 切磋琢磨(절차탁마)의 준말. 갈고 닦음.
良能: 타고난 재능.

昶: 밝다. 通暢(통창: 조리가 분명하고 밝다)하다의 뜻과 펼치다의 뜻을 겸함.
榮華: 영화.
壽豈: 오래 살고 즐김.
希: 바라다.

＊＊

　세월의 흔적으로, 자식이 성장하여 결혼하고 또 다른 그의 자식이 태어났으되, 그 손자를 바라보는 어른들의 흐뭇함은 누구나 다를 바 없겠으나, 유독 달리 보이는 손자임에야 조부모의 좋아하고 사랑하는 모습은, 곁에서 지켜보는 이들에게도 부러움이 아닐 수 없다. 큰 동서의 손자인 창민군의 재롱을 동영상으로나마 보면서 행복을 기원하는 글을 쓰지 않을 수 없다.

　잘 자라서 행복한 삶을 누릴 것이다.

丙申 子月 十九日(2016. 12. 17.)

姪婚　　　　　질혼

于 飛 無 等 棲　　　우비무등서
瑞 石 上 留 霓　　　서석상류예
四 海 徒 皆 捧　　　사해도개봉
家 乘 仰 羨 繫　　　가승앙선계

봉황이 광주에 깃드니
서석대 위엔 무지개가 뜨고
제자들이 받들고
우러러 사모하리라

韻(운): 棲. 霓. 繫. (平. 正格)

註)
姪婚(질혼): 조카의 결혼.
于飛(우비): 鳳凰(봉황)이 사이좋게 날다. 봉(鳳)은 수컷, 황(凰)은 암컷.
無等(무등): 광주.
棲(서): 깃들다. 둥지를 틀다. 조카는 서울에서 질부는 순천에서 살다 광주에
서 교편을 잡음.
瑞石(서석): 무등산의 서석대를 말함.
上留(상류): 위에 머무르다.
霓(예): 무지개.
四海(사해): 온 세상.
徒(도): 무리 또는 제자.
皆捧(개봉): 다 받들다.

家乘(가승): 집안의 역사 또는 내력.
仰羨(앙선): 우러러 부러워함. 또는 사모함.
繫(계): 잇다.

** **

    어제저녁, 姪婦(질부)가 될 사돈댁에서 이바지를 보내왔다기에, 신혼집에 가서 식사 때 반주를 과하게 마셔서인지 집에 오자마자 곯아떨어져 버렸다. 덕분에 깊은 잠을 잤으나 늙어간다는 표시인지 몰라도 새벽에 눈이 떠진다. 속은 쓰리지만 눈만 멀뚱멀뚱 한 채 뒤척이며 생각해보니, 아무런 보탬이 되지 못한 작은아버지의 체면이 말이 아니다.

    그간의 형제의 情理(정리)로는 축하선물을 뭐든지 다 해주고 싶으나 그러지 못해서 미안할 뿐이다. 先考(선고)를 이어서 교육자의 길을 가는 조카와 질부가 훌륭한 교사가 되리라.

194

    寅月上元之婚(인월상원지혼). 정월 대보름날 결혼을 축하하며.

    소리 없이 눈 내리는 아침에 叔父 書.

2017년 2월 11일 (丁酉上元)

思姊　　　　　　　사자

春花都雪僛　　　춘화도설기
碧落近烏嗁　　　벽락근오시
葬遞洶連此　　　장체순연차
年年蝶化翨翨　　년년접화시

꽃들은 어지러이 날리고

푸른 하늘엔 까마귀들이 우는데

누이를 보내는 슬픔이 이러한가

해마다 봄 되면 공원묘원엔 나비들이 날리라

韻(운): 僛. 嗁. 翨. (平. 正格)

註)

思姊: 누님을 생각함. 姊는 손위 누이.

春花: 봄꽃들.

都: 모두.

雪: 눈, 눈처럼.

僛: 취(醉)하여 춤추는 모양. 꽃들이 이리저리 흩날리는 모양.

碧落: 푸른 하늘.

近: 가까이에서는.

烏嗁: 까마귀가 울다. 까마귀는 부모에게 효도를 하는 새임. 하늘에서 까~
악, 까~악, 우는 까마귀가 어머니를 보내는 조카들의 슬피 우는 모습과 동
일시 됨.

葬: 장사지내다. 묻다.

遞: 갈리다. 生死의 갈림.

洵: 소리 없이 눈물을 흘리다.

連: 이어지다. 슬픔이 이어지다.

此: 이. 주변의 정경.

年年: 해마다.

蝶化: 나비가 되다. 꽃을 사랑하던 누님이 나비가 되고, 봄이 되면 나비가 공원묘지 주변의 꽃들을 찾아 모여드는 것처럼, 기억하는 모든 이들이 잊지 않고 찾으리라.

翾: 떼지어 날다.

* *

꽃을 사랑하던 누님이 하늘로 가셨다. 향년 82세인데, 왜 그리 슬픈지 눈물이 난다. 伯父의 장녀로 태어나 온갖 영욕을 겪었을 당신에겐 한이 많을 텐데도 싫은 소리 한번 안 하고, 화창한 봄날 만발한 꽃들을 남겨 두고 나비가 되어 훨훨 날아서 하늘로 갔다.

어릴 적 시골 누님 댁에서의 추억과 감사했던 일들을 생각만 해도 눈가가 젖는데, 누이를 땅에 묻을 때의 정경이 더욱 슬프게 한다.

하늘에서 평안히 계시라.

2017년 4월 10일

附昇桓君卒業   부승환군졸업

無 磑 秋 不 耕   무외추불경
少 念 又 風 更   소념우풍경
莫 眮 桓 田 植   막구환전식
昇 庚 信 自 盈   승경신자영

가을에 수확이 없음은 봄에 씨 뿌려 경작하지 않음이니

젊음은 찰나이며 또 바람처럼 지나가나니

주저하거나 한눈팔지 말고 경작에 전력하여

풍년을 일궈 가득 채워라

韻(운): 耕. 更. 盈. (平. 正格)

註)

附昇桓君卒業(부승환군졸업): 승환군의 졸업에 붙여.

無磑秋: 가을에 쌓을 것이 없다. 磑는 쌓다(積적)의 뜻.

不耕: 경작 하지 아니하다.

少: 젊음 또는 봄.

念: 찰나(불가에서 쓰는 용어). "생각"이라는 뜻도 있음.

又: 또.

風: 바람.

更: 지나다(歷). 고치다, 대신하다의 뜻도 있음.

莫眮: 한눈팔지 말라. 眮는 한눈팔다. 좌우를 살피다.

桓: 주저하다. 굳세다. "씩씩하다"의 뜻도 있음.

田: 밭.

植: 심다. 곧 경작을 말함.

昇: 풍년들다. "오르다"의 뜻도 있음.

庚: 곡식. 천간의 뜻도 있음.

信: 믿다. 自他의 믿음.

自盈: 스스로 채우다.

＊＊

　광주 송원고등학교를 졸업하는, 처조카인 이승환군에게 축하와 격려의 뜻을 담아 열심히 하라고 권면하다.

2018년 2월 9일 陰丁酉季冬

垂椑阿
仙英而朋

수피아
선영이붕

垂 椑 阿 學 友	수피아학우
卒 業 後 相 圖	졸업후상도
性 狀 良 侔 德	성상양모덕
兪 兪 渡 世 扶	유유도세부
凰 毛 麟 角 不	황모린각불
引 重 爪 牙 紆	인중조아우
又 各 鷄 鳴 助	우각계명조
衣 香 扇 影 胡	의향선영호

"수피아" 친구들은
졸업 후에도 서로를 헤아리고
됨됨이가 좋아 덕을 함께 쌓으니
처세함이 남다르다

뛰어난 인재가 아니더라도
서로 돕고 존중하는
현모양처들이다
오래오래 유지하기를

韻(운): 圖. 扶. 紆. 胡. (5言 律. 平. 正格)

註)
仙英而朋: 선영(李仙英, 수피아여고 同門會長)이와 친구들.
垂椑阿: "광주 수피아여고"를 말함. 외국인 선교사가 세운 110년 역사의 기독교 학교로 교명이 "Speer"임. "垂椑阿"는 音(음)을 假借(가차: 임시로 빌려 씀)하였음. "垂椑阿"를 군이 풀이하자면, 오랜 세월 언덕에 뿌리를 깊게 드리우고 우뚝 서 있다는 뜻.
垂: 드리우다. 곧 나무뿌리가 오랜 세월 동안 서로 얽혀 뿌리 내린 형상.
椑: 나무 밑동이 서로 얽히다.
阿: 언덕.
學友: 친구들. 동창들.
卒業後: 졸업 후에도.
相圖: 서로 헤아려 주다. 圖는 헤아리다의 뜻. 그림, 도모하다 등의 뜻도 있음.
性狀: 됨됨이나 모양새. 성질과 행실. 性情(성정).
良: 착하다. 좋다. 어질다.
侔德: 덕을 같이 행함. 侔는 제등(비슷비슷하거나 같음)하다. 곧 덕을 행함이 너나없음. (아내가 가르치는 여고생 2명이 고질적인 병으로 고생하는 것을 "李仙英 李은영"자매가 상당한 돈을 쾌척하여 수술해주었던 일과, 모임의 다른 이들은 또 다른 학생들에게 장학금을 주는 일 등등)
兪兪: 서로 和(화) 하며 기쁘게(悅) 함. 곧 뜻이 잘 맞음.
渡世: 세상을 살아감. 곧 처세함.
扶: 돕다.
凰毛麟角: 본디 "鳳毛麟角(봉모린각)"으로 "극히 드물게 뛰어난 사람"을 나타내는 것인데 "鳳"자가 측성이라 作法(작법)에 어긋나고, 女高 동창들이라 평성이면서 암컷을 나타내는 "凰"자로 바꿈.
不: 아니다.
引重: 서로 추천하고 존중함.

爪牙: 손톱과 어금니로, 매우 쓸모 있는 사람을 말함.

紆: "얽다"라는 뜻으로 여기선 "모이게 하다"는 의미.

又: 또.

各: 각각.

鷄鳴助: "鷄鳴之助"란 말로, 현숙한 왕비의 내조라는 뜻. 일반적으로 쓰는 "현모양처"보다는 더 훌륭하다는 뜻을 강조하고자 썼음.

衣香扇影: 본디 "扇影衣香(선영의향: 부채그림자와 옷의 향기라는 뜻)"으로 "귀부인들이 모여 있는 것"을 나타내는 말. 作法(작법: 평측)을 맞추고자 단어의 전후를 바꿈.

胡: 여러 뜻으로 쓰이나, 여기서는 장수하다. 곧 오래도록 모임을 유지하기를 바라는 뜻.

＊＊

詩題를 얻기 위해 명승고적을 찾아 떠나는 여행이나, 한 번쯤 만나 보고픈 옛 선비의 흔적을 답사하는 것은 좋을 것이다.

해맑은 어린아이의 인사와 차 한 잔, 술 한 잔이라도 가슴이 따뜻한 이와 함께 했을 때의 그 느낌과 기억을, 어느 순간 적어 본 글이 헤픈데다 가치 없고 같잖다며 손가락질하더라도, 日常(일상)에서의 感事(감사: 느끼는 일)를 써보는 것도 좋은 일이다.

더구나 孺子(유자: 아내)와 오랫동안 모임을 함께하는 친구들의 善行임에랴!

2018년 9월 9일

鷄舍　　　　　　계사

善卵由鷄放飼宜　　선란유계방사의
孤囚不愛粒偍墀　　고수불애랍시지
非翲廣野埠汙貌　　비표광야비오모
忘産無精躬剔嗁　　기산무정궁삭시

좋은 계란은 놓아먹인 닭에서 나오는데
갇힌 채 사랑과 권위도 잃어버리고
비천하게 되어 높이 올라보지 못하고
산란 때마다 생각하며 웅크리고 운다

韻(운): 宜. 墀. 嗁. (仄. 正格)

註)
鷄舍: 닭장.
善卵: 좋은 계란.
由: ~으로부터. 말미암다.
鷄: 닭.
放飼: 놓아먹이다.
宜: 옳다. 마땅하다.
孤囚: 외로이(홀로) 갇히다.
不: ~하지 못하다.
愛: 사랑.
粒: 날다.
偍: 슬슬 걷다.

墀: 뜰. 축대 위의 뜰. 權威(권위)를 상징.

非翩: 높이 날지 못하다. 翩는 높이 날다. 非는 아니다.

廣野: 넓은 들. 세상.

埤汙: 비천(卑賤, 鄙淺)하게 되다.

埤는 얕고 습기가 있는 땅. 汙는 웅덩이.

貌: 모양, 모습.

忑: 생각하다.

産: 낳다, 곧 알을 낳을 때마다.

無精: 無精卵(무정란)을 말함.

精: 정기 또는 정신. 맑다. 자세하다의 뜻도 있음.

窮: 몸을 구부리다. 웅크리다. 사역하다.

罹: 그물에 걸리다.

嗁: 울다. 원래는 새가 울다.

* *

옛날, 펄펄 날아다녔었다는 것을 모르고 지내다 前의 습성을 몸으로 어렴풋이 기억해내곤, 받았던 輕蔑(경멸) 嘲弄(조롱)에서 벗어나 날아보려고 鷄舍(계사)에 갇힌 채 발버둥 치며 저렇듯 슬피 우는 것은 왜일까?

알에서 부화하여 뒤뚱뒤뚱 걷지도 못하고 기어 다닐 때, 말이 끄는 -500장의 붉은 벽돌을 실은- 수레에 깔려 납작하게 뭉개질 때는 고무풍선 같아서 고통을 몰랐다 하더라도, 벼슬을 세우려고 열심히 키워 갈 때에는 두 달 넘는 동안 빙초산 원액으로 벼슬자리를 지져 울부짖다 착란을 일으키게 하더니, 조금 남아있는 기력으로 열심히 달려가서 뛰어오르려는 순간.

끊을 수 없는 因習(인습)의 줄을 이용하여 걸어 넘어뜨려 다리가 부러지고 실성케 하여서, 그 부러진 다리로 절뚝절뚝 저잣거리를 이리저리 헤매 이다 終乃(종내)는 그물에 걸려 우리 안에 갇히게 한 뒤, 온갖 것들의 경험을 매

순간 곱씹으면서 절규하다 고통으로 병들어 죽게 하려 함은 무엇 때문이었을까?

畜生(축생)의 부질없는 생각으로 꿈이었으면 좋으련만, 5濁(탁)을 경험하게 함은 또 무엇일까? 不可思量(불가사량).

2018년 10월 9일

牽牛織女
寄嬬回甲

견우직녀
기유회갑

牽 牛 織 女 在 蒼 玄	견우직녀재창현
積 阻 銀 河 數 未 聯	적조은하삭미련
七 夕 相 逢 烏 鵲 助	칠석상봉오작조
安 耶 使 姻 嫽 天 淵	안야사고로천연

頖 星 小 故 知 由 不	구성소고지유불
每 鈍 愚 夫 此 世 蔫	매둔우부차세언
境 外 非 離 常 彗 掃	경외비리상혜소
生 時 束 手 後 凋 姃	생시속수후조연

견우와 직녀는 검푸른 하늘에서
쌓이고 막힌 은하 때문에 자주 만나지 못하고
까마귀와 까치의 도움으로 칠석에만 만나며
무슨 까닭으로 그리 애틋하게 그리워하는가?

밤하늘을 쳐다본들 그 까닭을 알지 못하고
둔하고 어리석어 이 세상에선 별 볼 일 없는
지아비더라도
사후에는 떨어지지 않게 둘 사이 쌓이는 것을 항상
쓸어 없애되

사는 동안 도리가 없으니, 간난을 참고 견디면 나중은 빛나리라

韻(운): 玄. 聯. 淵. 薦. 姸. (平. 七言律. 正格)

註)
寄嬬回甲: 아내의 회갑에 부침. 寄는 주다. 전하다, 부치다, 붙어있다 등의 뜻이 있음. 嬬는 아내.
牽牛織女: 견우와 직녀. 곧 별.
在: 있다.
蒼玄: 푸르고 검다. 곧 하늘. 하늘의 낮과 밤.
積阻: 쌓이고 막히다. 서로 오랫동안 연락이 끊겨 소식이 막히다라는 뜻도 있음.
銀河: 은하.
數: 자주. "수"로 읽을 때는 숫자.
未: 못하다.
聯: 합하다. 곧 合의 뜻. 連(연: 잇다)의 뜻도 있음.
七夕: 칠월 칠석.
相逢: 서로 만나다.
烏鵲助: 까마귀와 까치의 도움.
安耶: 어찌 ~ 하는가. 安은 어찌. 편안하다의 뜻도 있음. 耶는 그런가?의 뜻. 의문 어조사.
使: ~로 하여금. 곧 견우와 직녀로 하여금.
姻嫪: 애틋하게 그리워함.
天淵: 본디 하늘과 땅을 의미하는 말. 여기서는 멀리 떨어짐.
頼星: 별을 머리에 이다. 곧 밤하늘의 별(견우와 직녀)을 바라보다. 頼는 戴(대)의 뜻.
小故: 자그마한 일. 곧 쌓이고 쌓인 사소한 일들. 은하는 자그마한 별들로 이루어짐.

知由不: 理由(이유, 까닭)를 알지 못하다. 不은 ~하지 못하다.

每: 비록. 매양, 무릇의 뜻도 있음.

鈍: 둔하다.

愚夫: 어리석은 지아비. 어리석은 남편.

此世: 이 세상.

蔫: 시들부들(시들시들)하다. 풀이 죽고 활기가 없다.

境外: 境界(경계)의 밖. 곧 이 세상의 바깥. 사후. 하늘나라.

非離: 헤어지지 않도록. 떨어지지 아니하다.

常: 늘. 항상. 언제나.

彗掃: 비로 쓸다. 쓸어 없애다. 작은 별(사소한 것)이 쌓여 은하가 되어 막는 것을 늘 비로 쓸어 없앤다는 뜻.

生時: 살아있는 동안. 잠자지 않는 동안, 태어난 시기 등의 뜻도 있음.

束手: 束手無策(속수무책: 손을 묶은 것처럼 어찌할 도리가 없어 꼼짝 못 함)의 줄인 말.

207

後凋: 여기서는 艱難(간난)에 견디어 굳게 절조를 지키다.

뒤늦게 시들다(歲寒然後知松栢之後凋: 세한연후지송백지후조: 날이 추워지고 난 후에야 송백의 늦게 시듦을 안다)는 뜻도 있음.

姃: 빛나다. 화려하다. 환하다.

2019년 6월 2일

| 附殷維之周年 | 부은유지주년 |

殷維四月受花來　　은유사월수화래
自發然無亦你改　　자발연무역니해
祖本基肥加繞過　　조본기비가요과
亨途享有貴成減　　형도향유귀성재

꽃다발을 받으며 사월에 태어난 은유야!

스스로 피는 꽃이 없듯이 까르르 웃는 너의 예쁜

모습을 보니

조부의 지난 세월이 밑거름이 되었음이리라

형통하여 귀함을 누리며 맑고 고운 사람이 되어라

韻(운): 來. 改. 減. (平. 七言絶句. 正格)

註)

附殷維之周年: 은유의 돌을 맞이하여. 周年은 돌.

殷維: 조카의 딸 이름.

四月: 음력 사월.

受花: 꽃(다발)을 받다. 음력 4월은 산야에 꽃들로 가득하여 은유를 축복함.

來: 오다. 곧 출생함.

自發: 스스로 피다.

然無: 그러함이 없다. 然은 뿌리 없이 저 혼자 피는 것을 말함.

亦你: 너 또한. 亦은 또.

改: 행복. 본디 생긋 생긋 웃는 뜻인 笑而破顔(소이파안)인데 갓난아이가 웃어

보라면 깔깔 웃는 모습을 보고 표현함.

祖: 할아버지나 祖上(조상)을 의미.

本: 근본을 말하나, 여기서는 초목의 뿌리.

基肥: 밑거름.

加: 더하다.

繞過: 지나간 세월을 얽음. 곧 응축된 역사.

亨途: 차가 다니는 평탄한 길이란 뜻으로, 앞으로의 삶이 좋은 길만 있으라는 뜻. 亨은 萬事亨通(만사형통). 途는 길.

享有: 누리어 가지다.

貴: 고귀함.

成: 이루다의 뜻도 있으나, 여기서는 되다.

湍: 맑다. 淸(청)의 뜻.

2020년 5월 7일 季祖

感送肴   감송효

种 長 黃 染 郊   충장황염교
徙 梓 里 成 烋   사재리성효
任 姒 慈 賢 始   임사자현시
齊 如 海 峻 敎   제여해준교

어린 벼가 자라 들녘을 황금빛으로 물들임은
못자리를 떠나 논과 융화를 이루었기 때문이라
중국 주나라의 文, 武王이 훌륭한 정치를 하였던 것도
어질고 현명한 어머니의 덕이리니
산 바다와 같이 넓고 높은 마음을 본받을 수 있도록
잘 가르쳐 주시길 삼가 부탁드립니다

韻(운): 郊. 烋. 敎. ("肴"字 韻. 五言絶句. 平. 正格)

註)
感: 느끼다. 感謝(감사)하다.
送肴: 안주를 보내다. 肴는 안주.
种: 어린 벼.
長: 자라다. 성장하다.
黃染: 노랗게 물들이다. 가을의 황금 들녘.
郊: 들. 교외.
徙: 옮기다. 떠나다. 移徙(이사)하다.
梓里: 고향. 모가 자랐던 못자리. 梓는 고향.

成: 이루다.

烋: 和(화)의 뜻으로 곧 融和(융화: 서로 어울려 갈등 없이 화목함).

任姒: 훌륭한 어머니. 중국 주나라의 文, 武王의 어머니였던 太任(태임)과 太姒(태사).

慈賢: 어질고 현명하다. 慈는 사랑하다, 착하다. 賢은 좋다. ~보다 낫다.

始: 비롯하다. 시작되다.

齊如: 삼가. 엄숙하게 삼가는 모양.

海峻: 바다와 높은 산.

教: 본받다(평성으로 쓰여 운자로 활용). 가르치다의 뜻으로 쓰일 때는 측성.

* *

　결혼을 앞둔 큰애의 시댁에서 좋은 안주를 보내 주셨다. 덕분에 모처럼 거나하게 취하였으나 답례가 마땅치 않아 고민하다가 감사함과 큰애를 잘 보살펴주시라는 의미를 더해 글로 대신하다.

2021년 9월 11일

慶喜　　　　　　　경희
她嫁　　　　　　　저가

天 調 神 佑 時　　천조신우시
百 果 挐 禾 持　　백과공화지
覘 武 文 賢 子　　기무문현자
偕 風 槪 美 彌　　해풍개미미

하늘이 조화롭고 신이 도울 때
모든 과일과 곡식을 수확하여 가질 수 있나니
무, 문왕이나 무문을 겸비한 현명한 자식을 얻으려면
고상한 인품과 아름다움을 오랫동안 간직하라

韻(운): 時. 持. 彌. (平. 五言絶句. 正格)

결혼식에 주례자 없이 양가 부모의 덕담으로 예식을 진행한다기에 當付(당부)와 祝願(축원)을 담은 詩로 대신하고 하객들에게 감사 말씀을 드리다.

註)
慶喜: 경사스럽고 기쁜 날.
她嫁: 큰딸이 출가 하다. 她는 장녀.
天調: 하늘이 調和(조화)롭다(서로 잘 어울려 모순됨이나 어긋남이 없다).
神佑: 신이 돕다.
時: 때.
百果: 모든 과일. 곧 결과물.
挐: 안아 가지다(抱持). 껴안다, 품다(擁 옹).

禾: 穀類(곡류)의 總名(총명)을 말함. "벼"의 뜻도 있음.

持: 지키다, 가지다 또는 잡다의 뜻도 있음.

覬: 희망하다. 바라다.

武文: 중국 주나라 武王, 文王을 지칭. 또는 武와 文을 겸비한 사람.

賢: 현명하다. 어질다. 딸의 이름자 중 하나.

子: 子息(자식)을 말함.

偕: 함께.

風槪: 高尙(고상: 품위나 몸가짐의 수준이 높고 훌륭하다)한 인품.

美: 아름다움.

彌: 더하다, 오래되다, 끝내다의 뜻이 있음.

** **

여기서 天은 하늘과 부모와 지아비를, 神은(地를 말하는데 地가 측성이라 地神을 나타내는 神으로 표현)땅과 자식, 지어미, 그리고 그 위에서 誠心으로 좋은 業과 德을 쌓으려 노력하는 사람들의 표현이다.

오늘 두 사람도 품위와 내적 아름다움을 더하고 오래 간직하면서 神이 되기 위한 노력을 함께 하기를 바라며.

2021년 10월 23일

5

벗

眞復心　　　　진부심

從 涼 風 昊 鎭	종량풍호진
不 問 少 多 眞	불문소다진
扄 領 常 尋 友	호령상심우
湖 南 塾 大 人	호남숙대인

시원한 바람 따라 하늘로 간 친구여
가진 것을 따지지 않은 참 좋은 친구다
추울 땐 옷깃을 여며주어 늘 찾게 하는
진정 그대가 대인이다

216

韻(운): 鎭. 眞. 人. (平. 正格)

註)

從: ~을 따라서.

涼風: 서늘한 바람.

昊: 여름 하늘. 하늘 기운이 넓고 크다.

鎭: 寶器(보기: 보배로운 그릇). 故人(고인)이 된 친구 崔鎭의 鎭. 이름이 외자.

不問: 묻지도 않고 따지지도 않고.

少多: 많고 적음, 곧 빈부귀천과 이해득실.

眞: 진정, 진실로.

扄領: 목도리와 옷깃. 어떤 친구에게나 어려움을 살펴서 의복을 정제해주듯이 보살핌을 말함.

常尋: 항상 찾다.

友: 벗, 친구.

湖南: 호남동을 말함. 친구의 집이 호남동에 있었음.
塾: 사랑방. 학교라는 뜻도 있음.
大人: 대인. 마음이 넓고 배포가 큼.

                                  * *

  카톡 대화 내용.
  친구: 아직 읽지는 못했네~ ㅎㅎ 오동잎이 떠올라서 어려울 때 오동잎 따
서 까먹은 기억이 나서~ 호남동집에 오동잎 나무가 근처에 있어서~ ^^
  나: 아, 그래.
  친구: 그래, 호남동 집뿐 아니라 호남동 뒷 클라스 호텔 지은 자리에도 있
었어. 구여명 건너편~
  나: 그랬구나.
  친구: 세무서 뒤에가 오동나무 많았어~ -중략- 참 많이 힘들지 몇 번이나
써 줄 수 있을까요 ㅎㅎ?~ ^^
  나: 마음이 차분해지고 필이 꽂혀야 글이 써지는 거야. 기다려봐라.
  친구: 돌에 꽃이 필 때까지 차분히 기다려 보지~
  나: 그래, 왜냐면 함부로 아무렇게나 써서 남기면 안 되잖아.

  8월 2일에 구례병원을 찾아 모처럼 함께 시간을 보내며 이런저런 얘기를
나누고 난 뒤, 6일부터 11일까지 메신저로 위와 같이 대화를 나누었던 친구
가, 오늘(28일) 새벽에 하늘나라로 갔다는 얘기를, 사업하는 친구로부터 오
후에 전해 듣고 함께 조문하자는 시간을 맞추기엔 여유가 조금 있어서, 집
사람과 둘이 무등산 원효사 뒷길로 산책을 나섰다.

  생전에 내가 글이랍시고 써놓은 것을 읽어보았는지, 아니면 누군가에게서
글을 쓴다는 얘기를 듣고서 병상에 누워 있기가 심심해서 글 하나 써달라고
한 것인지는 모르나, 마음이 차분해지면 옛 추억을 담아 나름 정성을 들여
써 주고 싶었다.

더구나 돌에 꽃이 필 때까지 기다려 준다는 친구의 말을 들은 터이기에, 생이 얼마 남지 않았다는 짐작(말이 어눌해지고 아주 가끔 행동이 달라 보임)은 하고 있었지만, 얼굴이 좋아 보여서 아직은 여유가 있다고 생각하며 방심하다가, 갑자기 부음을 듣고 보니 허망하다.

산책하는 내내 약속을 지키지 못했단 미안함이, 弔問(조문)의 글이라도 써야 한다는 마음에 갑자기 조급해지며 글귀가 떠오르지 않아 고민하는데, 집사람이 친구를 대인이라고 評(평)을 한다.

彷徨(방황)했던 시기에 무던히도 찾았던 도심의 호남동이라서, 통행금지 단속을 면하고자 심야에 越墻(월장: 담장을 뛰어넘음)을 하곤 하여, 부모님들이 편히 주무시지 못하게 하였던 건 비단 나뿐만이 아니라 다른 친구들도 있었다.

그 후 불의의 사고로 누워서만 생활해야 하는 처지에 놓여서, 친구들이 위로한답시고 늘 찾아가 죽치고 세월을 보냈던 곳이 호남동의 친구 집이다. 오죽하였으면 호남대학이라고 稱(칭)하기도 하고, 또 鎭復硏究所(진부연구소: 진이라는 친구의 부활 연구소)라고 하면서 연구원이 많다고 하였을까!

이렇듯 추억과 신세가 많았던 친구였는데 보고 싶다던 글 하나 못 써주고 조문의 글로 대신할까! 미안하다! 정말 미안하다!

2016년 8월 28일

明辰
思朋―于環碧堂

명신
사붕―우환벽당

星 山 風 雨 洗	성산풍우신
轉 葉 共 雲 洵	전엽공운순
別 淚 初 秋 愴	별루초추창
明 求 禮 至 辰	명구례지신

성산에 비바람이 오락가락하더니
뒹구는 낙엽 위로 구름이 비를 뿌리는데
친구를 보내는 슬픔에
남녘 하늘을 보며 눈물짓는다

韻(운): 洗. 洵. 辰. (平. 正格)

註)
明: 바라보다. 視(시)의 뜻.
辰: 별, 때, 등 여러 뜻이 있으나 여기서는 동남방을 말함.
思朋: 친구를 생각함.
于環碧堂: 환벽당에서. 于는 ~에서.
星山: 성산, 환벽당 건너편의 산.
風雨: 바람과 비.
洗: 오락가락하다.
轉: 구르다.
葉: 낙엽.
共: 함께.

雲: 구름.

洵: 소리 없이 눈물을 흘리다.

別淚: 이별의 눈물. 곧 구례에서의 친구 發靷(발인).

初秋: 초가을.

愴: 슬프다.

眀: 보다. 시선.

求禮: 장지가 있는 구례.

至: ~에 이르다. 곧 시선이 머무는 곳.

辰: 별, 때 등 여러 뜻이 있으나 여기서는 동남방을 말함.

* *

發靷(발인)하는 날, 친구를 배웅하지 못하고, 환벽당에 앉아 성산을 바라노라니 구름이 南으로 남으로 내려간다.

바람은 나무를 흔들어 잎사귀를 날리며 가는데, 함께 가는 구름이 뿌리는 비는, 고개 고개를 넘고 넘어 하늘로 가는 친구를 보기도 전에 설워하며 떨구는 눈물이다.

2016년 8월 30일

故友　　　　　　　고우

年	彌	歲	末	戀	其	誰		년미세말련기수
未	薦	紳	富	名	恥	惟		미천신부명치유
但	只	艱	難	持	義	理		단지간난지의리
垂	頭	喪	氣	有	朋	丟		수두상기유붕주

늙어가며 한해의 끝자락에서 그 누군가를
그리워하는 것은
그가 높은 벼슬아치와 부자이거나 유명 인사나 마음이
착한 사람이 아니라
힘든 가운데서도 의리가 변하지 않은 사람이니
돌아보면 부끄러움이 앞서나 지난날의 안타까움이다

韻(운): 誰. 惟. 丟. (平. 正格)

註)
故友: 故人(고인)이 된 친구, 또는 사귄 지 오래된 친구라는 뜻이 있음.
年彌: 해가 오래됨. 나이 들어감. 彌는 오래다.
歲末: 연말. 한해의 끝 무렵.
戀: 그리워하다.
其: 그.
誰: 누구.
未: 아니다.
薦紳: 벼슬이 높은 사람. 고관. 紳은 벼슬아치. 묶다, 큰 띠의 뜻도 있음.

富: 부자.

名: 이름. 유명인사.

恔: 마음이 착하다.

惟: 생각하다. 도모하다.

但只: 단지. 다만.

艱難: 간난하다. 몹시 힘들고 고생스럽다.

持: 지키다. 가지다. 곧 변함이 없음을 말함.

義理: 의리. 사람과의 관계에서 지켜야 할 바른 도리.

垂頭喪氣: 뜻을 얻지 못하고 번뇌(민)하다. 기를 잃어버리고(기가 빠져서) 머리를 축 늘어뜨리다. 곧 고개가 푹 처지다.

有朋丟: 잃어버린 친구가 있다. 丟는 잃어버리다. 一去不還(일거불환)의 뜻으로 한번 가면 돌아오지 못함. 친구란 한번 떠나면 다시 돌아오기 어렵다는 뜻.

**

  어릴 적의 친구들이, 나이 들어서도 변함없이 의리(사람과의 관계에서 지켜야 할 바른 도리)를 지키고 있는 것이 부러워 보인다는 것은, 사정이야 어찌 됐든 그렇지 못했다는 의미도 있어서 일 것이다. 각자 다른 삶을 살면서 무심하였거나 무심 하려 하였거나, 혹은 간난으로 인해 애써 외면하여야만 했던 시간 들이 새삼 되새겨지는 것은 온전하지 못했던 그때에 대한 안타까움과 그리움이 있기 때문이다.

  故友(고인이 된 친구와 사귄 지 오래된 친구)를 만나 나눈 소주 한잔의 소회.

                    2018년 12월 20일 저녁 장경훈과 함께

舟游　　　　　　주유

晴 天 南 海 艀　　　청천남해유
列 島 眇 嵐 茠　　　열도묘람휴
忖 度 傷 心 友　　　촌탁상심우
應 酬 接 擲 渶　　　응수접척유

맑은 날 푸른 바다에 배를 띄우는데
아지랑이에 섬들은 아득히 보이고
답답한 친구의 마음을 헤아려
권하는 술로 회포를 풀어본다

韻(운): 艀. 茠. 渶. (平. 正格)

註)
晴天: 맑은 하늘.
南海: 남해의 여수바다.
艀: 배 띄우다.
列島: 늘어선 섬들.
眇: 아득하다. 渺(묘)와 같음.
嵐茠: 아지랑이가 가리다. 嵐은 아지랑이. 茠는 덮다. 그늘지다의 뜻도 있음.
忖度: 마음을 헤아리다.
傷心: 상처받은 마음. 답답한 마음.
友 :벗.
應: 응당. 마땅히.
酬接: 손님을 접대하다. 대접하다.

擲: 던지다.

溟: 깊다. 곧 깊은 바다.

* *

 여수에 사는 친구(김욱성)가 요트를 샀다며 뱃놀이하자고 놀러 오라는 말이 무척 고마워 집을 나섰다. 고향이나 다름없고 해양 엑스포가 열렸으니 바람을 쐴 겸 가 보고 싶어도 심사가 편치 않아 선뜻 나서지 못하고 있을 때다.

 여러 가지 신경 쓸 일이 많아 힘든 시기이기에, 아지랑이가 시야를 가로막은 것처럼 불투명한 현실이 답답하였는데, 남해 바다에 유유히 흐르는 배 위에서 술과 어우러진 소리의 흥겨움에 멀리 쳐다볼 생각은 사라지고 몸이 절로 반응 한다.

 늘 소동파를 연모하여 마음의 여유가 생기면 흉내라도 내 볼 요량을 하고 있었으니, 굳이 달밤은 아니더라도 벗과 즐거운 뱃놀이의 기억이다.

2012년 6월 13일 친구 旭成에게

訪延齋　　　　　　방연재

花 橋 恒 㤼 嗎　　　화교항개언
似 菌 嗣 山 邊　　　사함사산변
主 客 迎 尋 發　　　주객영심발
相 撝 六 一 前　　　상위육일전

두메산골 꽃 다리의

함박 웃는 꽃봉오리처럼

오는 이 반기는 이 좋아하니

61번지엔 행복이 가득하리라

韻(운): 嗎. 邊. 前. (平. 正格)

註)

訪延齋: 행복이 찾아오는 집. 訪은 찾아오다. 延은 맞이하다. 들이다, 미치다

등의 뜻도 있음. 齋는 집.

花橋: 꽃 다리. 여수시 화양면 소재의 동네길 이름.

恒: 항상. 늘.

㤼: 근심이 없다.

嗎: 기쁘고 즐거워하다.

似: 같다.

菌嗣: 계속 피는 꽃봉오리. 菌은 꽃봉오리. 嗣는 잇다.

山邊: 산 가까이에서.

主客: 주인과 손님.

迎尋: 찾아오는 이를 맞이하다.

發: 피다. 주객의 웃음꽃이 피다.

相撝: 서로 돕다. 撝는 돕다. 휘로 읽을 때는 찢다. 지휘하다.

六一: 61번지. 친구의 집.

前: 앞이라는 뜻도 있지만 여기서는 인도하다.

＊＊

　월요일, 여수 화양면의 꽃다리길에 있는 친구(박남훈) 집을 찾았다. 도로명 주소(꽃다리길 61번지)에 걸맞게 두메에 있는 마을 집들이 소박하며 마당의 꽃들도 예쁘고 향기롭다.

　사방산 너머로 떠오르는 달도 좋다 하니 달맞이하기에도 좋을 것 같다. 堂號(당호)를 지어보면서 대대로 행복하기를 기원해본다.

2018년 5월 23일

烏女　　　　　오녀

家慶突山春美員
稀年罕古況稀婚
佳辰五女嗎長壽
晤面臨機虞敷昏

가경돌산춘미운
희년한고황희혼
가신오녀언장수
오면임기우약혼

양친이 계신 돌산의 봄날 즐거움은 더하는데
예부터 고희도 드문데 결혼 70주년이라
딸들은 장수를 기쁘고 즐거워하면서도
늙어가신 것을 염려하는구나

韻(운): 員. 婚. 昏. (仄. 變格)

註)
烏女: 까마귀의 딸이 아니라, 까마귀 같은 다섯 딸, 오녀(五女)인데 효심이 깊
은 까마귀로 표현.
家慶: 양친이 살아계심.
突山: 여수시 돌산을 일컬음.
春美員: 봄에 아름다움이 더하다. 員은 더하다(益, 익)의 뜻. "원"으로 읽을 때
는 관원, 둥글다의 뜻이 있음. 곧 아름다운 봄에 경사가 더함.
稀年: 70세, 고희(古稀)의 나이.
罕: 드물다.
罕古: 예부터 드물음.
況: 하물며.
稀婚: 희혼례(稀婚禮), 곧 결혼 70주년을 말함.

佳辰: 좋은 때, 佳-아름답다, 좋다. 辰-때.

五女: 다섯 딸.

嘻: 기쁘고 즐거워하다(喜樂).

長壽: 오래 삶.

晤面: 서로 만남. 얼굴을 마주 봄. 晤는 만나다.

臨機: 시기에 다다름.

虞: 염려하다.

斂昏: 해그림자가 짐, 곧 늙어 감. 斂은 해그림자. 昏은 날 저물다(日暮).

* *

    살면서 사람으로서 제대로 사람 노릇을 하기가, 時機(시기)나 形便(형편) 때문에 정말 어렵다는 걸 절감할 때가 많았다. 배우는 학생 신분이었을 때는 그렇다 치더라도, 성인이 되어서 제대로 인사와 예의를 갖출 수 있었음에도, 부모와 육친은 말할 것도 없거니와 감사의 은혜를 베풀어주신 분들에게, 한눈을 팔다가 사람 노릇을 할 기회를 놓쳐버린 것이 두고두고 마음에 悔恨(회한)이 되어 자리하고 있기도 하다.

    그때 실기(失機)만 하지 않았던들 하며 지나간 기억을 떠올리며 조금씩 정리를 하고자 하는 요즘에, 그토록 가슴 아파하지 않아도 되었을 터인데 말이다.

    어제 해 질 무렵 머리가 무거워 찾았던 선암사의 적막함도 심란함을 달랠 수가 없어서 여수행 버스에 몸을 실었다. 저녁 시간이 지나가고 있었지만 도착해서 무턱대고 전화하고픈, 어찌 보면 언젠가는 갚아야 할 신세를 진 친구(박남훈)와 쓴 술잔을 기울이고 싶기도 해서였다.

    선약이 있었음에도 흔쾌히 일행과 함께 달려온 친구와 바닷가의 조그만 선술집에서, 이런저런 얘기를 나누다 보니 동석한 3명이 친자매란다.

    얼마 전, 부모님의 결혼 70주년(稀婚禮) 행사를 가족과 함께 조촐하게 보냈다는 얘기와 지금도 건강하시다는 말을 듣고서, 부러움 속에서도 선고(先考)

와 먼저 가신 外家의 누님 생각에 잠시 목이 칼칼해졌다. 불효와 은혜는 지금 와서 어찌할 수 없는 노릇이나 살아계신 분들에게만이라도 어떻게 보답해야 할까 고민해보지만, 가진 것도 없고 무능하기까지 하니 뾰족한 방법을 찾기가 어려울 것 같아, 마음에 영원히 새기는 뜻으로 글을 써서 남기고 싶어 한 분, 한 분 손가락으로 꼽아보았다. 그리고 그 구부렸던 손가락 숫자만큼 기울이던 술잔이 가슴을 쏴 하고 훑었다.

새벽, 속이 쓰려 잠에서 깨고 보니 간밤에 과음을 한 때문인지 머리마저 지끈지끈 아프다. 되짚어 보니 아무래도 갚아야 할 빚이 많았던 모양이다. 애비 노릇조차 제대로 못하면서 애들까지 생각했으니 말할 필요 없는 일 아닌가!

재주를 요 하는 것이 아니고 진정만 기록하면 되겠지만 워낙 부족함이 많아 표현할 수 없을까 봐, 쓸 수 있을 만큼 줄였는데도 불편한 속을 보면 감정도 감정이지만 평소의 주량을 넘게 마셨던 것이다.

어제저녁, 자리를 함께했던 자매들의 부모님이 딸들 이름자에 葉(엽)자를 붙였는데, 다섯 딸들 모두 건강하고 화목하다니 얼마나 행복하신 분들인가! 자고로 枝葉(지엽)이 무성하고 싱싱함은 뿌리가 튼튼하게 자리하고 있다는 뜻이니 말이다.

부러운 노부부의 건강과 장수를 기원하면서, 孝心이 깊은 守, 春, 空, 順, 美, 다섯 딸 들의 얘기를 적어본다.

2014년 3월 21일

涼秋月波   양추월파

友	至	遐	京	處	事	光

友 至 遐 京 處 事 光   우지하경처사광
乘 間 醹 毒 過 無 餴   승간윤독과무랑
知 醒 翌 日 疏 邀 送   지정익일소요송
倒 屣 伴 尊 豈 載 忘   도사모존기재망

친구가 일 때문에 서울에서 내려왔기에
국물도 없이 독한 술로 수작하였더니
다음날 술이 깨서야 대접이 소홀함을 알았지만
진심으로 존경하는 마음이야 어찌 변할까

230

韻(운): 光. 餴. 忘. (仄. 正格)

註)
涼秋: 음력 9월.
月波: 서울 친구(이행녕)의 호.
友至遐京: 멀리 서울에서 벗이 오다.
處事: 일을 처리하다.
光: 광주.
乘間: 틈을 내다. 짬을 내다.
醹: 반주.
毒: 독하다. 독한 술을 말함.
過: 과하다. 독한 술을 과하게 마시다.
無餴: 국물도 없이. 餴은 국.
知: 깨닫다. 알다. 속이 쓰리고 뒤집어지는 것을 통해서 대접의 소홀함을 알다.

醒: 술 깨다.

翌日: 다음날.

疏: 疏忽(소홀)하다.

邀送: 맞이하고 보내다. 대접함을 말함.

倒屣: 신발이 뒤집어지다. 곧 신발이 뒤집어질 정도로 진심으로 환영하는 뜻. 여기서는 진심을 나타냄.

侔尊: 서로 존경하다.

豈載忘: 어찌 잊을까. 곧 대접이 소홀하였다 하더라도 마음은 변함이 없다는 뜻. 載는 해, 곧 세월이 가도의 뜻. 싣다 등의 뜻도 있음.

＊＊

화요일(16일)에, 서울에서 회계사로 있는 친구(이행녕)가 업무차 광주에 내려왔다.

전날 내려온다는 연락을 받았으니 뭔가 준비를 했어야 하는데, 하룻밤 자고 갈 수 있겠지 라는 여유로운 생각으로 안일하였다. 12시가 되어갈 무렵 만나 얘기하였더니, 다음날 오전에 중요한 약속이 있다며 밤에 가야 한다고 한다.

담양에서 점심을 하고, 중국술 "서봉주" 생각에 혹시나 하고, 송정역 앞의 중국식품 파는 곳으로 갔다. 원하는 술은 없어서 주인이 제일 좋다며 권하는 53도의 "汾酒"를 사고, 내가 다니는 무등산 산책길을 가보고 싶다고 해서 원효사 뒷길을 걸었다. 바람재를 지나 너덜겅 약수터 못 미쳐 까지 갔다 오며 이런저런 얘기를 하다, 월말에 독창발표회 준비로 성악 지도를 받는다며 휴대폰에 녹화한 영상을 들려준다. 이은상이 작사한 "동무 생각"이다. 가사의 다른 부분은 귀에 안 들어오지만,

-청라언덕과 같은 내 맘에 백합 같은 내 동무야, 네가 내게서 피어날 적에 모든 슬픔이 사라진다.-

굳이 말을 안 하더라도, 고독하게 사는 친구에게 들려주려는 것 같은 노랫말이 가슴에 울린다.

저녁에 처소에서 간단하게 저녁밥을 짓고, 고기 몇 점 프라이팬에 구워서 김치에다 반주로 수작을 하였다.

술 몇 잔을 마시고서 하는 말이 내 글이 어둡다 한다. 나도 유정란을 낳고 싶으나 처지가 그래서라고 답을 했더니, 300년 후에 빛날 수도 있다고 하면서 격려를 한다. 그럴 리가 없고 원하지도 않지만, 古拙(고졸)의 글을 읽어봐주고 격려해주는 친구가 있다는 것만으로도 행복하다. 한편으론 대접이 疏忽(소홀)하였던 것이 미안하기만 하다.

속을 다스릴만한 국물도 없이 독한 술을 마셔서인지 새벽녘에 화장실을 두 번 다녀온 뒤 종일 누워 있었다. 해 질 무렵에 산책을 다녀오고 나니 머리는 조금 맑아졌다. 콩나물을 사다가 서툰 대로 국을 끓여 불편한 속은 다소 해결하긴 했으나 오늘까지 배탈이 멈추지 않는다. 평소 술을 안 하던 친구는 아무렇지도 않다며 출근길에 전화를 한다. 상경 길에 속이 쓰렸을 텐데도.

술도 血統(혈통)이 있나 보다. 포장이 번드르르하며 비싸다고 아무나 名酒(명주)가 되는 것이 아니고, 맛도 그렇지만 은은한 향과 뒤끝이 좋아야 하듯이.

음력 9월의 맑은 하늘에 상현달이 밝게 빛나는 밤.

2018년 10월 18일(涼秋上弦)

嗚呼李仲燮　　오호이중섭

人 生 幾 十 年	인생기십년
豈 比 落 枌 先	기비락심선
此 處 韶 光 短	차처소광단
天 公 死 後 偏	천공사후편

몇십 년의 인생을

낙엽과 비교 할 수 있을까만

아름다웠던 이승의 추억은 짧았더라도

사후에 하늘이 그대를 기억하도다

韻(운): 年. 先. 偏. (平. 正格)

註)

嗚呼: 아! 슬플 때 내는 감탄사.

李仲燮: 이중섭. 황소 그림으로 유명한 화가.

人生: 인생.

幾: 몇.

十年: 십 년.

幾十年: 사람이 산다고 해봐야 몇십 년이나 될까? 저마다 다르겠으나, 이중섭은 나이 40에 영양실조(굶어 죽음)로 생을 짧게 마감함.

豈比: 어찌 비교 할 수 있을까.

落: 떨어지다.

枌: 나뭇잎.

先: 먼저. 이중섭의 생은 낙엽과 비교했을 때 얼마나 빨리 떨어졌을까? 나뭇잎은 일 년도 안 되어 떨어지지만, 그렇다고 결코 나뭇잎의 삶이 짧다고 할 수는 없다. 나름의 수명이 있으니 사람과 나뭇잎을 비교해서 어느 것이 짧고 먼저 진다고 비교하는 것은 어리석다.

此處: 이승. 곧 此地(차지: 이 땅).

韶光: 아름다움. 아름다웠던 시간.

短: 짧다.

天公: 하늘.

死後: 죽은 뒤.

偏: 치우치다(사람들의 사랑을 받음). 곧 이중섭을 생각해서 후인들이 기억하고 찾아오는 것을 말함.

＊ ＊

누군가에게는, 하늘이 才器(재기: 재주와 그릇)를 특별하게 賦與(부여)하였으나, 그 賦與(부여)받은 것이 이 땅에서 일생을 보내는 도중에, 切曲(절곡)되어 器量(기량)만큼 담아내지 못하거나 才를 다 발휘하지 못하고 꺾임은, 그 삶이 의지와 달리 순탄치 못하였다는 것을 알 수 있다. 그래서 깊은 수렁의 환경이나 구속된 여건에서 벗어나 보려던 처절한 삶의 기록은, 접하는 이들에게 안타까움으로 다가와, 탄식과 더불어 더러 눈물짓게 하기도 한다.

내가 만난 大鄕(대향: 이중섭의 호)도 그렇다. 그는 엄혹했던 현실에서 오는 離散(이산)의 고통과 가족에 대한 생각을 그만의 시각과 독특한 技法(기법)으로 풀어놓고 갔다.

그 세계를 전부 들여다볼 수는 없으나, 遺作(유작) 몇 점을 들여다보면, 단절된 가족 공동생활에서 오는 그리움과 그로 인하여 자연스럽게 去勢(거세)되어버린 男性(남성)이, 분출되지 못한 아니 분출할 수 없었던 욕구를, "부부", "사랑", "게와 아이들" 등의 여러 작품에서, 슬프지만 희망의 끈을 놓지 않은 家長(가장)을 나타내었다가도, 남성이 게에게 곧 잘려버릴 것만 같은 위태로운 모습으로도 표현하였다.

"묶인 새"에서 飛翔(비상)을 꿈꾸다 鳥籠(조롱)의 삶보다 못한, 飢餓(기아)

의 거미줄에 묶인 굶주린 현실에 대한 체념과 절망의 모습, "청기와"를 통해서는 뼈 마디마디에 얽은 굵은 동아줄을 헤쳐 보려고 바득바득 애를 쓰다가, 粉碎(분쇄)되기 직전의 모습으로 하늘을 향해 그 무엇을 토하고 있는 자화상은 어두운 하늘을 향한 비장함이, 떨어지는 빗물에 섞여 흑색이 되고 있었다.

아! 李仲燮. 그런 당신이 나더러 왜 눈물짓게 하고, 만날 날이 다가올수록 마음이 설레게 되었는지 알았습니다. 처음엔, 그렇게 저렇게 듣거나 보았던 황소를 통해서 기회가 주어지면 유작을 한 번쯤은 직접 보는 것도 좋겠다는 그저 그런 생각과, 덕수궁에서 전시회를 한다기에 덤으로 돌담길을 걸어보는 낭만도 가져 볼 요량을 한 데다, 언제나 찾아오는 가을이지만, 인생의 가을에 생각나는 月波(월파, 친구 이행녕의 호)를 만나, 酬酌(수작)을 할 수 있겠다는 생각만으로도 즐거움은 충분하리라 여겼었는데, 서울을 향한 버스에서 보통의 나들이라는 감정 외에, 왠지 모를 특별함이 내게서 떠나지 않았던 것은, 당신의 서글펐던 역사의 기운이 밑그림으로 다가왔기 때문이었습니다.

거기에 덧칠해진 당신의 구구절절한 談畫(담화: 그림으로 표현한 심정)를 듣고 난 뒤, 덕수궁 미술관 밖에 내리는 비에는, 전시장 한쪽 벽에 오롯이 서서 안부를 듣고자 하는 친구의 애절함도 솟구쳐 올라 함께 흘러내리고 있었습니다.

당신도 당신이지만, 처참했던 江山(강산)보다 더 焦土(초토)화된 심정으로 절절하게 당신을 그리며, 꿈에라도 현몽하기를 바라는 친구(具常구상)의 마음(焦土의 詩 14)과, 내 안의 것도 씻어 내리듯이. 주룩. 주룩.

당신의 한 서린 얘기를 다시 한번 직접 들어보고 싶으나 올라가지 않으렵니다. 은은하게 다가오는 달빛처럼 가슴 한켠에 자리 잡고 있는, 月波(월파)가 가슴에 안겨준 圖錄(도록)을 보고 餘他(여타)의 얘기는, 친구(具常구상)를 통해 들어볼 수 있겠기에.

2016년 9월 27일

作綽號　　　　작작호

淙琤消滌垢塵先　　종쟁소척구진선
藏谷淸流爭後前　　장곡청류쟁후전
訧㲯紫薇年供養　　우만자미년공양
何時解殼沈幽玄　　하시해각심유현

흐르는 물이 속세의 때를 씻어준다는 명옥헌에
이르러보니
장계 계곡의 맑은 물은 앞을 다투며 흐르고
개울가의 백일홍은 해마다 허물을 벗으며 공양하는데
언제 유현에 이를 수 있을까?

韻(운): 先. 前. 玄. (平. 變格)

註)
作: 짓다.
綽號: 별명. 남들이 별명처럼 지어서 불러 주는 이름.
淙琤: 물 흐르는 소리, 물이 흐르면서 내는 맑은 소리.
消滌: 깨끗이 씻어 없애줌. "정홍명"의 "명옥헌기"에 不覺垢穢消滌(불각구예
소척: 자기도 모르는 사이에 속세의 때를 씻어준다 했음).
垢塵: 속세의 때, 塵(진)은 穢(예)와 같음.
先: 먼저, 곧 먼저 가다.
藏谷: 감춰진 골짜기. 명옥헌 옆의 조그만 골.
淸流: 맑게 흐르다.

爭後前: 앞뒤를 다투다. 곧 앞뒤를 다투며 흐르다.
訧: 허물.
䖱(만): 껍질을 벗다. 蔓皮과 같음.
紫薇: 백일홍.
年供養: 해마다 부처에게 음식 옷 따위를 바침, 여기서는 백일홍이 부처가
되기 위해 燒身(소신: 몸을 불에 태우는 것, 김동리의 등신불에 나옴)공양은 아니
더라도 허물을 벗으면서 끊임없이 노력한다는 뜻.
何時: 언제. 어느 때.
解殼: 껍질을 벗음, 곧 해탈(解脫).
沈: 빠지다. 이르다.
幽玄: 매우 깊고 오묘한 도의 경지.

* *

　언제였을까? 그러니까 한 달쯤 전이었을까, 오랜 친구는 아니지만 연배가
같은, 근래에 만난 친구들끼리 술 한잔 하면서, 이런저런 얘기를 하다가 근
황에 대해서 설명하며, 가끔 심심하면 글을 써보고 있노라 했다.
　술자리의 흥이 무르익었을 무렵, 잡다한 얘기 끝에 각자의 이름 얘기가 나
와 촌스럽다거나 흔하다는 등 하다가 동석한 사람 모두에게 綽號(작호: 이름
대신 부를 수 있는 별명)를 지어주기로 덜컥 약속을 해버렸다. 그 친구들에 대
해서, 깊이 있게 알지도 못할 뿐만 아니라 지나온 과정의 환경이나 성격, 지
향하는 바의 미래라든지 어떤 특정 지을만 한 것을 제대로 파악하여 습득이
안 된 상태에서 불쑥 해버린 것이다.
　뒷날은 물론 한참을 지나도록, 아무리 생각을 해봐도 내가 그때 왜 그랬는
지, 참으로 내 주제 파악을 못한 한심한 처사로 인하여 머리가 아팠을 뿐 아
니라, 해결하지 못했던 사업의 정산과 맞물려, 무엇을 하든지 일이 손에 잡
히거나 책을 보아도 머리에 들어오지 않았다.

　하찮고 같잖은 글을 쓰면서 무엇을? 누구에게 보여주고 자랑하려 했는지

모르겠지만, 술만 먹으면 도지는, "그래 그까짓 것 오케이 오케이다"라고 생각(無不能事 무불능사: 하지 못하는 일이 없음)하며 내뱉는 고질병(젊은 시절 무엇이든지 다 할 수 있을 것 같은 의욕으로 인하여 생긴 병)이 다 아물었나 싶었는데 다시 재발한 것이었다. 그래도 어떻게든 약속했던 일이라 해결해야 하겠기에 노력을 해보았으나, 막상 兩者(양자)의 일에 대해서 어떠한 단초(端初)도 찾지 못하고, 그럭저럭 시간만 허비하고 있는데, 기다리는 당사자들의 "지금쯤 머릿속에 들어 있을 법한데"라는 은근한 말 한마디가 더욱 신경 쓰이게 한다.

그러다 서울에 있는 본사에서 시한통첩(時限通牒)을 보내오니, 친구들과의 약속도 그렇지만, 서울의 일이 火急(화급)하게 된 것이다. 통첩을 받았으니 어떻게든 해결해 보려고 별궁리를 다해보지만, 하면 할수록 머리만 아프고 고민 역시 깊어진다. 근본적으로 무능하고 경제 능력을 상실했기 때문이라 그렇다. 집사람에게 어렵게 사정을 얘기했더니, 마련해보겠노라고 하며 덧붙여 하는 말이 남자가 용기를 가지란다.

238

사업을 그만두고 1년이 넘도록, 주변의 특별한 애경사를 제외하곤 사람 만나는 일을 자제하고 시내로의 출입을 아니 하고 있으니, 위축되고 풀이 죽어 보였던 모양이었다.

태풍 "덴빈"이 지나간 31일 새벽 5시, 버스로 서울에 올라가, 그동안 積阻(적조)했던 후배를 사무실로 찾아가 만나기도 하고, 친구도 만나서 차 한잔 하며 얘기를 하다 보니 마음이 한결 편해졌다. 더군다나 본사의 고위 간부와 협상도 하고 협박(?)했던 것이 주효했는지, 담당자와 서로 좋은 쪽으로 일을 마무리하기로 합의하고 내려오니 그렇게 홀가분하고 기분이 좋을 수가 없다.

가뿐한 마음으로 일요일 오후에 명옥헌에 갔다. 어지간하면 주말에는 외출을 삼가고 집에 있는데, 내려오는 버스 안에서 생각해두었던 글귀가 생각나기도 하였지만, 많은 비를 뿌렸던 "덴빈"의 피해가 있는지의 여부도 궁금하여서였다.

전의 "볼라벤"이 왔을 때, 부러졌던 백일홍의 가지가 허물(蔓皮만-벗겨진 껍질)이 붙은 채 나무에 매달려 있는 것이 눈에 들어오는데, 땅에도 허물의 일부가 여기저기 흩어져있다.

순간, 학창 시절 교과서에 나오는 등신불의 燒身(소신)공양이 머리에 떠올라 어줍잖게 綽號(작호)에 대한 글을 마무리 할 수가 있었다. 이는 받는 이에게 주는 詩라기보다, 스스로에게 주문하는 심정의 글이다.

백일홍은 매년 껍질을 벗는다. 부처의 길로 가기 위해 몇백 년 동안 허물(訛)을 벗는 공양을 하는데, 나는 무얼 하고 있는가에 대한 반성이고 재촉인 것이다.

아직도 벗지 못한 허물(訛우=過과)과 業(업)을 어떻게 하면 지워 버릴 것인가에 대한 방편으로, 마음 같아선 장계계곡의 맑은 물로 날마다 消滌(소척)하여, 그 찌꺼기(垢塵구진)가 연못에 가득 차서 넘쳐흘렀으면 한다.

마음에 들지 모르겠으나, 詩(시)의 첫 글자인 종(淙)과 마지막 글자인 현(玄)을 합하여 淙玄(종현)이라 하였다.

이것은 시의 내용처럼, 명옥헌에서 묵은 때마저 씻으려는 노력으로, 모든 업이 소멸되고 청정무구(淸淨無垢)함이 되었으면 하는 바람으로 쓴 글이다.

2012년 9월 3일

蕸露　　　　　　　　하로

未醒　　　　　　　미성

誰 何 傜 問 余	수하요문여
淑 夏 露 昌 唹	숙하로부어
月 夜 聞 喓 寐	월야문요매
梅 妻 鶴 子 趣	매처학자여

누가 "뭣 허고 사요"라고 물으면
햇빛에 영롱한 아침 이슬 보며 웃고
달밤에 벌레 소리 들으며 잠들면서
조용히 살고 있다고 답하리라

韻(운): 余. 唹. 趣. (平. 正格)

註)

蕸露: 연잎의 이슬. 蕸는 연잎.

未: 아직 ~하지 못하다.

醒: 술 깨다, 깨닫다의 뜻도 있지만 여기서는 꿈을 깨다.

誰: 누가.

何: 무엇. 무슨.

傜: 일. 부리다. 곧 몸을 부리다.

問: 묻다.

余: 나.

淑: 맑은.

夏露: 여름 이슬. 장맛비가 올 때 차를 마시려 한옥의 마루에 앉아 있으려니,

어릴 적 빗방울이 토란잎 위로 맑은 물방울이 구르던 생각에서, 연잎이나 토란잎에 맺힌 맑은 이슬을 생각함.

昌: 햇빛.

哂: 조용히 미소 짓다. 웃다.

月夜: 달밤.

聞: 듣다.

嘌: 벌레 소리.

寐: 잠자다.

梅妻鶴子: 세속과 떨어져 은둔하면서 유유자적 하는 것.

趣: 편하게 자기의 길을 가다.

* *

술을 마시지는 못하지만, 늘 자리를 함께 해왔던 명옥헌의 친구인 숙하에게, 퇴직 후의 삶이 부대낌 없이 梅妻鶴子(매처학자)처럼 평온하고 여유로운 노후를 보냈으면 하는 바람으로 썼다. 주부로서 자식들 키우며 가정과 직장 생활을 병행하기란 여간 어려웠을 터인데, 고생을 이겨내고 무사히 공직을 마쳤으니 다행이며 축하할 일이다.

2017년 7월 8일 (陰 雨月 望日) 음 5월, 보름날 밤

未傳書　　　　　　　　미전서
長興友　　　　　　　　장흥우

長 興 胡 桃 貴 族 乎	장흥호도귀족호
何 王 爵 位 不 聞 姑	하왕작위불문고
兪 然 負 恃 鄕 儒 賜	유연부시향유사
未 遇 高 山 水 也 虖	미우고산수야호

장흥 호도가 귀족인가?

왕이 작위를 줬다는 얘기를 듣지 못 하였는데

장흥의 선비라면 모를까

아직 고산을 만나지 못하고 큰물 역시 보지

못하였는가!

242

韻(운): 乎. 無. 虖. (仄. 變格)

註)

未傳書: 아직 전하지 못한 글.

長興: 전남의 장흥.

胡桃: 호도. 호두라고도 함.

貴族: 귀족. 장흥에서 생산되는 귀족 호도를 말함. 특정의 나무에서 열린다
함. 생산량이 적어서 한 쌍이 꽤 값이 나간다 함.

乎: 어조사.

何王: 어느 왕. 어떤 왕. 어느 누구라는 뜻.

爵位: 작위.

不聞: 듣지 못하다.

姑: 아직. 시어미, 시누이, 고모, 장모 등의 뜻도 있음.

兪然: 그렇다면.

負恃: 믿고 의지하다.

鄕儒: 시골(장흥) 선비.

賜: 주다.

未遇: 아직 만나지 못하다. 未는 아직~ 하지 못하다.

高山: 높은 산. 여기서는 만인이 우러러보는 사람. 高山景行(고산경행: 만인이 우러러보는 것과 누구나 가는 큰길)의 뜻으로, 많은 사람의 崇敬(숭경)을 받는 것의 비유.

水: 물. 큰물을 말함.

也: 어조사이지만, 중국어로서는 ~역시, ~도, 등의 뜻으로 쓰임. 水는 氵로 바꾸어 也자와 결합하면 池(지)가 됨. 곧 장흥의 벗인 池사장.

虖: 보지 못하다. 不見의 뜻.

**

乍晴乍雨雨還晴(사청사우우환청), 天道猶然況世情(천도유연황세정) "잠깐 맑았다가 잠깐 비오고 비 오다가 다시 맑아지고, 하늘의 도도 그러하거늘 하물며 세상의 정(인심)이야"라는 시구가 있다. 변하는 세상인심을 나타내는 글이다.

명옥헌에서 처음 만난 6년 前부터, 한 5년 가까이 다른 친구와 함께 정을 주던 장흥의 벗(池사장)이 있었다. 하지만 정서불안으로 시시각각 변하는 마음조차 추스르지 못하던 나는, 그를 위해 뭘 할 수도 없고, 또 무엇으로 어떻게 답례를 할 수 없었던 처지에다 무심함도 더해져 積阻(적조)하게 되었다.

추석이 다가오던 어느 날, 광주에 오게 되면 식사나 하자고 전화를 했다. 만나면 식사를 대접 하면서 마음도 전할 겸 글을 준비하였으나, 다음날 온다던 이가 이틀이 지나도록 아무런 연락이 없고 전화도 받지 않는다. 아무래도 성의와 情理(정리)를 모르는 사람이라 생각하고 잊으려 하는지도 모르겠다.

　항상 感謝(감사)함은 잊지 않고 있다는 의미로, 처음 만나던 해에 장흥 특산품이라며 주던 "귀족호도"를 소재로 글을 썼다. 現世(현세)에선 至極艱難(지극간난: 지극히 힘들고 어려워)하여 身不伸 意不布(신불신, 의불포: 몸이 움츠러들어 뜻을 펴지 못함)의 처지이나, 死後 하늘 어딘가에서 혹 만나게 된다면, 그간의 정을 回憶(회억)하고 좋은 곳으로 인도하여, 귀히 대접하려 주는 證票(증표)의 글인데.

2018년 9월 17일

易攻不愧　　　　이공불괴

詩 文 皆 受 容　　시문개수용
孰 解 款 談 胸　　숙해관담흉
處 世 單 思 記　　처세단사기
而 予 感 興 縀　　이여감흥중

시에 뭐든지 담되
누구나 심정을 이해할 수 있게 하고
세상사(事)의 생각과
서로의 감흥을 더하면 되리라

韻(운): 容. 胸. 縀. (平. 正格)

註)
易攻: 쉽게 짓다. 攻은 짓다(作).
不愧: 부끄러워하지 않다.
詩文: 시.
皆: 다. 모두.
受容: 대상을 받아들여 표현하는 것.
孰: 누구나.
解: 풀다. 이해(理解)하다.
款談: 터놓고 하는 얘기.
胸: 흉금. 심정.
處世: 세상에서 살아가는 일. 世上事(세상사)
單思: 혼자만의 생각. 단순한 생각.

記: 기록하다. 적다.
而予: 너와 나. 而는 어조사. 같다. 그리하여 여러 뜻이 있으나 여기서는 너
(汝여)의 뜻. 予는 나.
感興: 마음속에 감동받아 일어나는 흥취.
緟: 더하다.

* *

어제가 시인 윤동주가 서거한 지 72주년이다. 일본의 좁은 방에서 시가
쉽게 쓰였다고 스스로 부끄러워하면서 민족의 슬픔을 노래한 시인이다.

오늘 장흥의 벗이 광주의 지인들과 함께 찾아와 위로해준다며 점심을 산
다. 오랜만의 만남이라 반주를 곁들인 대화로 즐거운 오후를 보냈는데, 술
한 잔의 흥도 있지만 그들의 고마움에 몇 줄의 글이라도 남기고 싶었다. 글
은 글이로되, 깊이도 없이 부끄러운 줄 모르고 생각이 이렇다는 의미로 적
었다.

산사의 하늘엔 별이 총총하다. 시인의 영혼은 어디에서 빛나고 있을까?

2017년 2월 17일

貪裗	탐쉬
佳宵裗作宴	가소쉬작연
管與樂聲晶	관여락성뢰
涸轍從他酒	학철종타주
孤秋何構萊	고추하강래

10월의 마지막 밤, 쉬작의 연회는

색소폰과 더불어 여인들의 웃음도 넘치는데

벗을 따라 객고를 술로 달래려니

더하는 외로움

韻(운): 晶. 萊. (平. 變格)

註)

貪裗: 여벌 옷을 탐내다. 裗는 여벌 옷(副衣).

佳宵: 아름다운 밤. 양력 10월의 마지막 밤의 연회를 말함.

裗作: 본디 作裗로 해야 함이 어법에 맞으나 "she 作"이라는 카페의 이름을 나타내기 위해 글자를 도치하였음.

宴: 잔치.

管: 관악기. 곧 색소폰.

與: 더불어.

樂聲: 즐거운 소리.

晶: 밭 사이. 여인들을 지칭.

涸轍: 수레바퀴 자국에 고인 물. 涸은 물 마르다의 뜻. 轍은 수레바퀴 자국. "涸轍鮒魚(학철부어)"에서 따온 말. 鮒魚는 붕어, 곧 물고기를 말함. 수레바퀴 자국의 고인 물, 그 속에 갇힌 물고기의 처지. 곧 물이 말라서 죽어가는 곤궁한 처지가 나와 같아서 표현.

從他: 남을 따라서. 他는 타인, 虛田(허전)이라는 벗을 지칭. 곧 객지에서 만난 벗을 따라서 초대받지 않은 곳을 감.

酒: 술.

孤秋: 외로운 가을.

何: 언제.

耩: 밭을 갈다. 耕(경)의 뜻.

萊: 묵힌 밭. 쑥이라는 뜻도 있음.

**

객지에서 만난 벗이 마음을 써준 덕분에, "쉬작(She 作)"이라는 카페에서 10월의 마지막 날 밤 술 한 잔 먹고 所懷(소회)를 적은 글이다.

벗의 號(호)가 虛田(허전)이기에 "밭"을 연상하여 웃고 즐기는 여인들의 모습을 상기하면서.

2017년 10월 31일

賓祝　　　　　　　빈축

厄言廣舌皆與除　　치언광설개여제
座白玉樓星子肱　　좌백옥루성자거
到夜朋知會讚受　　도야붕지회찬수
函胡滿酌盍悰疏　　함호만작합종소

거두절미하고
백옥루의 한자리를 땅바닥님이 차지할 것이라고
벗들이 모여 수상을 칭송하니
어찌 축하하지 아니하겠는가

249

韻(운): 除. 肱. 疏. (平. 變格)

註)
賓祝: 손님으로써 축하하다.
厄言: 대 놓고 남에게 듣기 좋게 하는 말. 厄는 술잔, 치자의 뜻도 있음.
廣舌: 長廣舌의 뜻으로 쓸데없이 장황하게 늘어놓는 말.
皆: 다, 모두.
與: 의미 없는 어조사.
除: 버리다. 제하다.
座: 자리.
白玉樓: 천상에 있는 궁전으로 書畵를 잘하는 文人들이나 墨客들이 죽어서
가는 곳이라 함.
星子: 땅바닥님(닉네임=知人)을 가리킴. 호나 필명을 몰라 본명을 씀.
肱: 열다.

到夜: 밤이 되어.

朋知: 벗.

會讚受: 모여서 수상을 칭찬함.

函胡: 큰소리.

滿酌: 잔에 가득한 술.

盍: 어찌 ~ 아니하다.

悰: 즐거움(樂).

疏: 여러 가지 뜻이 있으나 여기서는 나누다(分).

* *

知人이 수필가(에세이스트)로서,

늦깎이로 데뷔 첫해에, 신인상과 올해의 작가상을 거머쥐었다 한다. 수상을 自祝 할 겸 벗들에게 한턱 쏜다기에, 빈손으로 참석해서 얻어먹는 것도 그렇고 해서, 마음으로 뭔가를 전해야 하겠다는 생각에 적어주었던 글이다.

읽어보고 흉이나 보지 않았으면 한다.

2016년 3월 31일

西鳳酒　　　　　서봉주

琴 兒 貽 鷺 山	금아이노산
槭 葉 美 詩 頒	축엽미시반
貴 酒 何 言 表	귀주하언표
姑 修 不 足 艱	고수부족간

금아가 노산에게 주었던
단풍잎은 아름다운 시가 되었는데
귀한 술은 무엇으로 표현해야 할까
어렵기만 하다

韻(운): 山. 頒. 艱. (平. 正格)

註)
西鳳酒: 중국 명주. 일반적으로 4대 또는 5대 명주로 분류된다 함.
琴兒: 피천득 선생님의 호.
貽: 주다. 授(수)와 같은 뜻.
鷺山: 이은상 선생님의 호.
槭: 단풍나무. "색"으로 읽을 때는 "나뭇잎이 떨어져 앙상하다"라는 뜻도
있음.
葉: 잎.
美詩: 아름다운 시. 이은상 선생님은 피천득 선생님이 내금강에서 가져온
단풍잎을 선물로 받고, 아름다운 시조를 지어 발표하였다 함.
頒: 발표하다. 본디 頒布(반포: 세상에 널리 퍼뜨려 모두 알게 함)하다의 뜻이나
轉注(전주: 뜻을 轉用)함.

貴酒: 귀한 술. 곧 西鳳酒를 말함.

何言: 무슨 말.

表: 표현하다. 나타내다.

姑: 아직. 시어머니나 고모의 뜻도 있음.

修: 닦다. 수양하다, 학문이나 정신의 수양.

不足: 부족하다.

艱: 어렵다. 근심의 뜻도 있음.

＊＊

아는 선생(이상호)님이 이번 여름방학 때, 중국을 또 간다기에 廉恥不顧(염치불고)하고, 재작년 겨울방학 때 중국 다녀오면서 선물로 사다 준 "西鳳酒(서봉주)" 한 병을 다시 한번 사다 달라고 부탁을 했다.

작년 초에 받은 술에 "西鳳酒(서봉주)"라는 이름 외에 "華山論劍(화산논검)"이라는 글귀가 옆에 붙어 있었다. 어릴 적 책을 많이 안 보기도 했지만, 방황하던 청소년기에도 흔히들 읽던 무협지가 너무 황당한 것 같아서 읽지 않았었던 터라, 그 自負(자부)하는 글귀를 미처 알아보지 못하고 단순히 "화산에서 검을 논하다?" 하고는, 그것이 무얼 의미하는지 검색해서 찾아보지 않은 까닭에 선물의 진가를 모르고 방치하였다. 그리곤 가을이 되어서야 주변 사람들과 객지의 숙소에서 마시게 되었는데, 한잔 마시는 순간 "아! 이것은"이라는 탄성이 절로 나왔다.

그리고 그 감탄은 5~6년 전의 전주의 기억을 재빠르게 反芻(반추)하고 있었다. 그도 그럴 것이 전주에서 친구(신현숙)의 주선으로 다른 친구와 함께 은사(오종일)님을 모시고 저녁을 하였다. 그때 은사가 중국에서 친한 대학 교수로부터 선물을 받은 것이라며 귀한 "당태종 이세민주"를 가지고 오셨다. 도수가 높아 서로 망설이니 처음 석 잔까지만 목이 타고 독하게 느껴지나, 그다음부터는 부드럽고 오히려 정신이 맑아진다며 마셔보라 권하신다.

그래서 다들 맛보고는 놀라움 속에 너도나도 하면서 큰 병을 다 비웠다. 그리곤 빈 술병을 집에 가지고 와서 아이들과 함께 인터넷으로 검색해서 어떻게든 구해보려고 애쓰던, 난생처음 마셔본 술이기에 앞으로 언제 다시 이런 술을 맛볼 수 있을까 하는 생각을 할 정도로 강한 인상과 함께, 그간의 중국 술에 대한 인식을 확 바꿔버렸었는데 그에 버금갈 정도였으니 말이다.

별 볼 일 없는 者에겐 특별함이 없으면 다시는 마시기 어려운 술이라는 생각에, 대체재로 작년에 마셔본 기억을 되살려 "서봉주"를 부탁함이었다.
어제 무더위도 개의하지 않고 집에까지 선물(대가를 한사코 마다함)을 가져다주신 선생님이 정말 고맙다. 단순한 여행이 아닌 학술적 목적이어서 따로 시간 내서 물건을 구입하기에 어려움이 많았을 텐데도, 잊지 않고 구해다 주니 뭐라 감사를 해야 할 줄 몰라서,

琴兒(금아: 피천득 선생님의 호)가 내금강산을 여행할 때, 만폭동의 예쁜 단풍 한 잎을 鷺山(노산: 이은상 선생님의 호)에게 갖다주었더니, 鷺山이 그 단풍잎을 받고선 아름다운 시를 지어 발표하였다는, 수필집 『인연』의 내용을 모방해본다.

땀이 흐를 때 끼얹는 한 바가지 물처럼 잠시 꺼낸 추억으로 행복한 여름날.

2018년 8월 12일

中折帽　　　　　중절모

歌 人 十 月 好 時 謠	가인십월호시요
黈 桐 丹 楓 見 樂 俏	주동단풍견락소
日 影 於 焉 登 至 峭	일영어언등지초
轑 知 不 識 變 眊 髟	료지불식변명표

가인에게 시월은 노래하기 좋은 때라
울긋불긋 단풍을 보고 즐기며 천천히 걷다보니
어느덧 해 그림자는 높은 산까지 이르렀는데
단풍만 보다 눈이 어두워지고 머리가
희끗희끗해짐을 몰랐네

韻(운): 謠. 俏. 髟. (平. 正格)

註)
歌人: 가인. 가수. 시인.
十月: 시월.
好時: 좋은 때.
謠: 노래하다. 읊다.
黈桐: 울긋불긋. 黈는 노란색. 桐은 붉은색.
丹楓: 단풍.
見樂: 보고 즐기다.
俏: 서서히 가다. 서서히 걷다.
日影: 해그림자.

於焉: 어느덧. 알지 못하는 사이에.

登: 오르다. 해그림자가 오르다. 나이 들어가다.

至峭: 산 높은 곳에 이르다. 峭는 산 높다.

轆知: 구르는 것만 알다. 단풍잎이 떨어져 구르는 것만 본다. 轆는 구르다. 知는 알다.

不識: 알지 못하다. 우매하게도 자기의 늙어 감을 모르다.

變: 변하다.

眊: 눈 어둡다.

髭: 머리털 희끗희끗하다. 머리 늘이다라는 뜻도 있음.

* *

나이 들어감을 피부로 체감할 수 있는 건 머리카락이 숭숭 빠지고 희끗희끗 흰머리가 많아지는 것이다. 거기다 바람이라도 불어서 머리카락이 흐트러지고 두통이라도 생긴다면, 보기에 흉할 뿐만 아니라 불편하고 고통스럽다. 그래서 5년 전부터 중절모를 쓰기 시작했는데 너무 늙은이 같다고 쓰지 말라는 핀잔을 孺子(유자: 아내)로 부터 듣곤 한다.

지역방송에서 백락청 교수가 나와 인터뷰하며 세계 시인들의 작품 전시를 한다기에, 시내에서 볼일을 보고 문화의 전당을 찾아가 직원에게 물었더니 전시가 없다고 한다. 분명한 기억이었는데 또 눈과 귀가 거짓말을 한 것일까 하는 생각을 하다, 비엔날레 전시관 쪽에 전화를 걸었으나 받지를 않는다. 할 일이 없어졌기에 집에 들러 옷을 갈아입고 산책을 나서려다 시간을 보니 3시 30분이다. 집에 들르면 너무 늦을까 봐 바바리에 중절모를 쓴 그대로 시내버스를 타고 원효사 뒷길을 찾아 걸었다.

원효사 뒷길은 포장된 평탄한 길이라 정장을 차려입은 채 걷더라도 지장이 없을 뿐만 아니라, 일몰이 가까운 오후에는 등산객도 거의 하산하고 없는 시간이어서 혼자 호젓하게 절정의 단풍을 감상하기에 딱 좋은 길이다.

약간 구름 끼고 흐려서인지 한두 명 만난 사람 외에는 평소보다 인적이 없어, 여유 작작 사색하고 구경하다 하산하려고 돌아나오는 도중에 어떤 일행들을 만났다. 그중의 한 분이 나를 보고 멋있다고 인사를 하고 간다. 시내도 아니고 산중에서 지나가다 보고 하는 말이라, 처음엔 산에 정장을 입고 온 것을 놀리려고 하는 말인 줄 알고, 돌아서서 전화번호를 주시면 감사의 뜻으로 어제오늘의 느낌을 글로 적어 드리겠노라 했더니 가르쳐준다.

진심이 담긴 尹銀在님의 칭찬이 기분 좋은 하루로 기억되게 만든다. 뭐 하시는 분인 줄 모르나 시월의 마지막 밤에 좋은 시간 되시라고 문자를 보냈다.

젊을 적의 시월의 마지막 날은, 으레 친구들과 술 한 잔으로 추억을 쌓곤 했는데, 산책 후의 쓸쓸함은 늙고 외로운 자의 머리와 가슴에 내려앉은 유흔이다.

2018년 10월 31일

6
불가

慕導光先師	모도광선사

辿 湟 求 道 舛	천당구도간
智 異 覺 皇 觀	지리각황관
祖 室 華 嚴 大	조실화엄대
雲 堂 衆 慕 寒	운당중모한

길을 찾으러 계곡을 따라 느릿느릿 걸어 오르다
지리산에서 각황을 보았다
조실의 화엄은 커다란 산이 되니
제자들의 가슴엔 그리움이 사무치리라

韻(운): 舛. 觀. 寒. (平. 正格)

註)
慕導光先師: 도광선사를 추모함. 구례화엄사 주지스님 導光大宗師(도광대종
사). 32주기 추도식이 9월 23일 오전 10시 화엄사에서 있었음.
辿: 느릿느릿 걷다.
湟: 골짜기. 계곡.
求道: 길을 찾다. 또는 도를 구하다.
舛: 높은 곳으로 오르다. "천"으로 읽기도 함.
智異: 지리산.
覺皇: 깨달음을 이룬 사람, 곧 부처를 말함.
觀: 보다.
祖室: 큰절의 원로 스님이나 주지를 뜻하며 도광 대종사를 말함.
華嚴: 萬行(만행-여러 가지 수행)과 萬德(만덕-많은 공덕)을 쌓아 德果(덕과-덕의

결실)를 장엄하게 하는 일.

大: 크다. 곧 덕과의 결실이 큼을 표현.

雲堂: 僧堂(승당) 곧 절을 말함.

衆慕: 모두 다 사모하다의 뜻.

寒: 춥다. 가난하다 등의 뜻도 있으나, 여기서는 뼈에 사무치다.

2016년 9월 23일

元曉寺   원효사

枬 漣 元 曉 寺   심연원효사
金 木 犀 孤 馨   금목서고형
徑 路 雲 深 晦   경로운심회
覘 闚 獨 坐 婗   점규독좌형

빗물 섧게 딛는 원효사에
외로이 금목서 향 날리고
구름 짙은 오솔길엔
예쁜 여인이 홀로 앉아있네

260

韻(운): 馨. 婗. (平. 變格)

註)
枬: 나뭇잎.
漣: 눈물 흘리다. 빗방울이 떨어짐.
元曉寺: 원효사.
金木犀: 금목서. 중국이 원산지인 물푸레나뭇과의 금목서. 금색 꽃이 피고
향기가 멀리까지 전해진다고 해서 천리향 또는 만리향으로도 불림.
孤: 외로이.
馨: 그윽한 향기, 馨香(형향)의 뜻. 향기 멀리 퍼지다.
徑路: 오솔길. 산책길.
雲深: 구름이 깊다. 구름이 짙다는 뜻.
晦: 어둡다.
覘闚: 엿보다.

獨坐: 홀로 앉아있다.
娙: 계집 키 크다. 또는 예쁘다.

**

　날마다, 날마다 찾고 걷는 원효사에 가을비가 지점거린다. 추적추적, 추적추적 내리는 비에, 물 큰 들리는 금목서의 서러워하는 얘기. 야속하게 내 꿈과 청춘이 사라지고 있다는,

　오솔길에 앉아 있는 저 여인도 같은 마음일까?
　榮華(영화)가 零花(영화: 빗물에 떨어지는 꽃)라는 걸.

2018년 9월 21일

晦巖樓   회암루

晦 暗 樓 登 坐   회암루등좌
颸 凉 已 入 腧   돈량이입도
佲 宵 酬 酌 莫   명소수작막
顧 棄 日 由 愚   고기일유우

어둑어둑할 무렵 회암루엔

바람이 시원하다

이 좋은 밤 수작할 이 없음은

세상을 잘못 산 탓이리라

韻(운): 腧. 愚. (仄. 正格)

註)

晦暗樓: 어두운 밤의 누각. 곧 무등산 원효사의 晦巖樓(회암루). 晦巖樓로 써야 하나 잘못 쓰인 것은 오류임. 저녁에 써놓고 아침에 늦게 발견함. 글자를 바꾸면 시의 형식이 틀리므로 다시 써야 하기에 그냥 인용. 밤의 정서와 心事 또한 어두운 까닭으로 그리 써졌나 봄. 제목은 시 형식에 상관없기에 제목만 글자를 바꿈.

晦: 어둡다.

暗: 어둡다.

樓: 樓閣(누각), 곧 晦巖樓.

登坐: 올라앉다.

颸: 바람. 風과 같은 뜻.

凉: 시원하다. 서늘하다.

已入: 이미 들어가다. 곧 해가 지다.

暾: 해그림자.

佲: 좋다. 好(측성)와 같은 뜻. 많이 취하다(大醉)의 뜻도 있음.

宵: 밤.

酬酌: 수작하다. 술잔을 주고받다. 말을 서로 주고받다.

莫: 없다. 곧 수작할 이가 없다는 뜻. 외롭다는 의미.

顧: 생각건대. 돌아보다의 뜻도 있음.

棄日: 날을 버리다. 곧 헛된 세월 보내다.

由: 말미암다. 까닭.

愚: 어리석다. 고지식하다의 뜻도 있음.

＊＊

워낙 더워서인지 머릿속이 하얗게 비었다.

오늘은 어디서 어떻게 보내야 좋을까 고민하며 날마다 무등산으로 나선다. 아침엔 바람 재에서 저녁 무렵엔 원효사의 회암루에서 더위 먹고 헛배 부른 채 바람을 기다린다.

소쩍새 울음 쓸쓸히 들리는 이 밤.

2018년 8월 3일

晦巖樓 2　　　회암루 2

嬖 孫 枝 悉 亜　　함손지실명
甲 乙 丙 懷 亭　　갑을병회정
現 世 眞 人 必　　현세진인필
無 橄 尙 友 娉　　무구상우빙

손지를 사랑하는 마음은 다 같을까?
할아버지와 할머니의 품에 안긴 아이들
재물이 좌우하는 세상이라지만
애들아! 예쁘게 잘 자라거라

韻(운): 亜. 亭. 娉. (平. 正格)

註)
嬖: 사랑하다. 愛와 같음.
孫枝: 줄기에서 벋어 나온 가지에서 새로이 벋은 가지. 곧 손자(아들딸의 자식들)들을 지칭.
悉: 다. 모두.
亜: 같다.
甲乙丙: 갑이라는 사람, 을이라는 사람, 병이라는 사람. 곧 모든 할아버지 할머니를 지칭.
懷: 품다.
亭: 자라나다, 또는 자라게 하다. 정자, 곧다, 고르다 등의 뜻도 있음.
現世: 지금의 세상. 젊은 부부들이 맞벌이를 할 수밖에 없는 세상.
眞人: 돈. 貨(화)로 재물의 별칭.

必: 필요하다.
楸: 굽지 말고 바르게 자라라는 뜻. 無는 금지사로 ~하지 말라. 楸는 굽은 나뭇가지.
尙友: 책을 읽고 賢人(현인)을 벗으로 함.
娉: 예쁘다. 仄聲(측성)으로 쓰일 때는 장가들다, 묻다, 부르다의 뜻도 있음.

**

한낮의 회암루엔, 할아버지 할머니들이 어린아이들을 데리고 무더위를 피해 찾아와 쉬었다 간다.

甲할아버지의 팔에 안겨 잠든 돌이 곧 돌아온다는 "사랑"이와, 저만치 乙의 할머니의 품에 안긴 두어 살 된 어린 남자아이도, 제 아빠 엄마가 돈 벌러 간 사이 간간이 지나가는 원효사의 시원한 바람 줄기와 파도 같은 참매미의 자장가에 맞추어 얌전히 한숨 자고 간다.

그리고 어제 동네 골목에서 할아버지의 손을 잡고 지나가다가, 일면식도 없는 내가 집을 나서는 것을 보자마자 "안녕하세요?"라고 예쁘게 인사하는, 가지 "枝"자 쓴다는 7살 먹은 "지효"도, 丙할아버지의 품에서 자라고 있다.

"사랑"이와 "지효"는 예쁘게, 예쁜 마음도 함께 자랄 것이다.

2018년 8월 30일

聖輪寺積雪　　　　성륜사적설

冬 天 早 晝 雪 連 風　　동천조주설연풍
暫 眼 松 林 積 白 充　　잠안송림적백충
助 力 伽 僧 共 掃 地　　조력가승공소지
符 名 俗 垢 不 休 功　　부명속구불휴공

바람을 쫓아 새벽부터 소복이 내리는 눈은
솔숲을 하얗게 덮어 가는데
열심히 눈을 치워보지만
이름에 걸맞듯 내리는 눈은 속세의 때처럼
치워지지 않는다

韻(운): 風. 充. 功. (平. 正格)

註)
聖輪寺積雪(성륜사적설): 성륜사에 눈이 쌓인 눈.
冬天(동천): 겨울 하늘. 곧 겨울.
早晝(조주): 새벽부터 낮까지.
雪連風(설연풍): 바람 따라 눈이 옴.
暫眼(잠안): 잠깐 한눈을 판 사이에.
松林(송림): 소나무 숲.
積白(적백): 하얀 눈이 쌓이다. 白은 흰 눈.
充(충): 가득. 곧 온 천지가 눈으로 뒤덮임.
助力(조력): 힘을 보태다.

伽僧(가승): 절의 스님.

共掃(공소): 함께 쓸다.

地(지): 땅. 절의 경내.

符名(부명): 이름에 부합하다. 雪山에 雪이 들어감. 실제로 눈도 많이 온다함.

俗垢(속구): 세속의 때.

不休功(불휴공): 쉬지 않고 쓸어 냄. 곧 계속 눈이 내림을 표현.

不休(불휴): 쉬지 않음.

功(공): 여러 가지 뜻이 있으나 일(事)하다의 뜻도 있음. 곧 눈을 치우다.

**

새벽부터 소리 없이 눈이 쌓였는가 보다. 이런저런 생각과 떠오를 듯 말 듯 하는 글귀에 밤잠을 설치고 늦게 일어나보니, 스님들과 함께 여럿이 눈을 치우고 있다. 설국으로 변한 풍경이 절로 좋다.

"머언 곳에 여인의 옷 벗는 소리" 왜? 내겐 들리지 않았을까!

2017년 1월 20일

歲除有感　　　　세제유감

分 空 山 寺 鐘	분공산사종
日 落 雪 靈 恭	일락설령공
不 立 穆 阢 耈	불립규원구
淸 禪 獨 俯 鍾	청선독부종

허공을 가르는 산사의 종소리
어둠에 잠긴 설령산은 조용한데
길을 잃고 떠도는 늙은이가
청정도량에서 홀로 눈물짓는다

韻(운): 鐘. 恭. 鍾. (平. 正格)

註)
歲除有感: 섣달그믐날 밤(歲除)의 소회.
分空: 허공을 가르다. 허공에 퍼지다.
山寺鐘: 산사의 종소리.
日落: 해가 저물다.
雪靈: 聖輪寺(성륜사)가 있는 설령산을 말함.
恭: 엄숙하다. 조용하다. 공순하다, 받들다의 뜻도 있음.
不立: 세우지 못하다. 뜻을 이루지 못함.
穆: 두루 떠다니다.
阢: 길을 잃다.
耈: 늙은이.
淸禪: 청정하고 고요하다. 禪은 고요하다.

獨俯: 홀로 고개 숙이다.

鍾: 눈물 흘리다. 다른 뜻도 있음.

2017년 1월 27일 (陰. 12월 30일)

狂狺乎月 광은호월

長 期 天 掛 熊　장기천괘웅
誘 惑 使 狺 恍　유혹사은충
自 昔 今 無 變　자석금무변
如 空 隱 避 曨　여공은피롱

밤이면 가끔씩 찾아와
설레임으로 잠 못 이루게 하는 것은
예나 지금이나 변함이 없건만
이 또한 허깨비일 텐데

韻(운): 熊. 恍. 曨. (平. 正格)

註)
狂: 미치다. 여기서는 발정나다.
狺: 개가 짖다.
乎月: 달을 향해. 乎는 ~에게의 뜻. "狂狺乎月"은 발정난 개가 달을 보고 짖다.
長期: 오랫동안. 오래도록.
天掛: 하늘에 걸려있다. 掛는 걸다. 매달다.
熊: 빛나다(光). 곰의 뜻도 있음.
誘惑: 유혹하다.
使狺: 개로 하여금 짖게 하다. 使는 ~으로 하여금. 狺은 개가 짖다.
恍: 마음 동하게 하다. 곧 설레게 하다.
自昔: 예로부터. 自는 ~으로부터.

今: 이제까지. 지금(至今)까지에서 至의 생략.

無變: 변함이 없다. "自昔今無變"은 이 녀석(自昔자석-자식)은 하나도 안 변했다는 뜻. 李白 뿐만 아니라 여럿을 꼬셔서 시험함.

如空(여공): 헛됨과 같다. 如는 같다. 空은 헛되다.

隱: 숨다.

避曨: 뜨는 해를 피해서. 避는 피하다.

* *

달거리 하는 발정 난 개가 절뚝거리며 원을 그리듯 마당을 돌고 있다. 더더욱 날 수도 없고 뛰지도 못하는 처지를 망각한 채 밤새려는 듯하다. 갈수록 더뎌만 가는 다리를 끌고서 멀어져가는 항아를 쫓아가려고 애를 쓰고 있다. 마루 아래로 암내 난 고양이 응애응애 울며 지나가고 있다.

2017년 2월 14일

寄勇猛祈禱   기용맹기도

過年徒泥芳   과년도니방
口述顧思往   구술고사왕
住世浮雲夢   주세부운몽
今修佛道襄   금수불도양

지난날 흙탕길이나 꽃길을 걸어왔더라도
얘기하거나 돌아보아도 짧고 쏜살같으니
세상에서 집착하는 것은 뜬구름의 꿈일러니
이제라도 바르게 하여 불도의 길에 오르라

韻(운): 芳. 往. 襄. (平. 正格)

註)
寄勇猛祈禱: 일주일 간의 용맹기도에 대한 소회. 寄는 부치다.
過年: 지나간 해. 지난날.
徒: 걸어가다. 곧 걸어온 길. 무리, 다만의 뜻도 있음.
泥: 진흙. 흙탕길.
芳: 꽃답다. 향기롭다. 여기서는 꽃길.
口述: 얘기하다.
顧思: 돌이켜 생각하다.
往: 쏜살같다. 急遽(급거)의 뜻.
住世: 세상에 사는 동안. 住는 집착을 말함.
浮雲: 뜬구름. 浮는 뜨다 흘러가다 등의 뜻도 있으나, 여기서는 맨데 없다.
곧 정하지 못하다, 정할 수 없다라는 뜻.

夢: 꿈.

今: 이제.

修: 바르게 하다. 다스리다. 길다. 닦다. 옳게 하다의 뜻.

佛道: 부처의 길.

襄: 오르다. 돕다 성하다의 뜻도 있음.

**

세상사 돌아가는 꼬라지가 하 요상 하다. 탐욕에 집착하는 모든 이들에게 경종을 울리는 근자의 사건을 보더라도 참으로 우매한 중생들이 아닐 수 없다.

浮雲(부운)에서 浮는 無定意浮沈(무정의부침)의 뜻도 있는데, 意가 정하여지지 아니하여(정함이 없어서) 뜨기도 하고 빠진다(잠긴다)는 의미이다. 그렇다면 意는 무엇이냐면 志之發心所嚮(지지발심소향)또는 心之所之(심지소지)이다. 이 말은 마음이 나타내어 향하는바 또는 마음이 가는 바를 말하는 것이니, 구름 그 자체가 소멸되어짐은 자명한 일이로되, 마음을 어떻게 이끌었느냐에 따라 浮沈(극락과 지옥)이 정하여진다.

인생을 돌아보거나 말로 한다 한들 참으로 너무나 짧은데, 그 속에서 무엇을 얼마나 누리겠다고, 사람들을 속이고 나쁜 짓을 하는지 모를 일이다.

業果(업과)에 따라 極樂(극락)과 地獄(지옥)으로 浮沈(부침)하리니, 용맹정진이랍시고 기도만 할 게 아니라 이제라도 마음을 바르게 하여 自性(자성: 부처)을 찾고자 하는 길에 들어선다면, 어느 스님 말씀대로 사바세계가 바로 극락으로 바뀔 텐데 하는 생각에,

용맹기도에 대한 소회를 주제넘게 적어본다.

2017년 3월 6일 성륜사에서

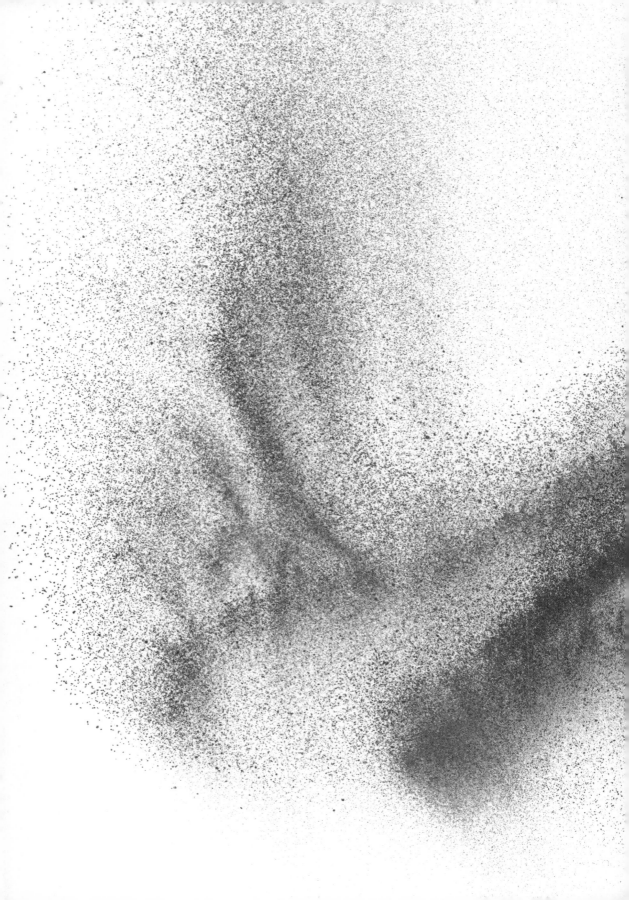

7

부고

뜰 앞의 오동나무 잎이 졌다

어제부터 내리던 비가 아침에 진눈깨비로 바뀌면서, 갑자기 떨어진 기온 때문에 死色(사색)이 되어, 바람에 흔들리다 떨어지고 있었다. 일주일 전만 해도 낙엽을 찾아볼 수 없을 정도로 건강하게 예쁜 노랑으로 달려 있었는데, 며칠 전부터 갈색으로 점차 변하더니 말없이 져버렸다.

늘 푸른 碧梧桐(벽오동)으로 싱싱할 줄만 알았었는데, 간밤에 매섭게 몰아치던 북풍과 사투를 벌이다, 저도 더 이상 버티기 어려웠나 보다.

아파트 담벽에 오롯이 서서 행여 내 집의 허물이 보일세라, 넓고 큰 가슴과 부채 같은 손으로 잘도 가려주기도 하고, 때론 공연장이 되어 새들과 매미의 노랫소리도 들려주더니, 이제 쇠잔한 기력으로 인해 떨구는 손들이 애처롭고 안쓰럽기만 하다. 계절의 변화야 당연한 것으로 받아들인다지만, 이렇게 갑작스럽게 떨어진 걸 보고 가슴이 아린 것은 내가 너무 무심했던 까닭이리라.

가끔은 아주 가끔은 고맙다, 사랑한다, 사랑했노라 라고 말이라도 건넸더라면 이리 마음을 아파하지 않아도 될 것을.

輓   만

朔 風 窓 外 泣   삭풍창외읍
攸 葉 落 離 知   유엽낙리지
節 變 亦 然 是   절변역연시
靡 寧 不 審 譆   미녕불심희

창밖엔 찬바람이 울어대니

오동잎 바람에 낙엽 되리라

계절이야 그렇다 하겠지만

실기하여 뵙지 못함을 어쩔꼬

韻(운): 知. 譆. (平. 變格)

註)

輓: 哀悼(애도) 하다.

朔風: 북풍 곧 찬 바람.

窓外泣: 창밖에서 울다. 창틈을 훑고 지나는 소리.

攸葉: 나무에 매달려 있는 잎사귀. 攸-위태롭게 달려있는 모양.

落: 떨어지다.

離: 이별하다.

知: 알다. 깨닫다.

節變: 季節(계절)이 변하다.

亦然是: 이 또한 그러함.

靡寧: 어른의 몸이 병이 있어서 편치 못함.

不審: 살피지 아니하다 곧 찾아뵙지 못함.

譆: 마음이 아프다(痛呼).

＊ ＊

어제 아침에, 恩師(은사)이자 先親(선친)의 同僚(동료)요 어릴 적 친구의 부친이 他界(타계)하셨다는 부고를 접했다. 자주는 아닐지라도 가끔은 찾아뵙고 그랬어야 하는 건데, 望斷(망단: 바라던 일의 실패)으로 인한 좌절감에, 이제 나저제나 하다가 또 그리워할 분으로 가슴에 자리하게 하고 말았다. 죄송한 마음뿐이다.

2014년 12월 2일 (陰. 猛冬 열하룻날)

友去

友去　　　　　　　우거

曏忺不得語　　　향험부득어
今日變風聞　　　금일변풍문
餘率事未盡　　　여솔사미진
惜乎但爾焚　　　석호단이분

벗(이윤교)을 조문하며 (頓然而死)

저 지난번에 자네의 안부를 묻고 싶었으나 차일피일
미루었는데
오늘에야 풍문처럼 변고를 듣다니
아직 못다 한 일도 많고 남은 식구들은 어찌하라고
그리 황망히 가는가?
애석하도다! 난 그대 앞에서 이렇게 향만 사를 뿐

韻(운): 聞. 焚. (平. 變格)

註)
友去: 벗(이윤교)이 가다.
頓然: 갑작스러움.
而: 접속사. 그리고.
死: 죽음.
曏: 저 즘께, 저번에.

忟: ~하고자 하다.

不得語: 말을 얻지 못하다. 곧 안부를 묻고자 하였으나, 차일피일 미루다 지나버려 안부를 묻지 못하여 대답을 듣지 못함.

今日: 오늘.

變: 변고(變故), 부고.

風聞: 바람에 듣다. 여기서는 친구에게서 듣다.

餘率: 남은 가족.

事: 일.

未盡: 아직 다하지 못하다.

惜乎: 슬프다!

但: 다만.

爾: 너, 당신.

焚: 사르다, 태우다. 곧 향을 사르다.

2012년 6월 26일

碑文　　　　　　비문
－故 최두호군

梧 葉 臨 冬 落	오엽임동락
亦 然 灰 死 燃	역연회사연
乎 而 如 閃 鑠	호이여섬삭
留 友 輩 流 捐	유우배류연

오동잎은 겨울에야 비로소 바람에 지고
아궁이의 재는 자신을 다 태워야 사그라지는데
어이하여 자네는 섬광처럼 짧은 생으로
친구들을 남겨 두고 홀연히 떠났는가!

韻(운): 燃. 捐. (仄. 變格)

註)
梧葉: 오동잎.
臨冬: 겨울이 되다.
落: 떨어지다.
亦然: 또한 그러하다.
灰: 재.
死: 죽다. 사그라지다 의 뜻
燃: 불태우다. 불사르다.
乎而: 어이, 야라든지 친한 사이에 부르는 소리.
如: 같다.
閃鑠: 섬광(閃光). 번갯불.

留: 머무르다. 남다. 여기서는 留別(유별: 떠나는 사람이 남아 있는 사람에게 작별함).

友輩: 친구들.

流: 흐르다. 流星(유성)처럼 왔다 감을 표현.

捐: 버리다. 여기서는 捐世(연세: 세상을 버림. 죽음).

**

어제 16일 밤. 친구(정훈구)인 사돈으로부터 전화가 왔는데, 절친한 죽마고우가 죽었다며 묘의 표지에 새길만 한 글을 부탁한다. 알고 있기로는 자수성가하여 수천억대의 자산가라는데 심근경색으로 쓰러져 병원으로 급히 후송 했으나 끝내 절명했단다.

담양에서 태어나 같이 자랐고 최근까지도 흉금을 털어놓는 친구였는데, 부음을 듣고 한걸음에 달려가 조문하는 친구를 주검으로 맞이하여 섭디섭게 만들었나 보다.

생전에 故人과는 부탁한 사돈이자 친구의 內艱(내간: 모친상) 때 잠깐 조우한 기억밖에 없어서. 천박한 지식으로 글을 써주기가 부담(이력을 아는 바가 별로 없음)되고 쑥스러웠으나 절절하게 배어나는 사돈의 목소리에 응낙하였는데, 알고 보니 全州 崔氏 일문(一門) 이다. 벌써 올해에만 같은 심근경색으로 두 사람이 세상과 이별을 告 했다. 아직도 해야 할 일들이 많이 있을 텐데 인생을 마무리해보지 못하고 너무나 아쉬운 나이에 간다.

아침에 베란다 앞뜰에 있는 오동나무 잎이 간밤의 겨울을 최촉(催促)하는 비에 낙엽 되어 군데군데 쌓여있다. 가고 오는데 아무런 차이(貧富와 時差등)가 없겠으나 哀傷(애상)함이 다른 것은 남은 자에 대한 有感이 다르기 때문이리라.

추워진 겨울에 유인(留人)들도 생각해보며 고인의 명복을 빈다.

2012년 11월 17일 (方冬 四日 음력 시월 사일)

아! 노회찬

瑕 瑜 非 說 居	하유비설거
世 不 畜 眞 且	세불휴진저
敢 孰 言 君 向	감숙언군향
嗚 呼 痛 惜 譽	오호통석예

공과는 누구에게나 항상 있고
세상엔 짐승보다 못한 사람도 참으로 많은데
누가 감히 그대를 향해 말할 것이라고
그대를 잃은 슬픔에 추모하는 행렬을 보라

韻(운): 居. 且. 譽. (平. 正格)

註)

瑕瑜: 공과 과실. 瑕는 옥 의 티, 곧 흠. 瑜는 옥의 찬란한 빛. 瑕不掩瑜(하불엄
유: 일부분의 흠으로 인하여 전체를 해하지 못한다는 뜻으로, 큰일을 하는 사람은 조
그마한 흠결은 개의치 말라는 의미. 신고 안 한 정치자금법 때문에 당신과 모두가 이
루고자 하는 더불어 사람답게 살 수 있는 세상을 포기하지 말았어야 했다는 의미)

非說: 말하지 아니하다.

居: 항상 있다. 다른 뜻으로는 살다, 곳, 앉다 등의 뜻이 있음.

世: 세상.

不畜: 짐승만도 못한 인간들이라는 뜻. 不은 아니다, 못하다 의 뜻이고, 畜은
집에서 기를 만한 짐승(獸可養). "축"으로 읽을 때는 가축을 기르다. "휵"으로
읽을 때는 사람을 기르다. "추"로 읽을 때는 집에서 기르는 짐승을 말함.

眞: 참으로.

且: 많다(多)의 뜻. "차"로 읽을 때는 또. 거의 등의 뜻이 있음.

敢: 감히 ~하다.

孰: 누가.

言: 말하다.

君向: 그대를 향해. 본디 向君으로 써야 하나 평측을 맞추기 위해 도치함. 君은 그대. 군주라는 뜻 도 있음. 向은 향하다.

嗚呼: 아! 슬퍼서 내는 탄사.

痛: 아프다. 아파하다.

惜: 아끼다. 아까워하다.

譽: 기리다. 여기서는 추모하다의 뜻.

2018년 7월 25일

8

순천

寓影菴 2   우정암 2

清 谿 新 綠 蹊   청계신록혜
不 霽 谷 成 暎   부제곡성규
失 道 非 惰 者   실도비서자
隨 來 受 訓 竢   수래수훈혜

신록이 우거진 산을 올랐으나

비는 그치지 않고 어두워져서

길을 잃고 당황하고 있으니

어서 오라며 기다린다

韻(운): 蹊. 暎. 惰. (平. 正格)

註)

清谿: 맑은 계곡.

新綠: 신록이 우거진 산.

蹊: 오르다(登).

不霽谷: 비가 그치지 않은 골짜기. 霽는 비 그치지 않다.

成暎: 이미 해가 지다. 成은 되다. 이루다 등의 뜻 있음. 暎는 해가 지다.

失道: 길을 잃다.

非惰者: 지혜롭지 못한 자. 惰는 지혜.

隨來: 따라오라고 하다. 隨는 따르다.

受訓: 가르침.

竢: 기다리다(待).

강아지를 데리고 뒷산으로 산책을 나섰다.

하산 길에 짙은 안개비는 내리는데 날은 어둡고 앞이 잘 보이지 않아서 갈팡질팡하며 망설이고 있으려니, 앞에서 강아지가 어서 따라오라고 다소곳이 기다리고 있다. 어린것이 똥오줌을 가리기에 천성적으로 그런 줄만 알았는데 길까지 안내하려 하니 참으로 대견하다.

요즘 똥오줌도 제대로 가릴 줄 모르고 우왕좌왕하는 듯한 부류의 인간들이 와서 길을 물어보아야 하지 않을까 싶다.

오라! "너를 인도 하리라" 하는 것만 같다.

2015년 5월 18일

寓彰菴 3　　　　　우정암 3

燕巢檐下漮　　　연소첨하강
半月掛楡桑　　　반월괘유상
所化歸棲谷　　　소화귀서곡
王弘不至頏　　　왕홍부지항

제비는 오지 않고
해 질 녘 반달은 중천에 걸렸는데
중생들이 집으로 돌아오는 골짜기의
우정암은 쓸쓸하기만 하다

韻(운): 漮. 桑. 頏. (平. 正格)

註)

寓彰菴: 彰菴(정암)이 조촐한 움막에서 우거하다. 寓는 寓居(우거)하다. 곧 남
의 집에 임시로 사는 것을 말함. 彰菴은 필자의 또 다른 호. 彰은 조촐하게
꾸미다. 菴이 초가집이라는 뜻이므로 彰菴(정암)은 조촐한 초가집.

燕巢: 제비집.

檐下: 처마 밑.

漮: 비어 있다.

半月: 반달, 초파일 달.

掛: 걸리다, 곧 하늘에 떠 있다.

楡桑: 느릅나무와 뽕나무, 원래는 뽕나무와 느릅나무(桑楡)로, 해저 물 무렵
을 나타내는 말. 저녁 해가 뽕나무와 느릅나무에 걸려 있다는 뜻이나 운(韻)
을 맞추기 위해서 글자 순서를 바꿈.

所化: 중생(衆生)을 말함.

歸棲谷: 집으로 돌아오는 골짜기 마을.

王弘: 중국의 江州(강주) 刺史였던 사람.

故事(고사)로 寒居(한거: 가난하게 사는 것)하던 도연명이, 重陽節(중양절: 음력 9월 9일)에 술이 없어 마시지 못하고 국화만 감상하고 있을 때, 江州(강주) 刺史(자사)이던 王弘(왕홍)이 술을 보내 줬다는 故事.

不至: 이르지 않다. 곧 오지 않는다.

頎: 새 날아 내리다. 곧 새들만 오락가락함. 측성으로 쓰일 때는 목, 소리라는 뜻도 있음.

* *

인적 없는 절은 고요하다.

우정암(寓蔕菴)은 적막(寂寞)하다. 불공(佛供)하는 이 없고 독경과 목탁 소리가 들리지 않아도, 사위(四圍)엔 간간이 뻐꾸기, 비둘기, 그리고 뭇새들이 먼 발치서 불공(佛供)을 한다.

여긴 암자(菴子)다. 깊은 해자(垓字)로 둘려져 있는 고성(孤城)의.

2015년 5월 25일 (초파일에)

寓莛菴 4   우정암 4

瀨 秋 蛩 夜 從	리추공야종
夼 谷 杜 鵑 憹	개곡두견농
輾 轉 翰 音 哭	전전한음곡
姮 娥 不 有 從	항아불유종

가을비와 벌레 우는 소리에 밤은 깊어 가는데
두견새 울음에 잠 못 이루고
뒤척이다 보니 새벽이라
뉘와 더불꼬!

韻(운): 從. 憹. 從. (平. 正格)

註)
寓莛菴: 莛菴(정암)이 조촐한 움막에서 우거하다. 寓는 寓居(우거)하다. 곧 남의 집에 임시로 사는 것을 말함. 莛菴은 필자의 또 다른 호. 莛은 조촐하게 꾸미다. 菴이 초가집이라는 뜻이므로 莛菴(정암)은 조촐한 초가집.
瀨: 추적추적 내리는 가을비.
秋蛩: 가을에 우는 온갖 벌레.
夜從: 밤이 종종 걸음 치다. 밤이 깊어 가다. 從은 종종걸음 치다.
夼: 홀로 살다. 짝이 없는 짐승.
谷: 골짜기.
杜鵑: 두견새, 소쩍새.
憹: 심란(心亂)하다.
輾轉: 이리저리 뒤척이다.

翰音: 닭의 다른 이름.

哭: 울다.

姮娥: 달 속에 사는 선녀. 님.

不有: 없다.

從: 따르다, 허락하다, 나아가다, 등의 여러 뜻이 있는데 여기서는 말을 들어주다.

姮娥不有從: 항아처럼 홀로 사는 여인이나, 곁에서 말을 들어주는 이가 없다는 뜻.

＊ ＊

　저녁 무렵 무지개가 아주 커다란 반원을 그리며 동편 하늘에 떠 있다. 오랜만의 童心(동심) 이었는데 이내 사라지고 그친 줄 알았던 비가 밤이 되면서 추적추적 가을을 催促(최촉)하는데, 처마에서 똑똑 떨어지는 빗방울 소리와 풀숲에서 우는 온갖 벌레가 처량하다.

　想念(상념)에 심란(心亂)하던 밤이 소쩍새 우는 소리에 더더욱 잠 못 들고, 이리저리 뒤척이다 보니 어느새 닭 우는 소리 들린다.

2015년 9월 17일

獨酌　　　　　　　독작

寓彭菴晨月獨佳　　우정암신월독가
雖花落變綠陰喈　　수화락변녹음개
安求貨利傜身泥　　안구화리요신니
顧自如塵陌上飆　　고자여진맥상개

우정암의 새벽달은 홀로 빛나고

꽃은 지고 없으나 녹음과 새소리 싱그러우니

어찌 몸을 부려가며 부귀를 탐할까만

돌아보니 바람에 날리는 저잣거리의 티끌이었구나

韻(운): 佳. 喈. 飆. (仄. 正格)

註)

獨酌: 홀로 술잔을 기울임.

寓: 우거하다. 기거하다.

彭菴: 필자의 또 다른 호. 寓彭菴은 정암이 잠시 머무르는 집.

晨月: 새벽달, 곧 그믐 무렵의 달.

獨佳: 홀로 아름답다. 새벽에 잠시 아름답게 빛나다.

雖: 비록 ~일지라도.

花落: 꽃이 지다.

變: 변해 가다.

變綠陰: 녹음이 짙어(변하여) 감.

喈: 새 우는 소리.

安: 어찌.

求: 구하다.

貨利: 재물과 이익.

傜身: 몸을 부리다. 곧 아등바등하다.

泥: 진흙밭.

顧自: 자신을 돌아보다.

如塵: 먼지(티끌)와 같다.

陌上: 저잣거리. 시장 바닥.

飄: 휙 하고 부는 바람.

* *

"좆도 아닌 것들이 지 분수도 모르고 깝죽 된다니까, 즈그 들이 잘났다고 지랄허는 놈들 수없이 봐 왔는디 쪼끔 지나면 다들 좆 도 아닌 빙신 꼬라지를 하고 댕기 드랑께, 똑같이 하루살이 人生인디 말이여 지가 잘났으면 얼마나 잘났다고 가오다시 하면서 뭣땜시 그 지랄들을 했는지 몰라."라는 욕쟁이 할머니 욕의 대상은, 顧客(고객)이 아닌 그 누구를 지칭하는지는 잘 모르겠으나, 혼자 내뱉는 욕들이 부드러운 실가리를 듬뿍 넣고 잘 끓여 내온 "짱뚱이탕"만큼이나 걸쭉하다. 그 걸쭉한 비아냥을 들으며 한술씩 뜨는 탕국은 반주와 어우러져 이내 목이 칼칼하다.

좆도 아니다라는 말은 鼓子(고자: 비정상적인 생식기를 가진 자)라는 말이려니, 그 말을 듣고 나도 顧自(고자: 스스로 돌아보다) 해보면 지나온 궤적이 좆도 아닌 주제에 분수를 모르고 나대던 철부지여서, 어떻게 생각하면 시장을 떠도는 장돌뱅이보다 더 못하고, 오히려 그 시장 바닥에서 뒹구는 먼지와 같아서 휙 부는 바람에 쓸려버린 존재와 같았었다.

벌교 짱뚱이 탕 집의 욕쟁이 할머니 말을 들으며, 아무도 없는 홀에서 돌아앉아 혼자 술을 마시자니 목이 메여온다.

2016년 5월 3일

外洞亭　　　　　　외동정

沈 申 李 外 洞 亭 留　　심신이외동정류
夏 道 行 過 登 上 瀡　　하도정과등상휴
儕 去 空 隅 來 往 載　　제거공우래왕재
涼 風 槐 下 將 誰 酬　　양풍괴하장수수

심, 신, 이, 세 사람이 머물렀던 정자에
홀로 걷다 올라가 땀을 식히는데
쓸쓸한 모퉁이엔 차들만 오가니
장차 누구와 수작을 할까?

韻(운): 留. 瀡. 酬. (平. 變格)

註)
沈申李: 심, 신, 이 씨의 세 사람.
外洞亭: 외동마을 입구에 있는 정자 같은 그늘막.
留: 머무르다.
夏道: 여름의 뜨거운 길.
行: 홀로 가다. 외롭다.
過: 지나가다.
登上: 위에 오르다, 곧 정자에 오르다.
瀡: 얼굴의 땀. 땀을 닦다.
儕: 무리, 곧 세 사람.
去: 가다.
空隅: 빈 모퉁이, 곧 빈 정자.

來往: 왔다 갔다 하다.

載: 싣다, 해(年) 등 여러 뜻이 있으나 여기서는 운전하다. 곧 차를 말함.

涼風: 서늘한 바람.

槐下: 느티나무 아래.

將: 장차.

誰酬: 누구와 잔을 주고받을 것인가라는 뜻. 誰는 누구.

酬는 酬酌(수작: 잔을 주고받다)의 뜻.

2015년 7월 14일

外洞亭 2　　　　외동정 2

仙姿樾下輒思同　　선자월하첩사동
往輛侉人似電逈　　왕량과인사전동
杜氏姑臻空曲噪　　두씨고진공곡조
亭亭片悹勸誰醦　　정정편침권수총

신선처럼 그늘에 앉아 며칠 전의 동무들을 생각한다
차들은 빠르게 지나가고
술 권하는 이 없는 산모퉁이엔 새소리만 들리고
구름도 무심하여 심심하기만 하다

韻(운): 同. 逈. 醦. (平. 正格)

註)
外洞亭: 마을 입구에 있는 정자.
仙姿: 신선과 같은 모습.
樾下: 길가의 나무 그늘, 樾은 두 나무 그늘.
輒: 문득, 홀연히.
思: 생각하다.
同: 여기서는 무리, 곧 동무.
往輛: 가는 차. 輛는 車, 車는 평성이므로 측성인 輛을 씀.
侉: 빨리 가다. 侉人은 빨리 가는 사람. 곧 往輛侉人은 차를 타고 바삐 오가
는 사람.
似電逈: 번개 같이 지나가다. 逈은 지나다(過)의 뜻.
杜氏: 술 빚는 사람. 여기서는 술 가지고 오는 사람.

姑: 아직.

臻: 이르다. 곧 姑臻은 아직 오지 않다.

空曲: 인적이 드문 쓸쓸한 산모퉁이.

噪: 뭇 새소리.

亭亭: 고독한 모양. 나무가 곧게 서 있다의 뜻도 있음.

片: 조각.

悉: 구름이 흘러가다.

勸誰: 누구에게 권할까?

醪: 막걸리.

勸誰醪을 誰勸醪(누가 막걸리를 권하나?)로 해야 하나, 평측을 맞추기 위해서 誰勸의 위치를 바꿈.

* *

얼마 전,

지나는 길에 외동정에서 여인들을 만나 술 한 잔 얻어먹었던 기억이 나서 적어본다. 生也一片浮雲起, 死也一片浮雲滅(생야일편부운기, 사야일편부운멸) "태어난다는 것은 한 조각 구름이 생겨나는 것이고 죽는다는 것은 한 조각 구름이 사라진다."라고 누군가 말하지 않았던가!

바삐 지나가는 차와 사람들, 떠가는 구름과 번쩍이는 번개, 이 모든 것들이 다소의 차이는 있으나 찰나이리라. 열심히 사는 이들에게 지탄 받을 일이나, 무능한 나로선 그 틈(찰나)에서도 술 생각만 하고 있다.

2015년 7월 26일

外洞亭 4   외동정 4

岸 上 淵 邊 百 日 紅   안상연변백일홍
椵 華 美 色 彼 玆 同   하화미색피자동
如 何 整 飾 荒 慈 別   여하정식황자별
晝 夜 蟬 蛩 不 息 絧   주야선곤불식동

언덕과 연못가의 백일홍은
벌겋게 피어 뽐내는 화려함은 같고
가꾸기 여하에 따라 찾는 발길이 다르지만
벌레 소리를 좇아 청춘은 간다

298

韻(운): 紅. 同. 絧. (仄. 正格)

註)
岸上: 언덕 위. 시골 정자(외동정)에서 보이는 곳과 집에서 마주 보이는 언덕.
淵邊: 연못 가. 鳴玉軒(명옥헌)의 백일홍.
百日紅: 백일홍.
椵: 벌겋다. 해가 뜰 때와 질 때의 붉은 노을 색.
華: 화려하다.
美色: 아름다운 색.
彼玆: 저것과 이것, 곧 彼此(피차). 그러나 此가 측성이므로 같은 뜻의 玆로 씀.
同: 같다.
如何: 어떠함. 어떻게 하느냐에 따라서.
整飾: 예쁘게 꾸미다.

荒: 거칠다. 가꾸지 않은 모습.

慈: 사랑하다. 착하다, 어질다 의 뜻도 있음.

別: 다르다.

晝夜蟬蚘: 밤낮으로 교대로 우는 벌레. 시간의 변화. 蟬은 매미로 낮에 우는 벌레. 蚘은 벌레의 총칭이나 밤에 우는 풀벌레 귀뚜라미와 쓰르라미.

不息: 쉬지 않고.

絅 :빨리 가다. 기러기가 곧게 바로 날아가는 모양의 글자. 세월(청춘)이 빨리 감.

* *

知人이 전송한 휴대전화 속의 鳴玉軒(명옥헌) 사진을 보니, 百日紅(백일홍)은 연못을 배경으로 여전히 화려한 자태를 뽐내며 어서 오라고 유혹한다.

산골에 묻혀 지내다 보니 바깥으로 모처럼의 나들이도 해보고 싶건만, 무더위도 무더위지만 차가 없는 탓에 쉬이 움직여지지 않는다.

여기서 즐길 수 있는 최선의 방법은 한낮의 무더위가 조금이라도 가시면 주변에 꽃이 있는 외동정으로 산책 삼아 걸어가는 것이다. 또 어쩌다 시내에 볼일이라도 있어서 나갔다 돌아올 때는 계월 입구의 큰 도로에서 내려, 걸어오다 커다란 느티나무와 정자가 만들어준 그늘에 앉아 땀을 식히며 쉬었다 오는 것이다. 그 外洞亭(외동정: 그늘막이지만 편의상 호칭을 붙임)에서 몇 년 전만 하더라도 날마다 찾아가 쉬며 놀던 명옥헌의 백일홍을 생각하며 가보지 못하는 아쉬움을, 계곡 건너의 정돈되지 않은 백일홍 군락을 바라보며 달래곤 했다.

해 질 무렵엔 나만의 쉼터인 寓彭菴(우정암)에서 산 그림자가 만들어준 그늘의 의자에 앉아, 앞산 봉우리에 해그림자가 오르는 것을 보면서, 건너편 언덕의 매실 밭 가운데 있는 묘지 옆에 외로이 서 있는 한 그루의 백일홍에 눈길을 고정하고선 사색하는 것이다.

그곳 역시 주변의 잡초들이 정리가 잘 안 되어 조금은 어수선해 보일지 몰라도, 초록을 배경으로 서있는 한그루의 백일홍은 단연 一鶴(일학)이요 紅一

點(홍일점)이다.

　대숲을 박차고 날아와 극성을 부리며 끝없이 달려드는, "도라 도라 도라"라는 영화에서나 보았던 가미 가제의 자살 특공대같이 편대를 이루는 모기들에게 쥐어뜯기면서도 날마다 누리는 저녁 무렵의 풍경은, 백일홍이 아침의 日光을 받아 보이는 찬란한 모습과는 또 다른 검은 우수가 곁들인 교태에 있다. 붉게 타는 저녁노을을 배경으로선 여인의 勞動(노동) 후 땀에 젖은 옷이, 몸에 붙어서 배어 나오는 요염함처럼 시선을 빼앗는다.

　마당의 매화나무에선 매미가 요란스레 무더위를 즐기지만, 어둠이 내리면 귀뚜라미와 쓰르라미가 세월을 제쳐 운다. 모든 걸 안고 세월은 또 그렇게 빠르게 간다.

2015년 8월 10일

仙鄉 　　　　　　선향
文遊山 　　　　　문유산

文 遊 山 望 屙	문유산망아
霏 庇 嵋 然 歌	불비시연가
廁 上 仙 鄉 似	치상선향사
騷 人 僻 居 多	소인벽거다

문유산을 바라보며 응가를 하다가
산에 드리운 구름이 멋져 그럴듯하게 읊으며
이곳이 신선이 사는 곳 같아서
궁벽하지만 아름답다고 해보네

韻(운): 屙. 歌. 多. (平. 正格)

註)
文遊山: 순천시 월등면에 있는 호남정맥에 속한 산.
望: 바라보다.
屙: 똥 누다.
霏: 구름.
庇: 가리다, 덮다.
嵋: 가까운 산.
然: 그러하다, 여기서는 그럴듯하다.
歌: 노래, 여기서는 읊조리다.
廁上: 똥 누는 곳. 廁는 뒷간, 上은 위.
仙鄉: 신선이 사는 곳.

似: 같다.

騷人: 騷人墨客(소인묵객)의 줄인 말, 풍류인(風流人) 을 말하거나 시인(詩人) 의 뜻.

僻居: 궁벽한 곳에 살음.

多: 많다 등 여러 뜻이나 여기서는 아름답다.

＊＊

저녁 무렵 장맛비가 오락가락하다 멈추기에 산책을 나섰다. 출발할 때는 참을 수 있겠다 싶었는데 도중(道中)에 매실 따는 분들을 만나서 얘기하는 사이 갑자기 뒤가 급해진다. 아무래도 참기가 어려울 것 같아 얼른 인사하고 좀 더 높은 아부도 없는 곳으로 올라가서 엉덩이를 까고 실례를 하는데,

크아!

배설의 순간이야 치옹(癡翁)의 글을 빌지 않더라도 열락(悅樂)이다. 더군다나 자연(自然) 속이니 말해 무엇 하겠는가! 용변 중에 바로 앞 문유산(文遊山)을 바라보니 능선 아래로 구름이 드리워 산이 멋져 보이지 않는가!

이 또한 즐거움의 배가(倍加)다.

2015년 6월 27일

七夕
―愛別離苦

칠석
―애별리고

良 日 地 霑 壑 谷 濡
相 憐 衽 席 別 離 栩
或 然 憤 世 與 人 莫
忍 耐 湛 湛 未 盡 端

양일지점학곡유
상련임석별리허
혹연책세여인막
인내담담미진수

칠석날 종일 지점 거리는 비가 계곡을 적시니
기쁨의 눈물인가
혹 그렇다면 걱정하지 말라
땅에서도 이루어지리니

韻(운): 濡. 輸. 端. (仄. 變格)

註)
七夕: 칠월칠석.
愛別離苦: 불교에서 말하는 八苦中愛別離苦(팔고중애별리고: 여덟 가지의 고통 중 하나인 사랑하는 사람과 헤어지는 고통)를 말함.
良日: 좋은 날. 칠월칠석을 말함.
地: 땅.
霑: 비가 지점 거리며 내리는 모양.
壑谷: 골짜기.
濡: 적시다.
相憐: 서로 사랑하다. 憐은 사랑하다의 뜻.
衽席: 부부의 잠자리, 곧 오랜만에 만난 자리.

別離: 이별(離別), 곧 떨어져 애틋했던 시간.

栩: 반가움, 또는 기쁜 모양. 도토리란 뜻도 있음.

或然: 혹 그러하다면.

憤世: 세상에서 절조가 있는 사람. 憤은 절조가 굳다.

輿人: 뭇 사람들. 女人을 연상하라는 의미.

莫: ~하지 말라, 곧 걱정하지 말라.

忍耐: 참고 견디다.

湛湛: 진실하고 무게 있는 모양.

未盡嫦: 오래 기다림을 다하지 아니하다. 곧 머지않아서. 盡은 다 하다. 嫦는 오래 기다리다(久待). 변함없는 사랑을 강조함.

* *

낮부터 지점 거리며 내리는 비가 쓸쓸하게 만든다. 마루에 앉아 있으니 빗속에서 나를 올려다보는 강아지가 悽然(처연)해 보인다. 비록 매실나무 밑이지만 이미 많이 젖어서 집으로 들어가라고 해도 나만 바라보고 있는 모습이 안타깝다.

산골에서 혼자 살면 적적하다며 키우라고 아들이 구해준 강아지를, 출타할 때마다 챙겨줘야 하는 먹이도 먹이지만 이웃집 할머니가 항상 묶어 놓으라고 당부하는데, 똥오줌을 가릴 줄 아는 녀석이기에 아침저녁으로 잠깐씩 용변 보고 오라고 풀어 놓으면, 숲으로 가는 것이 아니라 할머니의 밭에 가서 일을 보고 오는 모양이다.

그렇다고 용변을 보려 할 때마다 낑낑대는 강아지를 묶어 놓은 채 집에서 볼일을 보게 할 수도 없을 뿐만 아니라, 게으른 탓에 조석으로 데리고 다녀야 하는 것도 번거로울 것 같아서, 이웃분들에게 가축(잘 간직하거나 거둠)을 부탁해 보았지만 귀찮다며 한사코 거절 한다. 행여 잘 알지 못하는 곳에 잘못 맡겼다가는 잡아먹히거나 팔려 가는 신세가 될까 봐 멀리 보내지는 못하겠기에 걱정이 이만저만이 아니다.

저녁 무렵 윗동네에 볼일이 있어 갔다가 인정 많은 순천댁에게 걱정을 토로하였더니 다행스럽게 끝까지 돌봐 주겠다고 말하며 귀한 술까지 내오는데 능이버섯으로 담갔다고 한다. 몸에 좋다고도 하지만 강아지마저도 보내야만 하는 처지를 생각하며 마시다 보니 몹시 취하여 집에 내려와 저녁도 거른 채 잠들었다.

목말라 깨서 보니 子時(자시: 한밤중. 열두 시가 지났음)인데도 비가 계속해서 내린다. 갈증을 해소하고 나니 속도 조금은 부드럽다.

칠석날 이러저러한 생각들이 교차하여 적어본다.

2015년 8월 20일

雜想   잡상

春 風 盈 發 花   춘풍영발화
霹 雨 漸 枌 葩   벽우점심파
彼 此 何 姿 美   피차하자미
迎 秋 雜 想 懽   영추잡상화

봄에는 꽃들이 만발하더니
무더위를 쫓는 천둥비에 나뭇잎은 물드는데
봄꽃과 가을의 단풍 어느 것이 아름다운가?
가을 문턱에서 쓸데없는 생각에 잠긴다

306

韻(운): 花. 葩. 懽. (平. 正格)

註)
春風: 봄바람. 청춘을 의미.
盈發: 滿發(만발)하다. 滿이 측성이라 盈(평성)으로 바꿈.
花: 꽃.
霹雨: 벼락과 함께 내리는 비. 가을을 재촉하는 소나기.
漸: 점점(측성)과 물들다(평성)의 뜻도 있으나, 평성이므로 聲病(성병: 평측법에
어긋남을 말함)에 걸려서 "漸枌"으로 했으나 해석은 "枌漸"으로 葩와 연결하
여 "나뭇잎이 꽃처럼 붉게 물들다(枌漸如葩)"라고 보면 좋을 것임.
枌葩: 꽃처럼 단풍 든 잎. 노년의 모습.
彼此: 저것과 이것. 봄의 꽃과 가을의 단풍.
何姿美: 어느 모습이 예쁠까? 姿는 자태, 모습.
迎秋: 가을을 맞이하다.

雜想: 잡된 생각. 쓸데없는 생각.
憚: 마음 사치하다.

＊＊

화창하던 날씨가, 시커먼 구름이 탱크 부대처럼 앞산 너머 南으로 南으로 무리 지어 달려 들어가더니 한바탕 소나기가 흩뿌려진다.

퇴각하는 여름이 못내 서러워 쏟는 굵은 눈물방울이다.
게으름으로 뒤처진 베짱이는 마지막을 향하여 피울음 우는데, 나뭇잎마저 설워서 온몸으로 부딪히다 마른 눈물을 뚝뚝 흘린다.
아직은, 아직은 하면서 저항하는 매미가 씩씩하다.

이런 섦은 이력으로 오는 가을은 좋을까?

2015년 8월 27일

夢　　　　　몽

安君有故將婑春　　　안군유고장추춘
誰問向余應苦晨　　　수문향여응고신
窓外朔風再霖零　　　창외삭풍재목령
昨今夢裡姮娥忯　　　작금몽리항아신

그대는 어찌하여 사랑하려 하는가? 라고
누가 묻거든 기나긴 밤이 외로워서였다고
문밖에는 찬 바람 불고 부슬부슬 비가 내리며
그이가 어제오늘 꿈속에서 오락가락한다고

韻(운): 春. 晨. 忯. (平. 變格)

註)
安: 어찌.
君: 그대.
有故: 까닭이 있다. 곧 무슨 까닭으로.
將: 장차 ~ 하려 하다.
婑: 미녀(美女).
春: 사랑하다(男女情事). 외에 봄, 술잔의 뜻도 있음.
誰: 누가.
問: 묻다.
向: ~을 향하여. ~에게.
余: 나.
應: 대답하다.

苦晨: 새벽이 될 때까지 엎치락뒤치락 괴로워함.

窓外: 문밖.

朔風: 북풍. 찬바람.

再: 다시. 거듭.

霖零: 부슬부슬 비가 내린다. 霖는 부슬부슬 오는 비. 零은 떨어지다. 落(락)의 뜻.

昨今: 어제오늘.

夢裡: 꿈속에서.

姮娥: 미인. 불사약을 훔쳐 달아나 달 속에 사는 선녀.

徔: 오락가락하다.

* *

맨홀 속으로 점점 쓸려 들어가는 빗물처럼, 깊어가는 겨울에 지레 겁먹은 듯 떨어지는 낙엽 소리가 더욱 쓸쓸하다.

황진이의 "기나긴 밤 한허리를 베어서 따뜻한 이불속에 서리서리 넣었다가 임이 오시면 굽이굽이 펴리라"는 외로움을 얘기한들 무엇 할까 싶지만.

입동이 지난 지금에라도 가을엔 편지를 쓰겠노라는 노랫말처럼 절절한 그리움을 담아, 바라보면 황혼 녘의 노을에 홍조를 띠는 누군가에게 띄워 보리라.

2012년 11월 6일 (立冬 전야)

迷妄	미망

春 宵 何 以 由　　　춘소하이유
洫 水 落 聲 湫　　　혁수락성추
不 解 佗 游 送　　　불해타유송
眠 雲 未 忘 陬　　　면운미망추

봄밤 무슨 까닭으로
도랑물 소리에 뒤척이는가?
비워야 하면서도
남은 부끄러움은 무엇이란 말이냐

310

韻(운): 由. 湫. 陬. (平. 正格)

註)
迷妄: 심중에 헤맴. 이것저것 마음 쓰임.
春宵: 봄밤. 곧 춘야(春夜).
何以由: 무슨 까닭으로서.
洫水: 밭도랑 물.
落聲: 떨어지는 소리.
湫: 근심하다. 신경 쓰여서 잠 못 이루는 모양. 꿈틀거리며 흐르는 폭포란 뜻
도 있음.
不解: 마음 쓰는 일에서 벗어나지 못함. 解는 벗다로 脫(탈) 외에 여러 가지
뜻이 있음.
佗: 저 또는 저것. 피(彼)의 뜻으로 그믐달과 흐르는 물.
游: 떠내려가다. 헤엄치다의 뜻도 있음.

游送: 실려 보내다.
眠雲: 산골에 사는 것.
未忘: 아직 잊지 못함.
赧: 부끄럽다.

**

　요 근래 밤새워 뒤척이며 잠 못 이루는 날이 늘어 간다. 계절에 의지할 나이는 이미 지났으려니 달리 까닭이 있으련만, 새벽까지 눈도 붙이지 못하고 전전하다 밖을 내다보니, 날이 새면서 그믐달이 손톱처럼 창 앞에 가까스로 걸려있다.

　내일이면 지고 없을 터이니 저만큼이라도 남기지 말고 던져 태워 버려야 할 것이로되. 아직도 남은 부끄러움은 무엇 때문일까?

2016년 4월 6일 (음력 2월 29일)

虛名　　　　　　허명

文 遊 山 得 名 何 由　　문유산득명하유

曾 往 士 儒 遺 錄 衙　　증왕사유유록유

又 不 然 將 期 後 代　　우불연장기후대

苟 兪 勿 索 但 多 怵　　구유물색단다구

문유산 이름은 언제부터였는가?

일찍이 선비들의 노닌 흔적을 좇아서인가

그렇지 않다면 장차 후대를 기약한 것인가

芻蕘者(추요자)가 어리석게도 어정거려 본다

韻(운): 由. 衙. 怵. (平. 變格)

註)

虛名: 헛된 이름. 실속 없는 헛된 명성.

文遊山: 순천시 월등면에 있는 호남정맥에 속한 산으로 옛날 선비들이 살았다는 전설이 있음.

得名: 이름을 얻다.

何: 언제. 어디서.

由: 유래. 말미암다.

曾往: 일찍이 다녀가다.

士儒: 선비 또는 문사(文士).

遺錄: 남은 기록. 선비들이 노닐었던 흔적.

衙: 좇다 곧 從(종)의 뜻.

又: 또.

不然: 그렇지 아니하면.

將期: 장차 기대하다. 將은 장차 ~하다. 期는 기대하다.

後代: 후대. 다음에 오는 세대.

苟: 진실로.

兪: 그러하다. 然(연)의 뜻. 중복을 피하기 위함.

勿索: 찾지 말라. 勿은 금지사. 索은 찾다.

但: 다만.

多悆: 허물이 많다. 悆는 허물.

芻蕘者: 꼴을 베고 땔나무를 하는 사람.

2015년 7월 16일

청춘

순천에서 고달픈 생활 속에서도 가끔 위로 삼을 수 있었던 것 중 하나가, 광주에서는 미처 볼 수 없었던 귀한 동목서 향을 맡을 수 있었기 때문이다.

대학입학 수학능력시험 전날 중앙시장 부근에서 볼일을 보고 아직은… 하다가, 찬 바람이 불기에 혹시나 하고 문화의 거리에 가봤더니 벌써 피어 향을 발산하기 시작한다.

한참을 동목서 아래 머물며 향에 취해 어쩔 줄 몰라 하다, 정신 차리니 횡~ 하는 바람과 을씨년스러운 하늘이다.

青春	**청춘**
路 邊 冬 木 犀	로변동목서
葉 上 風 飛 馣	엽상풍비도
臨 雪 青 春 去	임설청춘거
疑 悕 宿 昔 膚	의희숙석부

길가의 동목서 향은
낙엽과 더불어 날리는데
청춘은 다 가고 겨울이니
언제 아름다운 적이 있었을까?

韻(운): 馣. 膚. (平. 變格)

路邊: 길가. 순천 문화의 거리.

冬木犀: 금목서와 은목서가 지고난 뒤 초겨울에 꽃이 핌. 꽃은 금목서와 은목서의 혼합색이고 향은 은목서에 가까움.

葉上: 낙엽 위로. 곧 은행잎 위로.

風飛: 바람에 날리다.

馦: 향기.

臨雪: 눈이 올 것 같음. 겨울에 다다름. 백발의 노인.

靑春去: 청춘, 곧 젊음이 지나가버림.

疑怖: 의심스런 생각. 怖은 念과 同.

宿昔: 예로부터, 오래전부터.(從來, 平生)

膚: 피부. 여기서는 아름답다. 곧 향기.

* *

찬바람 속에서도 동목서는 청춘인 듯 은은한 향을 피우지만, 인생의 黃昏 길에 접어든 나는 언제 저런 청춘의 시절이 있었을까? 라고 생각도 해보는데, 눈앞엔 바닥에 떨어진 노란 은행잎이 쓸쓸히 바람에 날리고 있을 뿐이다.

진정한 靑春은 늙어서도 熱情과 香氣가 있을 터인데…

古人曰, 嗚呼! 老矣, 是誰之愆? (고인왈 오호! 노의, 시수지건?) 옛사람이 이르길, 아! 늙었구나, 이는 누구의 허물인가?

2014년 11월 14일

湖水夕景　　　　호수석경

賓 來 歌 唱 水 邊 成　　빈래가창수변성
上 月 隔 松 卓 已 盈　　상월격송탁이영
樂 客 手 端 天 避 女　　악객수단천피녀
今 宵 獨 樂 誰 傳 情　　금소독락수전정

가수의 아름다운 노래가 호수에 울려 퍼질 때
솔숲 위로 보름달은 떠오르고
歌客(가객)의 손은 월궁의 항아를 향하는데
외로운 이 밤의 심정을 누구에게 전해볼까?

韻(운): 成. 盈. 情. (平. 變格)

註)
湖水夕景: 순천 조례호수공원의 저녁 경치.
賓來: 손님이 오다. 노래하기 위해 찾아온 김성록.
歌唱: 노래를 부름.
水邊成: 조례 호숫가에 노랫소리 울려 퍼지다. 成은 풍류(풍악). 여러 뜻
이 있음.
上月: 떠오르는 달.
隔松: 소나무에 막히다, 곧 소나무 숲.
卓: 높이.
已: 이미.
盈: 차다. 곧 보름달(滿月: 만월).
樂客: 가수. 빈객(賓客), 곧 노래하는 사람. 시에서 글자의 중복을 피하

기 위함.

手端: 손끝. 곧 손가락.

天避女: 하늘로 도피한 선녀 곧 항아(姮娥). 남편인 예(羿)의 불사약을 훔쳐 먹고 달에 도망가서 혼자 사는 선녀.

今宵: 오늘 밤.

獨樂: 홀로 즐김.

誰: 누구에게.

傳: 전하다.

情: 정, 여기서는 심중(心中), 곧 마음.

* *

그제 저녁 5월 24일 밤, 조례호수공원에서 TV 프로그램인 "남자의 자격"에 출연하여 합창단원으로 활동하며 꿀포츠라 불리는 김성록씨가 노래를 한다기에 업장(業場)을 서둘러 정리하고 공원으로 향했다.

일과가 끝나면 폐쇄된 업장에서 쌓인 스트레스와 답답함을 풀고자 늘 산책하는 곳이라 맑은 공기를 쐬기에도 좋지만, 공원 한쪽에 좋아하는 기구인 평행봉이 내 몸에 안성맞춤으로 자리하고 있고, 하루를 정리하는 시간을 갖기에 제격일 뿐만 아니라 건강을 위해서이기도 하지만 쉬이 찾기에 적당한 거리여서 특별한 일이 없으면 자주 찾아가는 곳인데, 날씨가 맑아 달이라도 떠 있기라도 한다면 거닐기에 더할 나위 없이 좋은 곳이다.

젊었을 때 李白의 영향을 받아서인지 모르나 나이 들어갈수록 달이 좋다. 평소에도 노래방에 가게 되면 송창식의 상아(嫦娥-姮娥 항아)의 노래를 불렀다. 선녀인 姮娥(항아)를 상상하면서 愛憐(애련: 사랑하면서도 불쌍하게 여김)하게 여겨, 그가 살고 있는 달을 무척 좋아하게 되고 달이 뜨면 전혀 질린다는 생각 없이 늘 벗 삼아 함께 걷곤 하였기 때문이다.

공연 날 밤은 또 다른 즐거움이 있을 것 같은 설렘으로 발걸음을 재촉하여 다른 때보다 일찍 공연장에 도착하였다. 날씨도 맑은데다 저녁 무렵이라 선선하기도 하고, 더욱이 공연 이틀 전에 공원을 천천히 한 바퀴 돌다가 미처 차지 않은 달을 보았던 터라, 滿月(만월: 보름달)을 볼 수 있다는 기대와 그날 마무리하지 못한 글을, 서투나마 완성할 수 있을 것 같은 느낌이 왔기 때문이었다.

사업 때문에 순천 내려와 일을 열심히 하면서 최선을 다한다고 하지만, 부족한 자질과 역량으로 인해 내방고객이 바라는 만큼 찾아오지 않는 것 같아, 무거운 마음으로 걸으면서 영업이 뜻대로 되지 않음을 빗대서, 몇 줄의 글로 표현해보려고 上月隔松未成盈(상월격송미성영: 솔숲 위의 달은 아직 차지 않았고)이라고 읊었었다. 하지만 우둔한 탓인지 아니면 그동안 쉼 없이 일하면서 받았던 스트레스나 피곤과 부족한 수면을 핑계로 책을 놓아 버려서인지 몰라도, 단 한 줄만 얻고 댓 귀(對句)를 얻지 못하였다.

아마 그날 밤에도, 꿀포츠인 김성록이 한계령을 부르기 전, 작곡가인 하덕규가 자살하러 한계령에 갔다가, 어느 시인의 시에서 영향을 받아 지었다는 코멘트(comment)를 사회자로부터 듣지 않았거나, 꿀포츠가 나름의 사연으로 음악을 포기하고 첩첩산중에서 벌을 키우는 저간의 사정을 몰랐거나, 양 봉을 하면서 곡이 가슴에 와닿아서 즐겨 불렀다는 얘기와 노래를 라이브로 듣지 못했다면, 그렇게도 미친 듯이 혼자 브라보를 외치지 않았을지도 모른다.

더더욱 노래하러 무대에 오르면서 손을 뻗어 호수 건너편 달을 가리키지 않았더라면, 同病相憐(동병상련)의 느낌으로 글을 마무리하려고 하지 않았을 뿐만 아니라, 다음날(토요일) 내내 찾아오는 사람들에게 前夜의 感動을 전달하려고, 業場(업장)에서 김성록의 울산공연 時 한계령을 열창하는 모습을 보여주지 않았을 것이다.

공연 중간에 객석에 다가왔을 때 "산 노을"을 앵콜 곡으로 신청했으나 듣지 못한 아쉬움도 있지만, 順天에서의 추억이 될 것 같아 후기해본다.

2013년 5월 26일

眞泉　　　　　진천

從滗逆水向眞泉　　　종당역수향진천
早鳥謠歌悅不銓　　　조조요가열부전
渴者無分誰惜給　　　갈자무분수석급
筇雖誆擇暫留燕　　　과수염탁잠류연

골짜기를 따라 참 샘으로 오르니
새들은 지저귀며 맞이하고
참 샘도 목마른 이에게 아낌없이 주며
무거움을 내려놓고 쉬었다 가라 하네

韻(운): 泉. 銓. 燕. (平. 正格)

註)
眞泉: 참 샘. 순천 구시가지 뒷산에 있음.
從滗: 골짜기를 따라서. 從는 따르다. 滗은 谷(곡).
逆水: 물을 거슬러. 逆은 거스르다.
向眞泉: 참 샘으로 향하다, 참 샘을 찾아올라가다.
早: 일찍이. 새벽. 아침.
鳥謠歌: 새들이 지저귀다.
悅: 기쁘게 하다.
不銓: 가리지 아니하다. 銓은 사람을 가리다.
渴者: 목마른 자.
無分誰惜: 누구를 구분하거나 아끼지 않고.
給: 주다.

俆: 빨리 가다. 疾行(질행)의 뜻. 인생의 덧없음.

雖: 비록 ~ 일지라도.

誷: 말을 다 하지 못하다. 미련이 남아 있다는 뜻.

檡: 잎이 떨어지다. 낙엽처럼 생명이 다하는 것.

暫: 잠시. 잠깐.

留: 머무르다.

燕: 쉬다. 제비 등 다른 뜻도 있음.

* *

　참 샘이 있다는 얘기를 듣고 찾아 오르길 4일째다. 도심 뒷산에 이처럼 좋은 산책길이 있다는 것을 좀 더 일찍 알았더라면 하는 아쉬움이 있다.

　가물어도 마르지 않는 물맛은 물론이고 생각하며 걷기에 너무 좋은 골짜기를 따라 숲으로 향하는 오솔길이라, 애초에 가까이 거처를 잡았더라면 답답할 때마다 쉬이 찾을 수 있을 것이니 말이다.

　객지에서 할 일 없는 백수가 무슨 소리 하냐고 하겠지만 아침에 일어나자마자 다녀오면 허기가 진다. 왕복 2시간이 걸리는 거리라 조금은 무리이기에 차분히 걷고 싶으나, 한낮의 뜨거운 햇볕을 피하기 위해서는 일찍 나설 수밖에 없다.

　가까이 거주하면서 자주 약수터를 찾는 사람들이 고마움을 알고 잠시라도 편히 쉬었다 가라는 의미로 썼다.

2017년 6월 10일 (6월 항쟁 30주년 기념식 날)

孤高之態　　　　고고지태
白梅　　　　　　백매

東 君 傳 信 大 林 逢	동군전신대림봉
梅 闖 芳 顔 引 旅 蜂	매침방안인려봉
晝 夜 發 光 强 顧 客	주야발광강고객
向 來 心 罞 怎 何 縫	향래심무즘하봉

봄소식 전해온 대림 아파트 담장엔
매화가 예쁜 얼굴 내밀며 사람과 벌을 붙드는데
손님을 억지로 끌려다
송송해진 마음은 무엇으로 꿰맬까?

韻(운): 逢. 蜂. 縫. (平. 變格)

註)
東君: 봄을 주관하는 신(神).
傳: 전하다.
信: 소식.
大林: 대림 아파트. 순천 조례동에 있음.
逢: 만나다.
梅: 매화나무 곧 매화꽃.
闖: 出頭貌(출두모: 머리를 내민 모양) 곧 매화가 활짝 핀 채 담장 너머로 고개
를 내민 모습.
芳顔: 꽃다운 얼굴.
引旅蜂: 오가는 사람의 걸음을 멈추게 하고 벌을 유혹함. 引 끌어당기다. 旅

나그네. 곧 오가는 사람. 蜂 벌.

晝夜發光: 밤낮으로 불을 밝힘, 열심히 일을 함.

强: 억지로. 억지로 고객의 환심을 사려고 노력함.

顧客: 손님.

向來: 이제까지, 오늘에 이르기까지.

心罘: 마음이 찢어지다. 적성이 맞지 않아 찢어진 그물처럼 마음이 성기어
짐. 본디 罘心으로 해야 하나 평측을 맞추기 위해 순서를 바꿈. 罘는 찢어진
그물(破網 파망). "모"로도 읽음.

怎: 무엇으로.

何: 어떻게.

縫: 꿰매다.

**

금요일, 점심 식사 후 고객이 뜸한 틈을 타 밖으로 나와서 지척에 있는 대
림 아파트 담장을 거닐다 보니, 활짝 핀 매화가 예쁜 얼굴을 담장 너머로 내
밀고 있다. 군락을 이루지 않고 듬성듬성 서 있는데도 백매화(白梅花)의 자태
가 자못 품위 있어 보여 향을 맡으러 다가가 보니 꿀벌이 먼저 와있다.

梅一生寒不賣香(매일생한불매향-매화는 일생이 춥고 가난하더라도 향을 팔지 않
는다)이라 하지 않던가. 결코 누구에게 먼저 추파를 던지지 아니하고 고고한
자태로 꽃을 피우고 있을 뿐인데, 지나는 행인과 벌들이 스스로 눈길을 주
고 찾아오고 있으니 이 얼마나 본받고자 함인가!

一年 여 동안 천박한 지식과 행동으로 아는 척해가며 고객을 모으기 위해
서 온갖 푼수 짓을 하였으니 정말 부끄러운 일이 아닌가? 제 부족함은 모르
고 晝夜(주야)로 지랄발광(發狂)한다고 할 정도로 설치던 꼬락서니를 생각해
보면, 남들이 지켜보면서 우스꽝스럽고 한심하다고 여겼을 것이다. 매화의
氣稟(기품)을 학습하여서라도 향을 배가하기 위한 노력을 해야 하는데, 焉敢

生心(언감생심) 業場(업장)에 손님만 가득 채우려 하고 쫓아다닌단 말인가.

　예전에 어리석은 장돌백이가 어떻게 해서라도 선비 然 해보고 싶은 마음에 盆 하나를 곁에 두고 玩賞(완상)하고자 구하려고 무척 애썼으나 끝내 얻지 못했다. 선비의 지조를 상징하는 梅花를 사랑하고 가까이한다는 것이 어울리지 않아서인지 아니면 매화분(盆)과의 격이 다르기 때문이었는지 모르겠으나 인연이 되지 않았다. 아무렴 곁에 둔다 한들 타고난 기질과 성품이 하루아침에 바뀔 리 없지만, 생선을 싼 종이에선 비린내가 나고, 향을 싼 종이에서는 향기가 배어나듯 덩달아 묻어가고 싶은 마음에서였는데 아쉽기만 하다.

　香에 취해 있다가 문득 지금까지의 생활이 高德함을 가르쳐주는 매화보다 못한 처세의 기술이었는가 하는 자조(自嘲)감에 술회해본다.

　삼겹살 day라고 하니 쓴 술이라도 한잔 했으면.

2014년 3월 3일

南天	남천

南 天 街 路 樹 如 非	남천가로수여비
比 杏 短 枝 無 不 澄	비행단지무불의
早 落 尤 緞 何 俏 貨	조락우하하초화
歲 寒 知 見 但 燈 悌	세한지현단등희

가로수길 한 켠의 남천이

키 작다고 눈 서리 맞지 아니함은 아니나

낙엽이 뒹굴 때 홀로 붉어도

눈길 주는 이 없으니 그를 안타까워 하노라

韻(운): 非. 澄. 悌. (平. 變格)

註)

南天: 남천나무. -백과사전에 의하면 "남천죽(南天竹)이라고도 하며 겨울에 잎이 붉게 변한다. 남천의 붉은 잎은 겨울 풍광의 삭막함을 씻어 준다. 겨울을 버티기 위하여 잎 속의 당류(糖類) 함량이 높아지면서 붉은색을 띠는 것으로 짐작된다."

街路樹: 가로수, 여기서는 은행나무를 말함.

如非: 같지 아니하다. 語順(어순)을 非如로 해야 하나 韻(운)을 맞추기 위해서 순서를 바꿈.

比杏: 은행과 비교해서.

短枝: 짧은 가지. 키가 상대적으로 작음.

無: 아니다. 또는 없다.

不: 아니다. 곧 非(비)의 뜻.

澄: 눈과 서리 등이 쌓이다.

無不澄: 눈, 서리 맞지 아니한 적이 없다. 곧 세파에 시달림을 뜻함.

무落: 먼저 떨어지다. 곧 은행나무의 잎이 먼 저 떨어짐. 무는 先(선)의 뜻.

尤: 더욱.

緞: 붉게 빛남. 서광이나 저녁노을처럼 동방의 붉은색.

何: 어찌.

俏貨: 값이 싼 물건. 하찮게 여기거나 눈여겨 보지 않음.

歲寒: 날씨가 추워짐. 추운 겨울. 잎이 다 떨어짐. 곧 사람이 이해관계나 일의 변화가 있고 난 뒤를 말함. 論語에 "歲寒然後知松栢之後彫也(세한연후지송백지후조야)" 날씨가 추워진 뒤에야 소나무와 잣나무의 여윔(푸르름)을 안다. "彫"는 여위다(凋 조)의 뜻으로 쓰였으나, "彫"의 본디 뜻인 "새기다" 또는 "새겨 다듬다"의 뜻으로 "잎이 다 지고 난 뒤에야 소나무와 잣나무의 푸르름을 깨닫다"로 해석하여 "세태의 변화에도 굴하지 않는 군자의 지키는 바를 알 수 있다"로 이해하면 좋겠다.

知見: 드러남을 알 수 있음. 은행잎이 다 지고 나면 남천의 붉은 잎이 드러남. 見은 드러나다. 나타나다.

歲寒知見: 어떤 일을 당해보면 그 사람의 지키는 바의 지조와 절개를 알 수 있다는 뜻.

但: 다만.

僭: 불여의(不如意)하다. 곧 일이 뜻과 같지 아니함.

怖: 생각하다, 원하다 의 뜻도 있으나, 여기서는 슬프다 悲의 뜻. 사람들이 은행의 노란 잎만 알아주고 남천의 붉음을 몰라주니 슬프다는 뜻.

* *

가로수에 대한 단상.

한낮, 문화의 거리를 쭉쭉 뻗은 은행이 뒤덮고 있다. 남천은 그 가로수 모퉁이의 한 자리를 어렵사리 차지한 채, 오고 가는 이의 눈길을 움키려는 듯 홀로 온몸을 불사르고 있다.

한밤, 우정암(寓靜菴)에서 흰 바람벽을 오롯이 대하는 이를 등불 아래서만 만나노라면, 누구누구라 하면 알 만한 사람들의 글들이, 수없이 많은 외로운 이들의 마음을 삼켜 소화했던 오래된 **唾液**(타액)으로 눌어붙어서, 내가 붙을 자리는 포도시 비집어야만 한다.

　　설령 그것이 **續貂**(속초: 훌륭한 사람이나 사물에 변변하지 못한 사람이나 사물이 뒤따른 짓)일지라도 벽에 때가 묻거나 길바닥에 분향(糞香: 똥 냄새)을 날리는 것과는 다르게,

　　차 한 잔의 향기로.

2015년 10월 16일

9

사동파

思東坡 　　　　　　사동파

秋 親 宵 月 明 　　　추친소월명
足 下 近 多 謍 　　　족하근다영
聏 喜 歡 蚰 唱 　　　제희환곤창
三 更 寓 處 丁 　　　삼경우처정

가을은 깊어가고 달은 휘영청 밝은데
발아래 작은 소리가 있어
구부리고 들어보니 풀벌레들의 하모니라
기우는 달빛에 그림자만 외롭다

韻(운): 明. 謍. 丁. (平. 正格)

註)
思東坡: 蘇東坡(소동파)를 생각하다. 음력 7월 16일(七月旣望)에 밝은 달을 보
며 적벽부를 생각함.
秋親: 가을이 가까워지다. 親은 近(근)의 뜻이 있음.
宵: 밤.
月明: 달이 밝다. 蘇東坡(소동파)가 적벽에서 손(客)과 뱃놀이를 하던 날이 공
교롭게도 오늘, 칠월기망(七月旣望: 7월 16일)이다.
足下: 발아래.
近: 가까이서. 많이 들린다.
多謍: 작은 소리(小聲)가 많이 들린다.
聏: 가까이서 듣다. 곧 몸을 구부리고 자세히 듣다.
喜歡: 좋아하다.

蚰: 벌레들. 귀뚜라미 등 모든 벌레를 총칭.

唱: 노래하다. 합창하다.

三更: 밤 11시~새벽 1시까지의 깊은 밤.

寓處: 남의 집에서 임시로 사는 곳.

丁: 외롭다(孤) 또는 약한 모습.

* *

살면서 무언가를 좋아하게 되어서 그것을 잠깐만이라도 즐기다가 가는 삶 (남의 것을 노리는 도박만 아니면)이라면, 참 행복했었다 하면서 별다른 후회는 아니 할 것이다.

年前(연전)에, 윗집에 의사이셨던 분이 폐암으로 돌아가셨는데 그분이 생전에 하셨던 말씀을 또렷이 기억하고 있다.

암 진단을 받으시고도 여전히 담배를 태우시기에, "건강이 안 좋으시다면서 그만 태우셔야지요"라고 말씀드렸더니, "나도 의사인데 내가 내 몸을 잘 알고 있어요. 그동안 많이 썼으니 고장이 날 수밖에요 즐길 만큼 즐기고 살았으니 미련 없이 갈라요" 하시면서, 가시기 전까지 담배를 태우셨는데….

年歲(연세)를 75 전후로 기억하고 있다. 모습은 항상 건강하고 젊어 보이시고 2~3년 전만 하여도 직접 차를 몰고 강원도 정선 카지노를 구경 차 가끔 다녀오시곤 하셨다는데, 후회나 미련도 없이 훌쩍 떠나셨다.

너무 아쉽게만 보인다. 여느 사람이라면 아들과 사위가 유명한 의사이고 하니, 어떻게든 생명의 끈을 놓지 않으려고 안간힘을 쓸 텐데, 그렇지 않고 오직 흠을 남기지 않으려고 애쓰셨던 것 같다.

떠나시기 며칠 전까지 건강이 무척 안 좋아 보여도 외출을 다녀오곤 하셨다. 하루는 외출하고 돌아오다 아파트 주차장에서 집사람 차와 접촉사고를 내었다고 하시기에, 내려가 봤더니 앞 범퍼만 흠이 나고 멀쩡해 보여서 괜찮습니다 라고 말씀드렸는데도, 기어코 사람을 시켜서 범퍼를 교체하고 세

차까지 깨끗이 해주신 것이었다.

나중에 들은 얘기지만 가시기 전까지 주변을 찾아다니며 그간의 情理(정리)에 대해서 여러모로 마음을 쓰셨다고 한다. 가끔 뵐 때마다 지나온 인생에 관해 얘기해 주며 좋은 말씀으로 敎訓(교훈)이 되었는데.

달이다 휘영청 밝은 둥근 달이다. 그제부터 밤마다 날씨가 맑아 보름달까지 구경을 잘하며 외로운 심사를 잘 달랜 터라, 오늘도 마루에 앉아 앞산을 보고 있으니 휘영청 둥근 달이 이내 솟구쳐 오른다. 어쩌면 보름인 어제보다 더 맑고 밝으며 둥글어 보인다.

천년을 건너 東坡(동파)와 어울려 수작을 할 수만 있다면 이라는 상상을 해보며, 제약(2014년 10월 23일에 쓴 화순적벽유감을 율시로 완성하고자 했으나 탐방 예약과 짧은 관람 시간으로 미완성)이 없는 和順(화순) 적벽에서 술잔을 기울이면서 못다 한 회포를 풀고 싶은 마음이다.

東坡(동파)의 낭만과 함께 인생을 즐기셨던 멋진 분으로 부러운 생각이 드는 밤이다.

2015년 8월 29일 (于七月旣望)

和順赤壁有感　　　화순적벽유감

赤 壁 誰 攻 彩 色 乎　　적벽수공채색호
東 坡 金 笠 知 濡 需　　동파김립지유수
時 差 別 地 共 如 樂　　시차별지공여락
今 日 玩 遊 只 欠 無　　금일완유지흠무

적벽을 누가 예쁘게 물들였을까
소동파나 김삿갓이 찾았던 까닭이 있었으니
여건과 형편이 비록 달랐으나 나름의 풍류러니
오늘 적벽을 완상함에 부족함이 없더라

韻(운): 乎. 需. 無. (仄. 變格)

註)

和順赤壁有感: 화순 적벽에 대한 복잡한 느낌과 생각.

赤壁: 화순군 이서면의 적벽.

誰 ~乎: 누가 ~가?

攻: 치다. 여기서는 만들다 곧 作의 뜻.

彩色: 물들이다.

東坡: 蘇軾. 곧 소동파.

金笠: 김삿갓 곧 김병연(金炳淵)

知: 알다.

濡需: 잠깐이나마 편안하고 한가함을 좋아하고 즐기는 것.

時差別地: 시대와 나라가 다름. 곧 여건과 형편이 다름.

時差: 시대의 차이. 곧 소동파와 김삿갓의 시대.

別地: 지역 곧 나라가 다름.

共: 함께 또는 다.

如樂: 즐기고자 했던 것이 같음.

今日: 오늘.

玩遊: 玩賞一遊, 곧 노닐며 감상함.

只: 다만.

欠: 하품. 여기서는 부족하다의 뜻.

無: 없다.

只欠無: 다만 부족함이 없더라. 한 번의 관람으로 東坡와 金笠처럼 멋진 글을 쓸 수 없고, 다음에 차분한 기회가 주어질 것 같지 않아서, 소설 삼국지의 한 구절(只欠東風以周瑜得病: 주유는 다만 동풍이 부족하여 병을 얻었다)을 인용하여 아쉬움을 표현함.

* *

얼마나 되었을까? 광주시민의 상수원인 동복 댐이 만들어지면서 수몰되었던, 이서면의 일부 洞里와 赤壁(적벽)이 일반인에게 30년 만에 공개된다는 소식을 들은 것이.

한 번도 가 본 적이 없는 나로선, 도대체 얼마나 좋기에 금강산이며 묘향산 등을 비롯하여 방방곡곡 두루두루 유람하였던 김삿갓이, 죽기 전에 왜 그토록 보고자 하였고 이곳에서 생을 마감하였는지, 名勝(명승)의 정도가 와 닿지 아니하여 나도 기회를 놓칠세라 이번엔 반드시 보리라 별렀었다.

그러나 오랜 와병 끝에 장모님이 사흘 전에 별세하심에 따라, 형편과 여건상 시간을 낸다는 것이 가당치 않을 것 같아서 포기하려 하였으나, 장례 후 푹 쉬어서 그런지 피로가 풀렸는데 계속 빈둥대는 것도 그렇고 해서, 내자의 눈치를 살피며 고민하다가 슬며시 적벽에 대한 얘기를 꺼냈더니, 喪中인데 名所에 구경 간다는 것이 모양새가 그렇지 않겠느냐 하면서도, 모자를 쓰고 선글라스 끼면 잘 모를 것이라며 조심스럽게 다녀오란다.

그래서 주변의 시선에 잘 뜨이지 않도록 변복을 준비하여, 행사에는 늦었지만 차를 몰고 빨리 가면 기다렸다가 구경은 할 수 있겠다 싶어 부리나케 나섰다. 주차장에서 만난 지인도 모자를 둘러쓴 나를 몰라보아서 다행이다 싶었다. 과거의 金笠(김삿갓)도 나와 같은 심정이었으리라 생각하며 셔틀버스를 타고 적벽으로 향하였다.

구불구불 林道(임도)를 따라 돌아가며, 차창 밖으로 보이는 동복 댐의 맑고 고요한 물에 비친 풍경은 그야말로 祕境(비경)이다. 적벽에 이르러보니 石川 林億齡(석천 임억령)이 왜 赤壁洞天(적벽동천)이라 하였으며, 그토록 많은 詩人墨客들이 이곳의 아름다움을 찾아와 노래하고 화폭에 담았는지 단번에 알 수 있었다.

赤壁이라 命名한 新齋(신재) 崔山斗(최산두)가, 中國의 적벽을 다녀왔었는지는 알 수 없으나, 蘇東坡(소동파)가 노닐었던 적벽에 버금간다는 말은 아니 했으리라 생각한다. 나 역시 가 보지 않아서 잘은 모르나 규모의 차이로 비교할 수 있을지는 몰라도, 풍광으로는 勝地於中國(승지어중국: 경치나 지형이 중국보다 뛰어남)이리라.

중국의 옛 문인도, 山不在高 有仙則名(산부재고 유선즉명: 명산은 높고 낮음에 있지 않고, 신선이 있으면 이름이 있다)이라 했거늘, 石川 林億齡(석천 임억령)이 赤壁洞天(적벽동천)이라 하였으니, 洞天은 곧 신선이 사는 곳을 말함이니 더 이상 무슨 말이 필요할까!

오늘따라 맑게 갠 하늘과 고요한 호수는 더욱더 적벽을 돋보이게 하여, 마치 浮巖觀我(부암관아: 물 위에 떠 있는 바위 위에서 나를 보는 것) 하는 것 같아, 초면의 芻蕘者(추요자: 땔 나무꾼)를 긴장 속에 엄숙하게 한다. 그러나 그 엄숙함도 잠시 洞里가 수몰되면서 고향을 잃은 실향민들이 반갑게 맞으며 차려 주는 주안상에 술이 몇 잔 들어가니, 굳이 시인이 아니라도 들떠서 절로 述懷(술회)케 하는데, 자주 찾아 玩賞(완상)하고 싶으나 제한하여 개방 한다 하니 너무 아쉽다.

시민이 음용하는 식수원이니 관리가 철저 해야 하는 것은 당연하나, 적은 인원만 한정하여 출입하게 하고 짧은 시간만 관람시킨다는 것은, 詩人墨客

(시인묵객)들에게는 적벽을 노래하고 표현하는 데에 제약을 주기에 최선의 방책이 아니라는 생각이다.

　강구 하면 얼마든지 좋은 방책이 있으련만,
　只欠東風以周瑜得病,予無常尋以但思何日(지흠동풍이주유득병,여무상심이단사하일). 주유는 다만 동풍이 부족하여 병을 얻었고, 나는 자주 찾을 길 없으니 어느 날에나 가 볼 수 있을까?
　赤壁八景(적벽팔경)에 赤壁落火(적벽낙화)는, 아무래도 단풍으로 불타는 晚秋의 정경일 텐데, 아직은 시기적으로 빨라서인지 절정의 단풍이 아니기에, 하루하루 달라지는 모습을 보고픈 마음이 굴뚝같다.

2014년 10월 23일

振衣斷想　　　　진의단상

洗塵者倚爽儂心	세진자의상농심
焉不諹哉其傾襟	언불양재기경금
然我背搓謝未發	연아배차사미발
昨今溫水重軀沈	작금온수중구침

등을 밀고 나면 마음이 개운해지니

그 고마움을 어찌 표하지 않을건가

하지만 답례를 못 하고

오늘도 뜨거운 물에 몸을 불린다

韻(운): 心. 襟. 沈. (平. 變格)

註)

振衣: 옷을 털다, 곧 목욕 후 옷을 털어 입음.

斷想: 단편적인 짧은 생각.

洗塵者: 때(世塵: 세속의 때)를 씻어주는 사람. 搓澡者(차조자). 塵은 때 또는 먼지.

倚: ~인하여.

爽: 상쾌하다.

儂心: 내 마음. 儂=我(아: 나).

焉不諹哉: 어찌 칭찬하지 않을 것인가? 焉은 어찌. 諹은 칭찬하다.

其: 그.

傾襟: 옷깃을 걷어 올린다는 뜻으로 정성을 다함.

然: 그러나.

我背搓: 나의 등을 밀다.
搓(차): 손으로 비비다.
謝未發: 감사(感謝)의 뜻을 표하지 못하다.
昨今: 어제와 오늘. 오늘도.
溫水: 따뜻한 물
重: 거듭.
軀沈: 몸뚱이를 담그다. 軀-몸

* *

덥거나 따뜻한 날에는 땀을 흘리더라도 굳이 목욕탕엘 가지 않고 집에서 간단히 몸을 씻을 수 있어서 좋지만, 겨울이나 날씨가 쌀쌀한 봄가을과 컨디션이 좋지 않을 때는 목욕탕의 따뜻한 물속에 몸을 담그고 나면 한결 상쾌하고 마음까지 가벼워짐을 느낄 수 있어서 좋다. 거기다가 누군가가 뒤에서 등마저 시원하게 밀어준다면 더할 나위가 없을 것이다.

요즈음의 아이들은 저하는 일이 바빠서 목욕탕에 같이 갈 수 있는 때를 맞추기도 어렵지만, 설령 적당한 기회를 얻었다 하더라도 비위를 맞춰서 데리고 가기가 영판 어려운 일이다. 그래서 할 수 없이 목욕탕에 갈 때마다 혼자 때를 미는데, 형편도 그렇지만 언제부터 그리되었는지 몰라도 남한테 몸을 쉽게 맡기고 싶지 않은 습성이 생기고 나서부터이다. 허나 손이 닿지 않는 등은 아이와 동행하지 못한 만큼 어찌할 도리 없어 누군가에게 부탁해야 하고 그때마다 시원하게 밀어주어야 할 텐데 하는 마음이 늘 있었다. 그것도 어떻게 하면 돈을 아끼면서 시원하게 밀 수 있을까 하는 궁리를 하면서 말이다.

어느 날, 욕실에 손님이 별로 없어 한가로이 때를 밀고 있다가 탕 안을 정리하려고 들어온 때밀이 아저씨에게 눈치 끝에 등만 밀어주는데 얼마면 되겠느냐 했더니, "뭘 그까짓 것 그냥 밀어드리지요" 한다. 내가 "그러지 말고 서로 편하게 값을 정하고 올 때마다 밀어 주신다면 고맙겠노라" 했더니, 그럼 이천 원만 달라고 해서 "그것은 제가 미안해서 안 되지요" 하면서 삼천

원에 등을 맡기기로 결정을 했다. 속으로 혹시 너무 싸서 대충 밀어주지 않을까 걱정도 있었으나 횟수가 거듭되어도 변함없이 정성을 다하여 등과 어깨를 밀어주는데 무척 고마운 사람이다. 간혹 빠지기도 하지만 일주일에 한번씩 찾는 곳이라 미안한 마음에 한번은 돈을 조금 더 드렸더니 한사코 처음의 약속한 돈만 받는다.

오월도 기울어가면서 기온이 점점 올라 더워지려 할 때, 몸이 찌뿌둥하고 개운치가 않아 어김없이 동네의 목욕탕으로 향했다. 탕 속에 몸을 반쯤 담그고 있는 내내 한 번쯤 감사하다고 하면서 뭔가 사례를 해야 할 텐데라는 생각이 머릿속을 떠나지 않아서 목욕 후에 글로 옮겨 본 것이다.

물론 살아오는 동안 녹록지 않은 이력만큼 이런저런 일로 서로 얽히고설키면서 일어났던 감정이 항상 기억 저편에 자리하고 있는데, 아무리 대차대조표로 가감하고 세월이라는 처방 약으로 鎭痛(진통)하려 하나, 그 병이 결코 가벼운 것이 아니기에 후유증도 후유증이지만 아직까지 덜된 신변 정리로 인해 마음이 복잡하여, 고마웠던 이들에 대한 감사의 글이라도 써볼 요량을 차일피일 미루었던 건, 언젠가는 차분히 추억할 때가 있을 것이라 편하게 생각하였기 때문이기도 하다.

근자에 만나는 이가 거의 없는 가운데서 당연히 대가를 치르고 도움을 받는 분이라 하더라도, 손이 닿지 않은 등을 시원하게 밀어주어 목욕 후에 상쾌함을 느끼게 할 뿐만 아니라, 닥지닥지 달라붙어 있어 쉬이 떨어지지 않는 세속의 묵은 때까지도 조금씩 벗겨주는 분인 것만 같아, 혹 가볍게 여길지라도 고마운 느낌을 表해도 될 것 같은 생각에서였다.

나이도 솔찮이 먹은 만큼, 살아오면서 진정 感謝(감사)해야 할 일이 凡事(범사)에 얼마나 많았으랴만, 迷惑(미혹)과 失性(실성)으로 인하여, 상실하고픈 과거에도 따뜻한 가슴으로 품어주셔서 또렷이 각인된 몇 분의 어른과 원광대학의 道園 義兄, 변함없는 情으로 어찌 보면 평생을 가까이서 더불어 살지 않더라도 항상 고맙고 그리워해야 할 서울의 친구와 가까이에 있는 벗, 그리고 기억 속에 남아 있는 전주 후배는 어떤 목적과 대가로 다가온 배려와 이해가 아니었기 때문에 잊을 수 없지만, 쉬이 表現할 수 없는 까닭은 늘 가슴에 묵직함으로 남아 있기 때문이다.

　그러나 일상에서 다가온 사람 중에서 때밀이 아저씨의 모습은 일면 비천해 보일 수 있으나, 스스로 벗지 못하는 자들의 때를 대신해서 벗겨주고 해가 바뀌어도 한결같은 겸손과 성실은, 본받고 노력해야 하는 의미와 감사의 소재이기에 마음이 動해서 적은 글이라, 사람에 따라서 같잖다 라고 생각할 수 있을지 몰라도 怕痒樹(파양수: 배롱나무)처럼 끊임없이 몸을 뒤틀면서 제 허물을 스스로 벗는 것을 닮지 못하는 팔이 짧아진 者의 슬픔과 반성이다.

　아직 世塵(세진)도 다 벗지 못했으면서 뱃속에서 꿈틀거리는 기생충 같은 것은 무엇으로 다스려야 하나?

2014년 7월 24일

懷鄉　　　　　　　　회향
歸路　　　　　　　　귀로

霞 雲 無 等 侖	하운무등륜
散 雪 雨 羹 豚	산설우갱돈
苦 海 酸 鑪 灸	고해산로구
蹣 丘 匏 至 源	만구순지원

집으로 가는 길에 돈에서 술잔을 들고 보니
뿌렸던 눈비는 짭짤한 국물이 되고
도륙된 삼겹살(육신)마저 화로에 살라버리면
돌아가는 길은 홀가분하리라

339

韻(운): 侖. 豚. 源. (平. 正格)

註)
懷(회): 품다, 상하다 등 여러 뜻이 있으나 생각하다, 돌아가다(歸귀)의 뜻
도 있음.
鄕(향): 고향. 근원.
歸路(귀로): 집으로 가는 길. 근원으로 돌아가는 길.
霞雲(하운): 황혼녘 노을에 드리운 구름. 浮雲(부운: 지나가는 구름. 뜬구름. 덕이
없는 소인)이 무등산을 지나면서 비와 눈을 쏟고 난 뒤의 구름.
無等(무등): 무등산. 돈(豚)이라는 가게가 1187이라는 숫자로 무등산의 높이
를 나타내었기에 씀.
侖: 본디 分자 밑에 冊자가 있는 글자. 생각하다.
散(산): 뿌리다. 흩으다.

雪雨(설우): 눈과 비. 곧 설움과 눈물.

羹(갱): 국 또는 국물.

豚(돈): 돼지. 삼겹살 숯불구이를 파는 가게 이름. 산수동 장원초교 밑에 있음.

苦海(고해): 인간 세상.

酸(산): 시다. 세상살이의 고됨.

鑪(로): 화로. 술 주전자. 술 파는 곳. 등의 뜻.

灸(구): 지지다. 불사르다.

蹣(만) 넘다.

丘(구): 언덕(陵). 높다. 크다의 뜻.

絇(순): 솜털. 솜털처럼 가벼이. 홀가분하게.

至源(지원): 근원에 이르다. 돌아갈 곳.

＊＊

써놓은 글을 진즉 전달하고자 했으나 마땅히 酬酌(수작)할 만한 벗이 없기에, 차일피일 미루다 맘먹고 들러 혼자 한잔하고 전달해준 글이다.

옛 주막이나 선술집 같은 애환이 서릴 것 같은 분위기를 갖는 장소라 가볍게 한잔하긴 좋은 곳이다.

2017년 4월 25일

庚日
初伏

경일
초복

餔 飧 嘯 饡 嘔	포손충찬구
狗 食 飼 貪 餢	구식사탐부
昨 日 今 天 翌	작일금천익
其 圍 不 解 殕	기위불해구

찬밥이나 또 더운밥이나

사료 먹는 개나 포식하는 돼지나

날마다, 날마다 조금씩

죽어가는 축생이다

韻(운): 嘔. 餢. 殕. (平. 正格)

註)

庚日: 初伏(초복)이 시작되는 날.

餔: 먹다.

飧: 물만 밥.

嘯: 먹다.

饡: 국만 밥.

嘔: 따뜻하다.

狗: 개.

食飼: 사료를 먹다.

貪: 탐하다. 포식하는 돼지.

餢: 먹다.

昨日: 어제.

今天: 오늘. 今日과 같음.

翌: 내일.

其: 그.

圍: 둘리다. 에워싸다.

不解: 풀지 못하다. 곧 짐승의 범주에서 벗어나지 못하다.

殊: 죽음.

* *

초복 날 무료하고 심심하던 차의 짧은 생각.

2018년 7월 17일 初庚日

隱遁　　　　　　　은둔

余 途 下 汝 等 天 生　　여도하여등천생
受 器 相 殊 搶 世 礭　　수기상수창세갱
不 啻 良 能 消 變 折　　불시양능소변절
人 虖 莫 顧 鎖 門 扃　　인호막고쇄문경

날 때부터 내 운명의 길은 아래였는지
받은 그릇도 다르고 세상에도 적응이 안 되네
재능마저 사라지고 변하며 꺾이니
돌아보지 않고 숨어 살리라

韻(운): 生. 礭. 扃. (平. 正格)

註)
隱遁: 은둔하다.
余途: 나의 길. 余는 나. 途(평성)는 길(道는 측성).
下: 아래.
汝等: 너희들.
天生: 날 때부터.
受器: 하늘로부터 받은 그릇.
相殊: 서로 다르다. 殊는 다르다. 죽다 등의 뜻도 있음.
搶: 부딪치다. 충돌하다.
世: 세상.
礭: 멀리하다. 가까이할 수 없다.
不啻: 뿐만 아니라.

良能: 타고난 재능.

消: 사라지다. 없어지다.

變折: 변하고 꺾이다. 折은 꺾이다, 휘어지다, 굽히다의 뜻.

人虧: 사람이 보지 못하다. 虧는 보지 못하다.

莫顧: 돌아보지 않고. 莫은 없다. 顧는 돌아보다.

鎖: 꼭 막다. 자물쇠, 사슬 등의 뜻도 있음.

門: 문.

扃: 빗장.

2018년 12월 1일

不眠
壬申之曉

불면
임신지효

深 宵 醒 雨 聲	심소성우성
輾 轉 不 眠 坑	전전불면갱
奄 冉 年 殫 翆	엄염년탄목
單 衾 又 曷 正	단금우향정

깊은 밤 빗소리에 잠 깨어

이리저리 뒤척이다 생각해보니

벌써 연말이 다 돼 가는데

또 쓸쓸히 맞이하는 아침

韻(운): 聲. 坑. 正. (平. 正格)

註)

不眠: 잠 못 이루다.

壬申之曉: 12월 6일의 새벽. 壬申은 6일의 일진.

深宵: 깊은 밤. 새벽 두 시 무렵.

醒: 잠에서 깨다. 술 깨다, 꿈 깨다 의 뜻도 있음.

雨聲: 빗소리.

輾轉: 전전하다. 누워서 이리저리 뒤척임.

不眠: 잠 못 이루다.

坑: 빠지다. 곧 불면에 빠지다.

奄冉: 세월이 빨리 지나감.

年殫: 해가 다 하다. 연말이 다가오다. 殫은 다하다.

罨: 곰곰 생각하다. 털이 젖다, 함함(소담하고 탐스러움)하다의 뜻도 있음.

單衾: 홀로 덮는 이불. 이불을 홀로 덮다.

又: 또.

晑: 밝아오다. 밝다.

正: 남쪽 창. 바르다. 마땅하다 등의 뜻도 있음.

2018년 12월 6일 (陰. 壬申之曉)

夢中　　　　　　　몽중

人 生 華 又 艱　　인생화우간
一 以 貫 斯 關　　일이관사관
迅 轉 宗 差 有　　신전종차유
徒 顔 不 識 還　　도안불식환

인생의 화려함과 고달픔은
하나의 지나가는 삶이라
구르다 보면 근본과 어그러져서
누구나 본래의 모습을 알지 못하고 죽는다

韻(운): 艱. 關. 還. (平. 正格)

註)
人生: 인생.
華: 화려하다.
又: 또.
艱: 간난하다. 고달프다.
一以: 하나로써.
貫: 꿰뚫다.
斯: 이. 이것. 華와 艱을 말함.
關: 겪다. 곧 經과 過의 뜻. 외에 여러 뜻이 있음.
迅轉: 빠르게 돌다. 또는 굴러가다.
宗: 근본.
差: 서로 어그러지다. 서로 맞지 않다. 음과 평측에 따라 여러 가지 뜻이 있음.

有: 있다.

徒顔: 화장을 하지 않은 맨 얼굴이라는 뜻이나, 여기서는 본래의 모습. 徒는 다만 또는 무리, 顔은 얼굴, 또는 산이 우뚝하다 의 뜻이 있음.

不識: 알지 못하다.

還: 돌아가다. 돌아오다 의 뜻도 있으며 음과 평측에 따라 여러 가지 뜻이 있음.

2020년 4월 20일

雲林齊　　　　　　　　운림제

雲 林 齊 去 聞 香 低　　운림제거문향지
璽 印 遮 雲 四 繞 漓　　새인차운사요리
修 木 上 枝 呼 主 鵲　　수목상지호주작
相 應 函 蓋 酌 誰 彝　　상응함개작수이

운림제에서 향을 맡고 난 뒤 어정거리다 보니
구름이 가린 새인봉엔 부슬부슬 가을비 내리고
나무 위의 까치는 주인을 부르는데
주인은 오지를 않네

韻(운): 低. 漓. 彝. (平. 變格)

註)
雲林齊: 증심사 입구 동적골 가는 곳에 있는 체험 학습장. 차와 염색을 한다
고 함. 齋(재)를 齊로 바꾸었음.
去: 가다.
聞香: 향을 맡다. 聞은 향냄새를 맡는다는 뜻으로 쓰임.
低: 어정거리다.
璽印: 무등산 璽印峰(새인봉)을 말함. 봉 우리가 임금의 玉璽 형상이라 함.
遮雲: 구름에 가리다.
四繞: 사방.
漓: 가을비가 부슬부슬 내리는 것.
修木: 높은 나무. 修는 身長 곧 키 큰 나무.
上枝: 나뭇가지 위.

呼主: 주인을 부르다, 손님이 왔다고 주인에게 알림.

鵲: 까치.

相應函蓋: 函蓋相應(함개상응)임. 서로 뜻이 잘 맞는다는 뜻인데, 평측을 맞추기 위해서 바꿈. 곧 相應如函蓋.

酌: 술잔 또는 대작하다.

誰: 누구.

彝: 술통.

＊＊

　태풍 뒤끝인지 가을비가 추적추적 오는 날, 오전에 명옥헌에 들러 처마에서 떨어지는 빗소리를 듣다가, 문득 술이나 차 한 잔 하고픈 생각이 들어서 沈香(침향)을 전시한다는 운림제로 발길을 돌렸다.

　좋은 향을 맡고 나면 육신이라도 향기로워지겠지 하는 기대감과 잘만하면 차라도 한잔 얻어먹겠다는 생각이었는데, 뜻을 이루지 못하고 비닐하우스 앞에 핀 은목서 곁에서, 향을 맡으러 코를 킁킁대고 있으니 까치가 나무 위에서 울어댄다. 주인이 없어 칼칼한 목도 축이지 못하고 멋쩍게 마루에 앉았는데, 바로 눈앞의 璽印峰(새인봉)이 비구름에 가렸다 벗어졌다 하는 모습이 무심하면서도 청량하다.

　胡勝沈香于生香, 生香不如人香 (호승침향우생향 생향불여인향), 좋은 침향인들 생 향보다 좋을 리가! 그리고 생 향인들 사람만 할까?

2013년 10월 10일